LESS
ESTÁ
PERDIDO

Obras do autor publicadas pela Editora Record

As desventuras de Arthur Less
Less está perdido

ANDREW SEAN GREER

LESS ESTÁ PERDIDO

Tradução de
Irinêo Baptista Netto

1ª edição

EDITORA RECORD
RIO DE JANEIRO • SÃO PAULO
2023

CIP-BRASIL. CATALOGAÇÃO NA PUBLICAÇÃO
SINDICATO NACIONAL DOS EDITORES DE LIVROS, RJ

G831L Greer, Andrew Sean
Less está perdido / Andrew Sean Greer ; tradução
Irinêo Baptista Netto. - 1. ed. - Rio de Janeiro : Record, 2023.

Tradução de: Less is lost
ISBN 978-65-5587-736-6

1. Ficção americana. I. Baptista Netto, Irinêo. II. Título.

23-83936

CDD: 813
CDU: 82-3(73)

Gabriela Faray Ferreira Lopes - Bibliotecária - CRB-7/6643

Texto revisado segundo o Acordo Ortográfico da Língua Portuguesa de 1990.

Impresso no Brasil

ISBN 978-65-5587-736-6

Seja um leitor preferencial Record.
Cadastre-se no site www.record.com.br
e receba informações sobre nossos
lançamentos e nossas promoções.

Atendimento e venda direta ao leitor:
sac@record.com.br

Para o formidável William Greer, meu pai

E se o sujeito tiver em si algo que gere grande riso, pode ter certeza de que esse sujeito vale mais do que você imagina.

HERMAN MELVILLE, *MOBY DICK*

PÔR DO SOL

Less devia ter percebido semanas antes, na clínica, que seu relacionamento estava passando por uns problemas. Era um exame de sangue de rotina para um check-up de rotina, do tipo que um homem com mais de 50 precisa encarar uma vez por ano nos Estados Unidos. O sininho da porta tocou quando ele entrou na clínica, depois tocou quando ele não conseguiu fechar a porta direito, aí tocou mais uma vez. E mais uma.

— Desculpa! — berrou ele para a sala de espera vazia, onde havia apenas uma prancheta, um bebedouro e um leque de revistas de fofoca com cores ridículas.

Mas olhe para Less: um moletom tão cheguei quanto um marca-texto e um chapeuzinho de pescador. Vamos combinar que ninguém aqui pode chamar ninguém de ridículo.

Na sala de exame, o flebotomista (um taiwanês careca todo tatuado sofrendo de uma desilusão amorosa recente que não tem nenhuma importância para nossa história) apareceu com uma prancheta, que entregou a Arthur Less.

— Por favor, escreva o seu nome completo no alto da folha — disse o flebotomista, preparando uma bandeja intrigante de ampolas.

O paciente escreveu o nome *Arthur Less*.

— Por favor, escreva o nome do seu contato de emergência — disse o flebotomista, preparando o manguito.

O paciente escreveu o nome *Freddy Pelu*.

— Por favor, escreva qual é a sua relação com ele — disse o flebotomista.

O paciente levantou a cabeça surpreso. Nosso flebotomista sofrendo de desilusão amorosa deu uma olhada no questionário e largou o manguito de aferir pressão, que mais parecia uma alga com seu tubo e seu bulbo, na bandeja ao lado (aliás, tal dispositivo é chamado de manômetro).

— Sua relação com ele, sr. Less — disse ele, ríspido.

— É uma pergunta difícil — disse o paciente. Ele parou um pouco, interpretando errado o universo, e por fim escreveu:

Incerta.

Essa falta de traquejo para questões sentimentais também ficou evidente numa viagem de carro pela Califórnia: Less estava equipado apenas com o namorado, um Saab velho e alguns itens de camping escolhidos às pressas, uma seleção composta de dois sacos de dormir com zíper interno e um grande disco de nylon. Esse disco, fabricado na Suíça, virava uma tenda tão grande que era difícil de acreditar; Less ficou encantado com os bolsos, as saídas de ar e as lonas de proteção; com as costuras, as telas e o teto circular que lembrava o Guggenheim. Mas, assim como a Suíça, a barraca era neutra; não retribuía o amor que recebia. Cheio de confiança, ele abriu o zíper da tela contra insetos e deixou entrar um grupo de mosquitos que fez uma arruaça digna de uma despedida de solteira e o atacou como se ele fosse um open bar humano; chegou a fechar por completo o zíper do saco de dormir. E no último dia, quando caiu um toró na hora do almoço, ficou claro que a barraca era confiável, mas Less não. Era necessário fazer reservas num hotel. O mais próximo era uma coisa chamada Hotel d'Amour, que se revelou um bolo bege no meio de um bosque encharcado, decorado com rosas brancas e móveis dourados, e a recepcionista pareceu surpresa e empolgada; não havia hóspedes no hotel por causa de um casamento cancelado em cima da hora.

— Tem um altar de rosas, um padre, um jantar de casamento com bolo, champanhe, DJ e tudo mais!

Ela suspirou, e seus colegas de equipe olharam ansiosos para os novos hóspedes. Numa gaiola, pombos arrulhavam romanticamente. O padre robusto, com as vestimentas escurecidas pela chuva, deu um sorriso esperançoso. Um quarteto de cordas tocava "Anything Goes". A tempestade lá fora fechou a porta e impedia qualquer tentativa de fuga. Parecia impossível escapar do destino.

— O que você quer fazer? — eu disse para Arthur Less.

Esse sou eu. Meu nome é Freddy Pelu. Sou o contato de emergência (que foi buscar Less na clínica de exame de sangue pouco depois de ele desmaiar). Sou um homem baixo e discreto de quase 40 anos, a idade em que as excentricidades charmosas dos 20 (dormir com touca de seda para proteger os cachos e usar pantufas com orelhinhas de coelho) se transformam em esquisitices da meia-idade. Meu cabelo ganhou uma pátina feito vieiras em prataria velha; meus óculos vermelhos apenas pioram minha miopia; fico sem ar só de correr atrás do meu cachorro no parque. Mas ainda não tenho rugas; não sou nenhum Arthur Less. Em vez disso, eu diria que sou uma liga (minha avó diria um *pasticcio*) de italiano, espanhol e mexicano — meras nacionalidades, elas mesmas misturas de migrações ibéricas, indígenas, africanas, árabes e francas que deram nos seres humanos dos quais somos todos descendentes.

Passei os últimos nove meses em São Francisco morando com esse paciente inquieto, esse Arthur Less, romancista e viajante, num bangalô quase-mas-não-totalmente livre de goteiras na Vulcan Steps, que chamamos carinhosamente de "cabana", uma casa que foi do seu antigo amor Robert Brownburn e onde Less vive há uma década sem pagar aluguel. Essa sorte é compartilhada com uma buldogue fêmea chamada Tomboy, que as pessoas acham que é menino, porém, como Less cansa de explicar, *tomboy* quer dizer "moleca", então é por definição menina. É um fardo, uma honra e uma comédia viver com os dois. Nove meses de felicidade não conjugal. Mas nosso vínculo existe há muito mais tempo.

Ficamos juntos, de maneira um tanto informal, quando eu tinha 27 anos e ele, 41, e mantive as coisas "de maneira um tanto informal" por nove anos. Morando com o ranzinza do meu tio Carlos, numa situação instável no meu lar adotivo (enquanto vivia e respirava por meio do complicado aparato de uma segunda língua), eu achava a cabana um lugar aconchegante para me aboletar. Less nunca pedia nada além de um beijo de despedida; eu achava que ele estava envolvido com o trabalho ou com seja lá o que for que interessava a homens da sua idade. Nove anos presumindo essas coisas — me sinto cruel por admitir, mas esses anos estão entre os que mais valorizo. A única vez na vida em que fui um príncipe. Eu chegava e ia embora, era compreendido e adorado. Na época, não sabia definir o que era "amor".

Tive que aprender do jeito mais difícil. Numa manhã, acordei a meio mundo de distância de Arthur Less e o azul intenso do seu terno sob medida não me saía da cabeça. Entendi que a felicidade está ao nosso alcance se formos atrás dela. Então viajei o mundo para reconquistá-lo...

Mas ele não se casou comigo naquele dia do Hotel d'Amour. Mesmo com os pombos, os fornecedores do jantar como testemunhas e as claraboias acima de nós retumbando com a chuva. Sua expressão podia ser descrita com uma palavra: *incerta*.

— Preciso pensar um pouco — disse ele.

Esta é a história de uma crise na nossa vida. Não foi na clínica nem no Hotel d'Amour (ou em outras situações infelizes), mas sim numa viagem sozinho. Ela começa e termina em São Francisco. No caminho: um burro, uma pug, uma baleia e um alce. Por enquanto, não vamos falar de mim, Freddy Pelu. Pois demoro bastante para aparecer na história.

(Para deixar claro: na clínica, ele deveria ter escrito *cônjuge*.)

Olhe para Arthur Less hoje:

De pé no deque de uma balsa de São Francisco, usando um terno no mesmíssimo tom de cinza da neblina, de modo que parece (como num filme não tão assustador assim) uma cabeça fantasmagórica pairando no ar. Olhe para o cabelo ralo que, ao vento, se transforma no topo rígido de um suspiro loiro, para os lábios delicados, para o nariz pontudo, para o queixo alongado que remete a invasores vikings da Tapeçaria de Bayeux, tão branco quanto um homem branco consegue ser, colorido apenas na ponta rosada do nariz e das orelhas e no azul vítreo dos olhos. Olhe para Arthur Less. Já com mais de 50, parece mesmo um fantasma daquilo que foi um dia, mas, à medida que o céu começa a escurecer, ele se materializa num homem alto de meia-idade tremendo de frio. Aqui está nosso herói, olhando ao redor como um homem que deixou crescer o bigode e espera que alguém perceba.

Ele deixou mesmo crescer o bigode. Ele espera mesmo que alguém perceba.

Nessa manhã enevoada de outubro, nosso Escritor Americano de 2º Escalão viaja para uma cidadezinha em Serra Nevada, que surgiu durante a corrida do ouro, para dar uma palestra dentro da série Palestrantes Importantes. Para quase todo mundo, seria uma simples viagem de três horas, mas nosso Arthur Less tem que fazer as coisas do jeito mais difícil; ele optou por pegar uma balsa e um trem. Assim, vai levar umas cinco horas para chegar à cidadezinha e, no caminho, espera ver a paisagem que os mineradores devem ter visto ao sair da imoral São Francisco para escalar a montanha árida de sua sorte.

Ah, imagine ter um manômetro capaz de medir de verdade a essência de um homem! O que ele revelaria sobre nosso protagonista que sorri gentilmente ao ver sua cidade desaparecer na neblina como numa fotografia superexposta? Talvez a inquietude de um coração nadando numa caixa torácica de mais ou menos 50 anos. Mas também, imagino: o prazer intenso de tomar consciência de algo fundamental, o que, embora escritores aleguem que tudo o que desejam seja colocar palavras no papel enquanto estão neste mundo, deve ser a única coisa que aquece essa figura solitária no deque superior nesse domingo frio e enevoado. Afinal, ele não é um Palestrante Importante? Viajando agora mesmo para ser aplaudido por mineradores, como Oscar Wilde na turnê pelo Velho Oeste (Less tanto delira que imagina mineradores e não produtores de maconha)? E mais: Arthur Less recebeu, nos últimos dias, mais convites do que no último ano inteiro. Um prêmio importante perguntou se ele aceitaria fazer parte do júri; uma companhia de teatro pediu permissão para adaptar uma das suas histórias. Será que existe um público silencioso que espera ansiosamente pelo seu novo romance? Alguma força desconhecida no meio editorial e intelectual de Nova York que, como uma estação espacial que orbita a Terra, observa o restante dos Estados Unidos sem nunca interagir com ele?

Não se preocupe com isso, diz o poeta Robert Brownburn na memória de Less. *O propósito da escrita é a página*. O famoso poeta Robert Brownburn; é fácil para ele falar: *Recuse o amor*.

O poeta Robert Brownburn — meu antecessor. Eles ficaram juntos por quinze anos e viveram na cabana quase todo esse tempo. Os dois se conheceram na Baker Beach, em São Francisco, quando Less tinha apenas 21 anos. Less começou a conversar com uma mulher de óculos escuros que se chamava Marian, ela fumava um cigarro e o aconselhou a fazer bom uso da sua juventude, a desperdiçá-

-la, e depois pediu um favor: será que ele poderia acompanhar o marido dela até o mar agitado? Ele o acompanhou; o homem em questão era Robert Brownburn. Ele deixou Marian para viver com Less; levou Less à cerimônia do Pulitzer quando venceu o prêmio; o levou a Paris, Berlim e Itália. Quando eles se separaram, Arthur Less estava com 30 e poucos anos. Seria possível dizer que Robert Brownburn foi a juventude de Less. Eu sou a meia-idade dele. Será que existe alguém desconhecido que será sua senilidade? Acho que ele teria se casado com Robert Brownburn se houvesse a possibilidade. Mas eram outros tempos e outras leis. E eu nunca perguntei.

De volta ao frio de São Francisco, a bordo da balsa, Less recebe a primeira das três ligações da manhã.

— Estou-com-Peter-Hunt-na-linha-aguarde-um-instante-por-favor.

Less ouve Céline Dion cantar "You Shook Me All Night Long", do AC/DC, do início ao fim, depois um interlúdio de silêncio, depois a voz de Peter Hunt, seu agente literário:

— Arthur, vou direto ao ponto.

Ele dá notícias, boas e ruins, de um jeito brusco, feito o choque elétrico usado para conduzir gado.

— Peter!

— Você está no júri desse prêmio — disse Peter, lacônico; dá para imaginar o agente literário balançando o cabelo branco como se fosse um rabo de cavalo. — Queria que não tivesse concordado, porque eu achava que esse ano você tinha chance de vencer...

— Peter, não fale besteira...

— Minha recomendação para você é: não se dê ao trabalho de ler os livros. O vencedor surge de uma hora para outra, como um augúrio. Não perca tempo com essas coisas.

— Obrigado, Peter, mas tenho o dever de...

— Mudando de assunto — interrompe Peter —, tenho uma boa notícia! Consegui para você um perfil exclusivo de H. H. H. Mandern, um perfil longo, de dez páginas, cheio de fotos e tudo mais. E ele pediu você, especificamente.

— Quem?

— Você, Arthur.

— Não, quem pediu?

— Mandern pediu. Ele estava confuso; tive que esclarecer algumas coisas. Ele vai começar uma turnê de promoção do livro novo.

— Não estou a fim de pegar a estrada.

— E nem precisa. Você vai para Palm Springs e Santa Fé. Entrevista Mandern no palco. Conversa com ele depois. Escreve um perfil para a revista. O único porém é que você precisa pegar um avião em dois dias.

— Nesse caso, minha resposta é não — diz Less com firmeza. — Eu vou para o Maine.

— Está trabalhando em alguma coisa?

— Peter, eu acabei de terminar um livro!

— Então Palm Springs...

— Peter, eu disse não.

— Começa na terça, dá uma pensada, divirta-se no júri do prêmio, bem-vindo de volta... — E o telefone fica mudo.

Das águas da baía de São Francisco, um rosto aparece: uma foca, que olha bem para Arthur Less sozinho no vento frio do deque da balsa. Less olha bem para a foca. Será que ela quer alertá-lo sobre alguma coisa? A foca (ou o *selkie*?) desaparece na água, e Less fica sozinho.

Seja bem-vindo, sim, pois esse Escritor Americano de 2° Escalão ficou longe da sua terra natal por bastante tempo. Tanto tempo que agora ele pensa nela como deve pensar o salmão que revê o córrego onde viviam seus pais: como mais um território estrangeiro. Depois de um itinerário em zigue-zague ao redor do mundo — tal qual o albatroz que voa dez mil quilômetros (essa é outra história)

—, ele voltou para casa em São Francisco... só para viajar de novo e passar mais três meses fora dos Estados Unidos terminando seu romance. Nosso escritor frugal reservou uma choupana numa praia em Oaxaca, cuja energia era fornecida por placas solares e o obrigava a levantar cedo para trabalhar até faltar luz ao pôr do sol. Ele estava um caco quando voltou para mim, mas vi que estava mais feliz que nunca.

Como é voltar para o seu país depois de tanto tempo? Less achou que seria como pegar um romance deixado de lado pouco tempo atrás; talvez seja preciso reler um pouco, lembrar quem são Janie, Butch e Jack e por que todo mundo em Newtown-on-Tippet está tão aborrecido com o castelo. Mas não, não, não. É muito mais estranho que isso. É mais como pegar um romance e descobrir que ele se escreveu sozinho enquanto você esteve fora. Nada de Janie, Butch ou Jack. Nada de Newtown. Nada de castelo. Por algum motivo, você está no espaço sideral, na órbita de Saturno. Pior ainda, as páginas anteriores foram rasgadas; não dá para reler nada. É preciso começar no ponto em que está — no ponto em que seu país está — e se arrastar em frente. Pode-se pensar: *O que foi que aconteceu? Meu Deus, eles estão de brincadeira?*

Mas é uma regra da vida o fato de que, lamentavelmente, ninguém está de brincadeira.

Na segunda ligação, sou eu, Freddy Pelu.

— Escada abaixo! (Uma piada interna.)

— Freddy, tenho uma boa notícia!

— Você parece feliz!

— Peter acabou de me ligar e parece que H. H. H. Mandern pediu que eu fizesse um perfil dele.

Então pergunto:

— Quem?

— H. H. H. Mandern! — diz Less. — É um dos escritores mais famosos do mundo. Envolve dinheiro. E eu disse não!

— Essa é a boa notícia?

Less está exultante.

— Eu disse não! Porque amanhã vou estar no Maine com você! Não sei o que está acontecendo, não sei por que estou no júri desse prêmio, não sei por que vou dar uma palestra hoje, não sei por que Mandern pediu que eu escrevesse o perfil, mas isso é bom, Freddy! É bom ser desejado! Mas, sério, quem quer um autor branco e gay de meia-idade de que ninguém nunca ouviu falar?

— Eu — digo. — Eu quero.

Não estou no frio de São Francisco; estou no frio do Nordeste dos Estados Unidos. Estou numa cidadezinha universitária do Maine nos meus três meses sabáticos, fazendo um curso sobre formas narrativas.

— Então você está com sorte — diz ele. — Meu voo é amanhã ao meio-dia.

— Você disse não mesmo?

— Claro que disse! Quero encontrar você no Maine, esse é o nosso plano. Não quero passar meses longe de você.

— Mas você adora viajar.

— Eu não adoro viajar, eu adoro viajar para ver você — diz Less quando soa uma sirene de nevoeiro. — Vou visitar uma cidade de mineradores e depois vou para o Maine ver você.

— Sabe o que eu gostaria de ver num autor branco e gay de meia-idade de que ninguém nunca ouviu falar? Um pouco mais de confiança. Talvez você esteja recebendo esses convites todos por ser de fato um grande escritor.

— Sabe de uma coisa? — diz Less. — Hoje estou com a impressão de que talvez eu seja mesmo!

— Claro que é!

— Desculpa, Freddy, tem alguém me ligando. Te amo!

— Atende! Pode ser o comitê do Nobel!

— Pode, mesmo! — diz ele.

Então digo para ele que o amo. As focas ou os *selkies* parecem acenar para Less da água, como num aviso final; ele acena também e atende o telefone todo animado, a terceira ligação da manhã. Hoje está tudo dando tão certo que não parece impossível ser o comitê do Nobel.

Mas, amigos, não é o comitê do Nobel. É uma regra da vida o fato de que, lamentavelmente, nunca é o comitê do Nobel.

Uma voz sombria surge na linha:

— Arthur, é a Marian...

Seja forte, Arthur Less. Lembra que a gente fez um acordo? Pouco depois de eu me mudar para a cabana? Era domingo, e eu havia passado o dia inteiro naquela cama branca (debaixo da janela da bignônia) corrigindo trabalhos de alunos; eu havia começado no café da manhã e já tinha anoitecido havia algum tempo. Você chegou com uma pizza e uma garrafa de vinho tinto. Você também tinha passado o dia todo de roupão. Você se sentou na cama, me serviu uma taça de vinho e disse:

— Freddy, agora que a gente está morando junto, tenho uma proposta. — O seu cabelo loiro estava bagunçado e o seu rosto, "ruborizado", como dizem nos romances ingleses; talvez você tivesse bebido o que tinha sobrado em outra garrafa de vinho. — Nenhum de nós dois é forte. A gente não consegue instalar uma prateleira nem arrumar a pia e não consegue lidar com um rato. — Você colocou a mão no meu braço. — Mas alguém tem que lidar com o rato. Então aqui vai a minha proposta. Você vai ser forte nas segundas, nas quartas e nas sextas. E eu vou ser forte nas terças, nas quintas e nos sábados.

Fiquei em silêncio, desconfiado.

— E nos domingos?

Você deu um tapinha no meu braço para me tranquilizar.

— Freddy, ninguém é forte nos domingos.

No Maine, recebi uma mensagem de voz: "Freddy. Marian, a ex-mulher de Robert, me ligou." E ele fez uma pausa. "Robert morreu agora há pouco. Falência múltipla dos órgãos. Cancelei o meu evento. Vou ter que voltar. Marian diz que já está vindo de Sonoma, ela vai passar a noite na cabana, temos que planejar o velório, que vai ser amanhã, então não tente voltar para casa. Vamos fazer uma coisa pequena, com pouca gente. Vou dar um jeito e depois te conto. Ligo mais tarde. Te amo."

Hoje é domingo.

A primeira pessoa que não percebe o bigode dele é a ex-mulher de Robert Brownburn.

— Peço desculpas. Eu não devia estar fumando aqui — diz Marian.

Quando ele chegou, ela já estava esperando no quarto da cabana. Dos outros cômodos, vinha o som do furacão causado pelo aspirador de pó; a moça hippie da limpeza, Lydia, tinha polvilhado um pó branco no carpete inteiro. Less fecha a porta do quarto e suspira.

Pequena, forte e bela, com quase 80 anos, Marian ainda exala o mesmo aroma de vitalidade que Less se lembra de ter sentido na primeira vez que se viram, numa praia. O cabelo de Marian — na memória dele, cacheado e castanho, talvez com permanente — virou um feixe de aço na altura do queixo, emoldurando o rosto de maneira tão severa quanto um elmo grego. O de Less, é claro, minguou até se tornar a tonsura de um abade. Sentada na cama, ela usa uma casula ou um poncho lilás de algodão e um seixo grande num cordão. Marian está sorrindo, embora seu rosto esteja abatido e borrado de lágrimas.

— Estou cedendo a todos os meus vícios — diz ela, jogando o cigarro pela janela. Ela se levanta com dificuldade; seus quadris, tão suntuosos na areia naquele dia em que se conheceram, agora têm aço no lugar de ossos. — Só me restaram dois vícios. O outro é o otimismo. É o mesmo vício, na verdade.

Ela e Less se abraçam.

— Ai, Marian, que terrível. Terrível mesmo.

— Você está diferente, Arthur.

— Estou? — pergunta ele, tocando o bigode.

— Mais magro — diz ela. — Queria que o luto me deixasse assim.

— Mais magra? Você está maravilhosa, Marian.

Ela volta a se sentar e ri, secando o rosto com a palma da mão.

É mais fácil suportar a morte de um antigo amor aos 80 ou aos 50 anos? Difícil dizer, vendo esses velhos inimigos com seus sorrisos forçados. Marian ainda parece intensa, mas sem esperança, como uma planta sem raízes; não existe remédio para o que ela está sofrendo, e seu olhar procura a janela como se ela desse para outro plano em que nada disso teria acontecido. E Arthur Less. Arthur Less parece um ajudante de mágico sem mágico. Agora quem vai serrar seu corpo ao meio?

Less se junta a ela na cama.

— Marian, como estão as coisas?

Nos últimos meses, eles tiveram o cuidado de evitar um ao outro no asilo de Robert.

— Bem, você sabe que tenho feito tapetes — diz ela, segurando a pedra pendurada no pescoço, talvez como um reflexo de quem busca conforto. — Fiz todos os tapetes da mansão de uma mulher muito rica em Montana. Doze cômodos. Arthur, agora que estou quase terminando, fiquei mais lenta; sinto que o trabalho é uma espécie de feitiço e, quando eu terminar o último tapete... vou cair morta.

— Você está parecendo uma autora — diz ele com pesar.

Ela dá de ombros e olha pela janela.

— Eu disse para a mulher que tinha medo de terminar o serviço; então, ela mandou fazer um quarto de hóspedes. Assim tenho mais um tapete encomendado.

Less corre os olhos pelo quarto.

— Cadê... Cadê...

— Eu vi o cachorro; aquela mulher simpática o prendeu no banheiro. Acho que *nós* estamos presos *aqui* enquanto o pó mágico age no carpete. Obrigada por me dar abrigo.

Less não explica que Tomboy é fêmea.

— Que bom te ver, Marian. Mesmo numa situação tão triste.

Ela olha bem para ele e continua sem perceber o bigode. Eles conseguem ouvir o barulho do aspirador se aproximando cada vez mais. Não falam nada até que o furacão passa.

— E você, Arthur? Você me disse que estava de viagem para algum lugar.

— Ah, sim, para o norte, perto daqui — diz ele. — Cancelei.

— Sempre acho que você está de viagem.

— Não mais — fala Less. — Recebo muitos convites. E faço parte do júri de um prêmio. Mas não viajo desde que Freddy veio morar comigo.

— Sabe — diz Marian —, não consigo aceitar que Robert está morto. Como sou boba, não é? Penso nele como Merlin, que foi embora para a floresta e continuou existindo dentro de uma árvore. Por mil anos.

Less se pega sorrindo.

— É mesmo? Que engraçado. Ele falava dessa história. Eu achava que tinha a ver comigo. Que eu era a árvore.

— Não, Arthur, não.

— Que ele tinha partido para a floresta por minha causa — diz ele. — Como num conto de fadas. E perdido seus poderes mágicos.

— Não, Arthur, ninguém nunca achou isso. Era mais fácil eu ser a árvore. — Marian apoia as mãos nas pernas e suspira de repente. — Mas que conversa mais ridícula. Somos as criaturas mais ridículas do mundo.

— Robert ficaria orgulhoso da gente.

Ai, Marian! Não vamos impor limites para a existência, que contém maravilhas desconhecidas! Pois existe uma criatura ainda mais ridícula e lá vem ela, esfregando o focinho no chão, polvilhada de pó branco, bufando feito uma máquina a vapor: uma buldogue fêmea, Tomboy, enlouquecida de amor.

Marian tinha ido dormir, eu e Less conversamos e, agora, depois de colocar o pijama e o barbeador elétrico especial para carregar, Less descansa no sofá-cama ouvindo *Notícias em alemão lento*, um programa em que uma mulher lê matérias do *Die Welt* no ritmo calmo e tranquilo de um *Zugpferd* puxando uma carroça de esterco. O alemão de Less, muito praticado na juventude, agora faz aparições tão raras quanto a de uma grande dama do teatro aposentada, mas o *Notícias em alemão lento* é um grande conforto para ele. Gosto de chamar de *Notícias em alemão monótono*, e Less sempre esconde os fones de ouvido, envergonhado, como se estivesse ouvindo *Pornô em alemão lento*. Acredito que, no seu jeito lessiano de ser, é assim que ele se sente.

— *Die wachsende Kluft* — diz ela de modo reconfortante —, *zwischen dem amerikanischen Volk*. — E nesse ponto ele recebe uma ligação. Desta vez, não é o seu companheiro; é a sua irmã, Rebecca.

— Ai, Archie! — lamenta ela. Ela o chama de Archie. Sempre o chamou assim e sempre vai chamar. — Está segurando as pontas?

— Não. Nem Marian. E é assim mesmo que tem que ser.

— Foi uma surpresa tão grande.

— Não foi uma surpresa — admite Less. — Eu sabia que ia acontecer cedo ou tarde. Só não me preparei como devia.

— Archie, tudo que você tem que fazer nos próximos dias é acenar com a cabeça quando disserem que você está triste e comer o máximo que puder. E não se esqueça de se alcoolizar. Isso é bem importante. Arranja uma daquelas garrafinhas de bolso que você gosta. Tem uma mulher falando alemão aí com você?

— Não, não — diz Less, desligando o programa. — Estou sozinho.

— E quando vai ser o velório?

— Amanhã — diz Less. — No Columbarium. Vai ser só com as cinzas dele. Eu e Marian demos um jeito de organizar tudo. Ela convidou alguns amigos. Eu contratei um coral.

— Um o quê?

— Um coral. Cantores.

— Bem pensado.

— E depois vai haver uma celebração da vida de Robert. Ao menos foi assim que anunciaram o evento. Ele teria odiado tudo isso. E você?

— Estou sozinha com o mar.

Ele ouve a irmã suspirar. Ela está em Delaware, o estado onde os dois nasceram, a três fusos de distância. A irmã de Less, no que foi ao mesmo tempo uma ampliação e uma limitação de possibilidades, saiu de uma quitinete no Brooklyn com um marido para morar numa casinha à beira do Atlântico sem ninguém. O divórcio foi finalizado há uma semana.

— Você está bem, Bee?

— Vou levando, como todo mundo. — Ela fala de divórcio na família como alguém que se refere a uma antiga maldição. E, com Less, ela se refere ao rompimento com Robert. — Você passou por isso. As coisas ficam mais difíceis, mas melhoram. Pelo menos não preciso revirar a gaveta de tralhas de outra pessoa para encontrar uma tesoura. Metaforicamente falando.

— Você acha que as coisas foram difíceis e melhores para a mamãe?

— Acho que o papai era louco — diz sua irmã. — Imagina ter que acordar todo dia com alguém que promete um milagre, todo dia você acredita no milagre e todo dia o milagre não acontece?

— Mas, Bee, eu tive.

— Dou graças que eu era pequena quando o papai foi embora. A coisa que mais me lembro é dele me chamando de valona.

Os dois riem. Ela diz para ele descansar e, em seguida, desligam.

Só mais tarde, depois que Less fez uma última ronda pela casa e levou Tomboy para o sofá-cama, depois que pôs os fones de ouvido e que a mulher começou a falar com sua voz de conto de fadas — "*Momentan unklar welche Richtung dieses Land...*" —, ele se entrega a um choro convulsivo que vai durar a noite inteira.

A irmã dele usou a palavra *valona*, que é muito significativa para mim, porque sempre achei que revelasse algo sobre o nosso herói enlutado. Mencionei minhas heranças genéticas, mas levei um tempo para perguntar as de Less. Estávamos no quarto da cabana, eu e Less; foi bem no começo, quando eu ainda era muito novo e acho que Less também. Ele estava preguiçosamente deitado com a roupa de cama branca toda amarfanhada debaixo da janela que tinha sido tomada por uma bignônia havia bastante tempo, e o brilho forte do sol atravessava as folhas e formava sombras que pareciam ferro forjado sobre o corpo do meu amor. Eu estava de pé diante do espelho, usando o paletó do smoking dele e mais nada. Dava para ouvir o gato do vizinho lá fora, dizendo: *Ciao... ciao... ciao.*

— Sua família é de onde? — perguntei.

Ele se sentou bem quieto na cama, me observando.

— Promete que não vai caçoar de mim? — perguntou ele.

— Prometo.

— Você tem que prometer de verdade. Não quero que tire sarro disso. — (Eu tinha acabado de tirar sarro da história do primeiro beijo dele.)

Nu da cintura para baixo, fiz o sinal da cruz.

— Jamais iria tirar sarro de você por uma coisa dessas.

Ele desviou o olhar e disse:

— Eu sou valão.

Pensei um pouco.

— Pode repetir?

— Eu sou valão — disse ele. — Prudent Deless, meu ancestral, veio para cá em 1638.

— Veio de onde?

— Da Valônia.

Caí na gargalhada, me contorcendo na frente do espelho. Em silêncio, ele tomou um golinho de café.

— Foi mal, foi mal, mas foi demais para mim! — eu me defendi, engatinhando para a cama. — Você é valão da Valônia? — Ele fez que sim, solene. — É tipo um Smurf ou algo assim?

— Sabia que você ia tirar sarro de mim. Tinha certeza.

— Tá bom, tá bom, tá bom. Foi mal. — Engatinhei para perto dele e franzi a testa. — Qual é a história desse tal de... Prudent?

Ele ergueu as sobrancelhas, mas respondeu:

— Prudent Deless. Foi o meu pai que contou essa história. Rebecca acha a coisa mais engraçada do mundo. Prudent Deless era um tratante que veio para cá em 1638 para fundar a Nova Suécia.

— Não existe Nova Suécia.

Less explicou que, além da Nova França, da Nova Espanha e da Nova Inglaterra, era para ter uma Nova Suécia. Mas durou pouco; a Nova Suécia foi a primeira concorrente do Novo Mundo a ser mandada de volta para casa. E isso depois de ter vindo de muito longe!

— E Prudent? — perguntei.

Less disse:

— Ele era o único valão.

Agora, sentado, tirei o café da mão dele e coloquei na mesinha de cabeceira.

— Mas... qual é? Os valões não passaram quatrocentos anos casando uns com os outros. Você deve ser mais alguma coisa.

Ele abriu bem os braços.

— Óbvio que sim. Essa história de valão é besteira.

— Está mais para ficção.

— Mesmo assim, você não pode tirar sarro de mim.

Percebi que tudo aquilo foi mais irritante do que divertido, mas na hora não soube dizer por quê. Lá estava eu, listando meus antepassados para qualquer um que me perguntasse, como um espião que mostra seus documentos num filme de guerra e, apesar disso, meu amor agia como se fosse descendente de Zeus! Mas tudo o que consegui articular naquele dia foi:

— A partir de agora, vou chamar você de Prudent. — Eu me levantei da cama e olhei para o meu reflexo no espelho e para Less atrás de mim. — Acho esse nome perfeito para você.

— Não faz isso, Freddy. Por favor...

Prudent se levanta, tira os tampões de ouvido e descobre que Marian já tomou banho e fez café. Quando ela serve o café, ele vê que ela está toda de preto, e Prudent se lembra do que eles têm para fazer.

O memorial é no Columbarium — um prédio em estilo beaux--arts que lembra um bolo *bundt* enfiado entre uma copiadora e um estacionamento na zona noroeste da cidade —, repositório das cinzas de muita gente famosa de São Francisco. Assim como na maioria dos crematórios, as cinzas dos mortos ficam em nichos; diferente da maioria, aqui esses nichos são de vidro. Assim os enlutados têm a chance de expor não apenas a urna, mas qualquer coisa que o coração mandar: móveis em miniatura, colares de Mardi Gras, uma embalagem de delivery de comida chinesa e um pote de *gefilte fish*. É edificante ver tantas vidas em exibição; Less jamais teria pensado, por exemplo, que alguém pudesse gostar tanto de *Os aventureiros do ouro* a ponto de querer ser sepultado com o DVD do filme, mas aqui está uma prova irrefutável disso! Há também *The Immaculate Collection*, da Madonna. E aqui está *Judy at Carnegie Hall*. Esses itens revelam outra faceta da história de São Francisco: nos primeiros anos da aids, quando muitos cemitérios se recusavam a receber os corpos de homens gays, este lugar estranho serviu de abrigo para eles. E aqui estão eles, decorando alegremente a câmara solene, com seus anos de morte em 1992, 1993, 1994 e assim por diante — os anos mais difíceis. Algo como o antigo cemitério da missionária Dolores, onde a maioria das datas de falecimento nas lápides diz 1850 ou 1851 — um ou dois anos depois de centenas de milhares chegarem a São Francisco em busca do ouro. Eles vieram para cá e morreram aqui. Assim como esses jovens gays. A montanha árida de sua sorte.

— Olha só — diz Marian para Less. Eles estão de preto, Marian usa uma espécie de camisola e Less está com seu único terno preto, com um lenço branco de linho dobrado no bolso. Ele o comprou em Paris, com Robert, vinte anos atrás. Eles estão de pé ao lado de um nicho de vidro com duas imagens dentro de blocos de cristal, cada uma delas mostrando um jovem de bigode. Ele presume que os dois formavam um casal, mas Marian aponta para a inscrição: eram "queridos companheiros" do mesmo homem, e tudo indica que esse homem ainda está vivo. — Ele ficou com esse aqui — diz Marian —, e ele morreu. Depois ficou com *esse* aqui, e *ele* também morreu.

— Meu Deus.

— Imagina ser o segundo homem. Ele deve ter vindo aqui; deve ter visto esse memorial. E, quando ficou doente, talvez o homem tenha prometido fazer um memorial para ele também. Imagina só. Virar uma imagem num bloco de cristal.

— "Leonard LeDuke" — diz Less, lendo o nome do querido companheiro na inscrição. — Um homem sem sorte.

— Um homem de sorte — rebate Marian.

Há um barulho do lado de fora, e lá vêm eles, de terno e vestido pretos — roupas velhas que encontram por acaso no guarda-roupa vez ou outra e pensam: *Nunca uso essa roupa, eu devia me desfazer disso*; e tiram do guarda-roupa por um instante até perceber a cor e lembrar que a morte está próxima —, lá vêm eles, de óculos escuros e sapatos velhos, com os bolsos cheios de Kleenex, conversando amigavelmente entre si, aqui vêm eles através dos portões do Columbarium: os americanos de luto.

E lá vem ela: a Escola do Rio Russian. Ao menos os que restaram do movimento artístico da geração de Robert, e como parecem velhos! Less se lembra das noites numa choupana movidas a baralho, vinho tinto e gritaria; ele ficava timidamente num canto enquanto Robert discutia métrica com Stella Barry; naquela época, eles pareciam tão velhos para Less, com suas rugas e panças, quando na verdade eram mais jovens do que Less é hoje, e vai chegar o dia, oxalá, em que Less será mais velho que eles hoje (sempre se pode contar com o tempo para uma prosa de estilo rebuscado). Será que ele ainda vai se sentir bobo? Aqui está Stella agora, uma grande garça azul que ergue cada pé com cuidado ao longo do caminho de cascalho; seu cabelo é uma chama branca, sua postura é frágil e insegura, mas seu bico fino ainda vai de um lado para o outro enquanto ela conversa enganchada no braço de um homem. O homem que lhe dá o braço: Franklin Woodhouse, o famoso artista que certa vez pintou um nu de Arthur Less (hoje, parte de uma coleção particular). Tão corcunda que parece encarar apenas os próprios pés, sem enxergar o caminho à frente, algo que talvez todos devêssemos fazer. E outros cujo nome Less não consegue lembrar, aqueles que aparecem no fundo de fotografias com ele, agora se movendo de bengala e andador, e ao menos um de cadeira de rodas elétrica. Todos se encaminham para o lugar onde Less e Marian se transformaram em cristal.

Lá pela metade do período em que viveram juntos, quando o nebuloso encanto do amor já havia desaparecido, mas a névoa da desilusão ainda não tinha baixado sobre eles, numa fase romântica cuja normalidade pode às vezes ofuscar sua nitidez, que tem uma beleza própria, Robert levou Less para Provincetown. Ele disse que Less precisava conhecer melhor os Estados Unidos. Em cada maré baixa, os dois passeavam pela baía, agora milagrosamente seca, revelando a areia grossa e escura do fundo do mar e lagartas vermelhas que parecem as marcas de revisão de um editor num manuscrito (*Corte isto, e isto, e isto*), talvez porque, para Less, quase tudo remete ao fracasso contínuo de transpor seus sonhos para o papel. O céu de lã macia se espalhava com madeixas cinza acima dos homens que andam tranquilos. Eles ainda estavam apaixonados.

Foi em Provincetown que Less soube que sua mãe tinha câncer. Ele se sentou trêmulo diante de uma mesinha bamba; eles não puderam sair por causa de uma tempestade. Uma lareira crepitava ao lado da cama cheia de gavetas embutidas. Less disse que pegaria um avião para Delaware, e Robert não falou nada. Less disse que desistiria do romance. No fim das contas, era só vaidade. Como poderia escrever agora que a mãe estava morrendo?

— Sinto muito por você ter se tornado escritor — disse Robert, enfim. Ele se ajoelhou ao lado de Less e segurou sua mão. — Sinto muito que esse desastre tenha acontecido com você. Eu te amo. Mas você tem que prestar atenção. Isso não vai servir para nada agora, e não sei o que pode ajudar nesse momento, mas garanto que vai ser útil depois. É só isso que você tem que fazer. Prestar atenção.

Less disse que não usaria a morte da própria mãe como exercício de escrita.

Robert se levantou do chão, pegou uma garrafa de vinho, abriu e serviu duas taças. Ao lado deles, o fogo tiquetaqueava feito um relógio. O perfume de sândalo usado por Robert reforçava a sensação de conforto.

— Quando eu dava aulas em Pádua, a minha irmã morreu. Já contei essa história. Fui até a Capela Scrovegni para ver os afrescos de Giotto e não senti nada. Mas me forcei a prestar atenção. Ele pintou a capela em 1305. Dante visitou o lugar. E, na cena do Massacre dos Inocentes, tem uma das primeiras representações realistas de lágrimas humanas. Da forma como deixam um rastro na bochecha e pendem por um instante no queixo antes de cair. Alguém percebeu isso setecentos anos atrás. Alguém sabia o que eu estava sentindo. — Ele colocou a taça de Less na mesa. — É isso que você precisa fazer. Prestar atenção. Não por você. Por alguém daqui a setecentos anos. — Less ergueu o rosto, e dava para ver a raiva que sentia daquilo tudo, do seu primeiro encontro com a morte. Mais tarde, Robert contou que as lágrimas deram origem a um poema, um detalhe que ele tinha percebido. Less perguntou que detalhe era esse. — As lágrimas eram escuras.

O memorial abre com um coral de vários homossexuais cantando Leonard Cohen. Marian se aproxima e pergunta, delicadamente, de onde Less tirou esse grupo terrível, e Less diz que foi uma indicação, mas sussurra:

— Eles são OK, eles são OK.

Ao que Marian bufa e diz:

— Eles são o O.K. Coral.

Há uma peça de violino inspirada num poema de Robert. A música é interpretada por uma adolescente de cabelo rosa espetado feito um ouriço-do-mar. Marian começa a chorar e, embora haja caixas de lenços de papel espalhadas por todo lado, Less oferece o lenço de linho que estava no bolso do seu paletó e, nele, Marian assoa o nariz vigorosamente.

Less vê Marian enfiar o seu lenço favorito na bolsa.

Um homem negro de idade usando uma boina recita o enunciado final do Oráculo de Delfos com um tremor na voz:

— É o fim de tudo!

O O.K. Coral canta mais uma de Leonard Cohen.

Preste atenção, Arthur Less. Aqui, enquanto as pessoas sobem a escada para o nicho de Robert Brownburn. Tente guiar seus pensamentos para o corpo em cinzas dentro daquela urna, que está sendo colocada naquele pequeno recesso — pois este é o momento, a chance de lamentar —, mas, assim que você convence a sua mente a atravessar o portão estreito da tristeza... lá se vão seus pensamentos, saltitando por campos diferentes. Sim, você está pensando, por exemplo, no seu lenço de linho, que Marian guardou na bolsa, e entende que, ao oferecer um lenço para alguém que chora num velório, está abrindo mão do lenço para sempre. Porque "para sempre" é o tema dos velórios. Aquele lenço de linho nunca mais vai voltar. E você o comprou em Paris numa ocasião especial. Você está pensando na cerimônia e nas palavras que as pessoas balbuciaram. Você está pensando no O.K. Coral, e seria melhor não pensar nisso, porque agora você está tendo que reprimir um sorrisinho. E agora você cruzou com o olhar de Marian. Está acontecendo a mesma coisa com ela. Robert está sendo transportado para sua gruta particular diante dessa multidão de artistas e poetas famosos que vieram depois dele para se unir aos artistas e poetas famosos que vieram antes dele, um momento grandioso, e a ex-mulher e o ex-companheiro dele estão quase perdendo a linha. Pense em outra coisa, Arthur Less. Qualquer coisa. O rosto de Robert na forma de um crânio, por exemplo; sua respiração; seu último corte de cabelo horrível que parecia o topete de um bebê de desenho animado... não está funcionando. Agora, o O.K. Coral canta um hino em alemão lento. Marian está tentando esconder o sorriso; ela saca o Lenço da bolsa, e é isto que acontece: Arthur Less cai na gargalhada.

Na primeira vez que vi Robert Brownburn, eu tinha 27 anos, e ele, mais de 60 — quase idade suficiente para ser meu avô —, e, embora eu não tivesse nenhum vínculo oficial com Arthur Less na época e fosse tão livre e desimpedido quanto um jovem bonobo, para mim, ele ainda era um rival. Foi num jantar para poucas pessoas na cabana e, quando ele tocou a campainha, eu era uma visão e tanto, com as mãos amarelas de cúrcuma e os olhos vermelhos de pimenta. Less estava no quarto, e, então, de braços abertos e chorando feito um santo, atendi a porta, e foi assim que vi Robert pela primeira vez. Ele me ofereceu um sorriso irônico e disse:

— Você deve ser o filho de Carlos.

A hora seguinte é um borrão cheio de raiva injustificada, injustificada porque Robert foi gentil e educado comigo, assim como todos os outros, mas eu não conseguia parar de pensar que, embora o considerasse um rival, era evidente que Robert não me via dessa forma. Caso contrário, por que ser tão gentil e educado?

Less informou ao poeta que eu era professor do ensino médio. E acrescentei:

— Estamos lendo Homero.

— Que maravilha! — disse Robert, animado. — Sabe, dia desses eu estava pensando que a *Odisseia* tem uma das participações especiais mais incríveis da literatura.

— Meus alunos adoram o livro.

Ele sorriu e se virou para falar com as outras pessoas da mesa, abrindo bem os braços.

— Quando Telêmaco chega à corte de Menelau — disse ele —, descobrimos tudo sobre as decorações de ouro, prata e eletro, e eles falam disso sem parar, e de repente, em segundo plano, Helena passa por ali. Ela mesma, Helena de Troia.

— “Saindo de seu quarto perfumado” — citei.

— Exatamente. Essa é a mulher no centro do seu *épico anterior*, e Homero faz Helena reaparecer, isso deve ser uns vinte anos depois, passeando pelo palácio, e ele nunca responde aquilo que estamos desesperados para saber: *Ela é bonita?*

Eu me servi da salada de mamão verde.

— Os meus alunos não aceitam que Helena...

Ele se dirige ao grupo:

— Não é *fascinante*?

Mais tarde, depois do jantar, ainda letárgico por causa do drinque doce à base de gim e do champanhe, eu estava arrumando tudo com Less e ele me perguntou o que eu tinha achado de Robert. Eu era jovem demais para saber o que tinha achado de Robert; só sabia o que achava de mim mesmo, e eu me sentia derrotado. Por isso fiquei repetindo:

— Não é *fascinante*? Não é *fascinante*? Não é *fascinante*?

Até que Less saiu da sala. A gente teve uma discussão, ele quebrou uma taça e caiu no choro por isso, enquanto eu fiquei ali segurando meu drinque à base de triunfo e vergonha.

A segunda vez que vi o poeta Robert Brownburn foi, por acaso, num velório. No da mãe de Less, que morreu de câncer depois de a doença passar anos em remissão. Less estava perdido; sua irmã, Rebecca, também, então tive que planejar o velório. Eu me lembro de quando o poeta Robert Brownburn chegou para cumprimentar seu antigo amor e de como, no meio do abraço triste dos dois, o olhar do poeta pousou em mim. A mensagem contida naquele olhar quase conseguiu resistir à minha inteligência. Ele articulou com os lábios *Oi, Freddy*. Depois deu um abraço na irmã de Less e saiu do meu campo de visão. Uma procissão de fantasmas veio em seguida. Mais tarde, encontrei o poeta olhando incerto para o bufê de comida mexicana e dei uma sugestão de quais pratos combinar. Ele se virou para mim e falou:

— Estava pensando naquilo que você disse, e Helena faz alguma coisa naquela cena, não faz?

Como se não tivessem se passado anos desde o nosso primeiro encontro. Falei que sim, ela coloca uma erva no vinho que estão bebendo, uma droga contra *penthos e kholon*: tristeza e raiva.

— "Ninguém derramaria uma lágrima naquele dia" — citei para ele. — Assim eles podem falar do passado sem sofrer.

Ele fez que sim e pegou mais um pouco de feijão. Em seguida, disse:

— Espero que você tenha colocado um pouco nas margaritas.

Foi embora logo em seguida, e demorou muitos anos até nos encontrarmos de novo.

E essa foi a segunda vez que vi o falecido Robert Brownburn.

A "celebração da vida" acontece numa mansão em Sea Cliff. Less recebe um copo de bourbon logo na chegada — alguém sabe a bebida preferida de Robert — e é conduzido para uma grande sala de vidro com vista para o estreito que conecta o oceano à baía: o estreito de Golden Gate. A luz do sol cintila em suas águas escuras à medida que se lança Pacífico adentro, formando ondas debaixo da famosa ponte.

— Com licença, você é amigo do sr. Brownburn?

Less foi abordado por um jovem usando um terno azul-marinho grande demais — quão jovem Less não sabe dizer. Seu palpite era de que ele tinha algo entre a concepção e 30 anos.

Less sorri e diz:

— Sou.

— Desculpa, não quero incomodar. Sou um grande fã dele. — O jovem tem um corte de cabelo bem curto e usa óculos sem aro. — Li toda a poesia dele, não só o que saiu pela Library of America mas as coisas *antigas*, mais picantes. Aquelas coisas dos anos sessenta que quase conseguem resistir à inteligência, como dizia Stevens, não? Sou um grande fã. E, como ele não era lá muito de viajar e eu moro em Hollister, nunca estive numa das suas leituras públicas.

— Que pena — diz Less. — Ele fazia leituras incríveis. Umas das primeiras que vi foi na City Lights.

— Nossa, deve ter sido incrível!

Less:

— Na época, eu não sabia quase nada sobre a poesia dele. A gente estava começando a namorar. E ver como ele lia o próprio trabalho foi como... descobrir que o seu namorado é o Homem--Aranha.

Ele ri, mas o jovem não. Em vez disso, parece chocado.

— Ah... você... você é Arthur Less?

— Sou.

— *O* Arthur Less?

Existe outro Arthur Less?

— Acho que sim — responde Less. — Eu e Robert ficamos juntos por quinze anos.

Uma onda de alegria parece tomar conta do jovem.

— É, eu sei — diz ele. — Que honra estar aqui, você não faz ideia. E conversar com Arthur Less! Um dia, é você que vai ganhar um daqueles prêmios! Preciso confessar uma coisa: eu entrei de penetra. Vi um aviso falando de um evento em homenagem a Robert Brownburn e tive que vir. Foi mal, sei que não era aberto ao público.

— Aqui não é a minha casa. Robert jamais ignorou fãs de poesia.

— E como era viver com ele? Como era viver com um gênio?

Less suspira. Toma a decisão de falar honestamente sobre Robert, porque hoje é dia de falar honestamente sobre o poeta Robert Brownburn:

— Eu não me dava conta do que estava acontecendo porque, por muito tempo, todo dia de manhã, nada acontecia, o que era muito tenso, e de repente, sem mais nem menos, ele terminava. E, quando isso acontecia, berrava: "Champanhe!" — Less desfruta da lembrança desse momento feliz, que não significava, é claro, que Less devia mesmo abrir um champanhe (eles quase nunca tinham dinheiro). — Na maioria dos dias. Alguns dias. Nem sempre era fácil. Robert era muito exigente consigo mesmo. E com as pessoas ao seu redor.

— E valeu a pena?

Sem saber, o jovem fez a pergunta mais difícil de todas. Less vê Marian do outro lado da sala, movendo-se lentamente com seu andar de marionete até um sofá todo enfeitado. Os anos que viveu na Vulcan Steps, dedicado a proteger a criatividade de Robert, andando pela casa na ponta dos pés, fazendo o almoço em silêncio e batendo de leve à porta, só para encontrar Robert deitado no sofá-cama olhando para o teto de cara amarrada; os anos em que ele estava com 21, 22, 23 anos — devem ser gastos ou degustados? "Desperdice sua juventude", foram as palavras de Marian naquela praia, trinta anos atrás, e na época ele disse que estava desperdiçando. Mas estava mesmo? Talvez tenha investido a juventude, mas decerto não em si mesmo; é impossível guardar os dias da juventude para queimá-los na aposentadoria jogando-os no fogo para aquecer os ossos velhos. Tinha investido a juventude em Robert.

Less responde:

— Foi um privilégio.

Do outro lado da sala, Marian se apodera do sofá com ar triunfal. Sentada, ela cruza as mãos sobre o vestido; fecha os olhos. Para onde ela vai? Da porta fechada na memória de Less: *Champanhe!*

— Você acha que ele vai ler alguma coisa?

Less não estava prestando atenção.

— Desculpa. Quem?

— O sr. Brownburn — diz o jovem, envergonhado. — Sei que é uma festa para ele, mas estava torcendo para que ele lesse alguma coisa.

Less compreende com um espasmo na respiração.

O jovem dá um sorriso tímido.

— Se não for pedir demais, você poderia me apresentar a ele? Tudo bem se não puder. É que... eu vim lá de Hollister.

Less não é de tocar em pessoas que não conhece, mas coloca a mão no braço do jovem. Vê aquele rosto cheio de esperança e tenta pensar em como se diz a alguém que é tarde demais.

Eu sei como era viver com um gênio.

Era como se fôssemos um casal que se mudou para uma casa mal-assombrada. No começo, minha vida com Less foi feliz. A gente pintou de branco as paredes da cabana e ficou com tinta nas unhas e no cabelo como uma lembrança da nossa nova vida juntos. E depois começaram a surgir sinais — uma porta que se abria sozinha; uma sombra onde não deveria haver sombra nenhuma. Falo metaforicamente, claro — o que eu via com minha visão periférica era, na verdade, a presença fantasmagórica de Robert Brownburn (que ainda estava vivo naquela época). Sua primeira manifestação veio na forma de uma ansiedade que tomava conta da casa todo dia às seis; demorei para me dar conta de que era quando Robert parava de escrever e exigia um drinque e o jantar. E, diante dos meus olhos, às seis, Less deixava de ser um companheiro bobo e sorridente para se transformar numa figura aterrorizada, tudo que ele fazia era temperado com uma dose considerável de preocupação — "Ficou bom? Cozinhei demais?" Hoje entendo que ele não estava perguntando isso para mim; estava perguntando para o Robert de vinte anos atrás. A época em que Less achava que não merecia ser amado. Eu dizia coisas reconfortantes e ele se acalmava. As sombras e as portas rangentes da cabana se foram. Mas depois veio a possessão.

Um dia, voltei para casa e dei de cara com um poltergeist! — ou com os rastros de um. A roupa suja estava jogada pela casa de um jeito bem sinistro; havia pilhas cambaleantes de livros, xícaras de café que não estavam lá de manhã, e do quarto vinha uma voz de outro mundo repetindo:

— Não, não, não, não, não... — Quando abri a porta, para meu horror, me deparei com um demônio que me encarou com olhos vermelhos e rosnou: — Estou trabalhando, Freddy!

Fechei a porta do inferno e parei por um instante para assimilar aquele horror: meu companheiro tinha começado a escrever um romance.

Jamais imaginei que o processo fosse tão confuso e desgastante. Para se ter uma ideia, Less escrevia no quarto (o único outro cômodo da cabana), por isso, se eu precisasse de alguma coisa que estivesse lá, tinha que separar na noite anterior, planejando tudo com o cuidado de alguém que vai escalar o Everest. Mas o pior foi quando comecei a suspeitar de uma transferência ou possessão espiritual em que a alma de Robert Brownburn tinha se apossado do corpo de Arthur Less. Os gritos de tortura, o som de pelotão de fuzilamento dele digitando; eu tremia só de pensar no que estava acontecendo naquele vale de Geena. Acho que o momento decisivo foi quando Arthur Less abriu a porta com tudo, me acertando enquanto eu lavava a louça, e gritou:

— Champanhe!

Ele tinha se tornado o Grande Escritor, o Robert Brownburn. E eu tinha me tornado o janízaro do diabo. Disse isso para ele sem meias palavras. A reação dele? Less chorou sentado no sofá.

— Acho que eu estava tentando alguma coisa diferente. Acho que estava tentando ser mais confiante.

— E para isso você precisa me tratar que nem um criado?

— A minha referência é Robert. Me desculpa.

Argumentei que nem toda relação precisa de um Robert; não é *Antônio, Cleópatra e Robert* ou *Romeu, Julieta e Robert*. Eu disse:

— A gente pode ser só Freddy e Less.

Less respondeu baixinho:

— Meu problema é que nunca tive outra referência.

Senti tanta pena dele nessa hora que acariciei suas costas enquanto ele balançava a cabeça, e nós dois ficamos em silêncio. E as coisas melhoraram. Mas de vez em quando, às seis em ponto, consigo ouvir a risada de um fantasma na neblina.

No que diz respeito a Arthur Less, só existe um? Ou há outros? Tudo indica que existem centenas. Tem o astro da música cristã Arthur Less, cujos vídeos de oração entopem a busca que o nosso herói faz na internet; o fazendeiro de produtos orgânicos Arthur Less, cujas abóboras intragáveis viraram bons presentes de aniversário ("Seu dinheiro vale mais com Less!"); o ator de filmes de terror Arthur Less, protagonista de *Enguia do pânico*, *Enguia do pânico 2* e *Enguia do pânico 3: Retorcida*; o magnata do mercado imobiliário Arthur Less, da Carolina do Sul ("Seu dinheiro vale mais com Less!"); uma enorme quantidade de consultores de gestão, gestores editoriais e editores executivos. E, sim, de fato existe mais um autor chamado Arthur Less. Os dois sabem da existência um do outro; houve alguns encaminhamentos cordiais de mensagens enviadas por engano e piadinhas on-line quando alguém confunde um com o outro, mas nada além disso. Certa vez, Less chegou a um evento literário e deu de cara com o cartaz de um escritor barbudo e sério, usando um paletó de veludo — não era ele (culpa do estagiário sobrecarregado que não pesquisou direito). Os dois autores chamados Arthur Less nem sequer ocupam a mesma prateleira — o nosso Arthur Less fica na prateleira de AUTORES GAYS, o outro fica em AUTORES NEGROS; nenhum deles entra na seção geral de FICÇÃO. Os dois são desconhecidos demais para a seção geral de FICÇÃO. Não preciso nem dizer que, o mundo literário sendo como é, os dois nunca se encontraram.

Less pede licença para encerrar a conversa com o jovem fã de Robert. Sente que fez algo terrível e não consegue suportar a dor de testemunhar as consequências; agora, o jovem está de pé com seu bourbon, correndo os olhos por um ambiente marcado pela ausência da pessoa que ele veio de longe para conhecer.

Mas Arthur não tem para onde ir; Marian está pensando no passado, ou no futuro, ou talvez não esteja pensando em nada — se for isso mesmo, fico feliz por ela —, e Stella está cercada por uma multidão, como sempre. Então ele migra, repetidamente, para o bar. Mais um bourbon. E outro. Na sua terrível terceira jornada, sem querer, ouve um homem de idade conversando com uma garçonete. O cabelo do homem é comprido e cinza-Cortina-de-Ferro, assim como o seu sotaque:

— Se você sabe que não tem talento, por que insiste? Preste atenção no que estou dizendo. Largue mão de escrever. — A mulher fica visivelmente irritada, mas se mantém profissional e continua a recolher as taças de vinho. O homem parece que não percebe a irritação e percorre a sala com o olhar, cheio de olheiras talvez por ter testemunhado horrores desconhecidos pelos americanos, até que dá de cara com Less e sorri: — Oi, Arthur querido.

— Oi.

— Você não se lembra de mim. Eu sou o Vit... — E em seguida vem um sobrenome do qual todas as vogais foram removidas como se fossem dissidentes. — Eu era o editor tcheco de Bob. Nos encontramos uma vez em Berlim, mas você era um garoto muito jovem e tolo, e eu era um homem feito. Você não mudou nada!

Less não ficou mais esperto, mas diz:

— Que bom ver você... Vit.

Ele acha que nunca ouviu esse nome antes.

O homem ri.

— E você falava alemão muito mal!

— Então não era eu — responde Less, confiante. — *Ich bin Deutschunterricht genommen, seit...*

Vit ergue a palma da mão aberta para ele parar.

— Obrigado, mas não vou passar por isso de novo. Por acaso, eu estava na cidade e ouvi a notícia sobre Bob. Tão triste. Soube que você virou escritor. — Less acha que o velho vampiro quer sangue, mas ele é poupado, de certa forma. — Eu também. Mas desconfio de que somos dois tipos muito diferentes de escritor.

— Desconfio da mesma coisa.

— Para começar com o óbvio, eu sou um escritor europeu. Você é um escritor americano. — Vit diz isso de tal jeito, como se fosse *Eu sou homem e você é mulher*, que Less acha que está sendo cantado. Mas Vit varia a fórmula: — Sabe qual é o problema dos escritores americanos?

— Vírgulas.

O tcheco faz que não com o dedo.

— O problema é que vocês são todos nova-iorquinos. — Less não faz ideia do que ele está falando. Mentalmente, é como se ele estivesse fazendo os rabiscos sem sentido de uma caneta que ficou sem tinta. Mas o homem continua: — Nova York, Boston, São Francisco. Vocês não se importam com o restante do país. Já viram o deserto de Mojave? A trilha Natchez? O caminho dos Apalaches? Não, vocês só conhecem essa cidade à beira-mar. Não é à toa que ficam reescrevendo Fitzgerald!

— Robert era um escritor americano.

— Bob era um escritor europeu — diz Vit. — Ele tinha a sensibilidade de Beckett. De que a vida não tem jeito, nunca teve, de que ser humano não significa *nada*, de que a memória não serve para *nada*, de que o amor não é *nada*.

Cada *nada* soava como se ele estivesse rasgando ao meio um cartaz de propaganda.

— Você não sabe nada sobre Robert.

Vit dá um sorriso largo e os dentes parecem tão encavalados quanto as consoantes do seu nome.

— Sabe qual é o maior problema dos Estados Unidos? — Ele não espera a resposta de Less. — É essa multidão se acotovelando, brigando e se esforçando para ser bem-sucedida. E ninguém nunca se pergunta: "Hum. E se a gente estiver errado?"

— Eu me pergunto isso o tempo inteiro — responde Less.

— Querido, não estava me referindo a você. Quis dizer os Estados Unidos. E se o país estiver errado? O próprio conceito?

Less procura uma resposta; essa noção nunca tinha lhe ocorrido.

— *E se o próprio conceito dos Estados Unidos estiver errado?*

O que ele deve fazer com este homem? Estrangulá-lo? Cumprimentá-lo? Transformá-lo num personagem de romance? *Você está diante do sofrimento*, dizia Robert quando era confrontado com uma pessoa terrível. *Você está vendo alguém sofrer.* Mas Vit deu um jeito de escapar, literal e cosmicamente: depois de acenar com a cabeça para Less, o escritor tcheco saca um maço de cigarros e, em seguida, cruza uma porta-balcão para chegar a uma *loggia* italiana, juntando-se a uma União Europeia de fumantes. Apenas o perfume do homem permanece, e Less diz para o perfume:

— Você não sabe nada dos Estados Unidos.

O perfume não tem resposta, e Less dá um sorriso triunfante; afinal, ele conhece Provincetown.

— Bem, acabou — diz Marian.

Não se trata de outro enunciado final do Oráculo de Delfos; Marian está só constatando o óbvio enquanto tira os sapatos depois de um dia longo e cansativo. Ela está sentada na sala de estar da cabana, escura feito vinho, ao lado do velho relógio marítimo que dá seis badaladas. O velório acabou, a Escola do Rio Russian se desmantelou, talvez para sempre; houve rumores de que Franklin Woodhouse tinha se recusado a fazer outra rodada de tratamento para o câncer. Ele deu um beijo firme em cada bochecha de Less antes de ir embora e Less ficou olhando o velho sofrer para andar apoiado de novo no braço de Stella Barry. Uma vez, lembrou Less, ele cruzou um rio saltando de pedra em pedra. Hoje, é colocado dentro de um táxi como se fosse parte da bagagem.

— Marian, você chegou a falar com aquele jovem? — pergunta Less, repassando o dia na sua cabeça.

Ele está sentado na cadeira de balanço diante dela do outro lado da sala, com Tomboy dormindo no colo. Ele fala para ela do jovem que fez uma longa viagem desde Hollister. Não deixa passar nenhum detalhe: o cabelo curto, o terno grande demais. O fato de ter achado que era uma festa para Robert. Como ele havia se confundido...

— Ai, não. — Marian suspira.

— Ele queria que Robert fizesse uma leitura — diz Less. — Ele é um leitor ávido de poesia.

— Ai, não! Ai, não! — A mão tapando a boca, os olhos arregalados.

Less acrescenta, dando de ombros:

— Acho que não é um leitor ávido de obituários.

Os dois caem na gargalhada. Foi um dia longo e triste. Agora, ela está chorando de rir, e o Lenço surge da bolsa, e uma canção desafinada do O.K. Coral parece tocar na cabeça dele, e, por um instante, ele não resiste e se entrega a esse respiro da tristeza.

Ele chegou a imaginar que passaria por isso ao lado de Marian? Esses últimos dias, esse luto compartilhado com Marian Brownburn, a mulher que passou anos, que passou décadas com ódio dele, porque tinha roubado o marido dela? A mulher que tecia a própria mortalha durante o dia e a desfazia durante a noite? Não parece valer a pena analisar essa história; o melhor é apenas se sentir grato por ela.

— Fique para o jantar — diz ele.

Ela afasta o Lenço do rosto e ele vê que o rímel está borrado.

— Não posso. Não consigo mais dirigir à noite. Estou velha, Arthur. — As lágrimas dela são pretas.

— Então durma aqui.

— Não posso — diz Marian, envolvendo os ombros com o xale. — Na verdade... Arthur, você tomou o seu ansiolítico?

— Tomei — diz ele, pensando nas palavras do escritor tcheco. — Quer também?

— Não, obrigada, querido — diz ela. — Mas preciso contar uma coisa muito ruim para você.

— Ai, não.

Ela ergue a cabeça e respira fundo.

— Uma coisa que vai tornar tudo muito mais difícil. Foi o executor do testamento que me disse. É um bom momento para lidar com isso?

O som suave de um piano invade a casa pela janela, mas, como não encontra nada de valor para levar, sai de novo e faz silêncio.

— Pode me contar.

Então ela conta.

— Less, pode repetir? Não consegui ouvir o que você disse.

Less está sentado na cama ao lado de uma Tomboy adormecida; ela guincha num tom de preocupação parecido com o da cama. Ainda não é tarde para ele, mas já passou da meia-noite para mim, no Maine.

— A gente... A gente... A gente não tem mais onde morar.

— Você alagou tudo de novo?

— Não, não, não. — Less metralha as palavras de um jeito que faz pensar no capitão de um submarino que ordena: *Submergir! Submergir! Submergir!* — Temos que sair da cabana porque ela entrou num negócio chamado inventário...

— Less, calma. Você não precisa sair da casa por causa de um inventário...

Com a respiração pesada agora:

— Estou devendo. Aluguel. Para o. Espólio. — Ele fala como se tivesse mesmo alagado tudo.

— Aluguel? — digo, assustado. — Eu achava que a cabana era sua!

— Robert nunca me cobrou nada. Era tudo meio que... subentendido.

— Subentendido?

Silêncio.

— Less — falo, irritado —, você achou que seria assim para sempre? E nunca me disse nada? E agora a gente está devendo aluguel?

— Freddy, depois que eu e Robert nos separamos, eu... eu simplesmente não pensei no assunto.

— Quanto a gente deve de aluguel?

— Dez anos — diz Less. — O valor cobre a hipoteca reversa ou algo assim, não entendi essa parte, e, se a gente pagar, a cabana é nossa. Mas só tenho um mês de aluguel.

Desta vez, fico em silêncio.

— Por isso não posso ir para o Maine ainda. Vou primeiro para Palm Springs. Depois para Santa Fé.

— Você vai escrever o perfil?

— Eu vou escrever o perfil — diz ele, feito um criminoso concordando em participar de um último assalto a banco. — E qualquer outra coisa que apareça. Vai dar tudo certo. O perfil de Mandern vai render um dinheiro, e faço parte daquele comitê do prêmio, isso também vai render um dinheiro. Vai dar tudo certo. Tenho um mês para resolver tudo. Ligo para você de Palm Springs.

— Palm Springs — digo, como se fosse uma mágica capaz de fazer toda a nossa preocupação desaparecer.

— E vou planejar um livro novo — diz ele. — Vou vender esse livro. Você vai ver, Freddy, vou dar um jeito em tudo!

Um silêncio frio é a resposta para essa declaração, como um barman diante de um forasteiro.

— Você poderia arranjar um emprego — digo.

— Eu tentei — fala ele. — Lembra Wichita? — Uma pausa até que a gente se recordasse da experiência desastrosa na Cadeira de Visitante Renomado. — Mas, sim, se for preciso, vou arranjar um emprego. Me deixa só tentar isso primeiro.

— Esse tempo todo — digo — a cabana nem era nossa?

— Tenho um mês. O prêmio e o perfil resolvem um terço do problema...

— Meu herói — falo, um tanto cruel.

— E, depois disso, viajo para o Maine...

— Desculpa, eu sei. Desculpa — digo, mudando de atitude. — Isso tudo deve ser terrível para você. Ainda mais agora, que ia começar a escrever o seu romance...

— Isso vai ter que esperar.

— Que terrível.

— Freddy, nós vamos recuperar a nossa casa. Vou resolver tudo.

— Eu sei, meu amor.

— Vou resolver tudo e depois viajo para ficar com você no Maine.

Digo que o amo e desligamos.

Porém... agora é a minha vez de estar *incerto*. Que outros infortúnios o meu Prudent escondeu, esqueceu, deixou para trás? Talvez seja melhor chamá-lo de *Imprudent*?

Penso com frequência em Lewis e Clark. Não os jovens exploradores que o presidente Jefferson enviou para o noroeste do país. Penso em Lewis e Clark, amigos de Less. Juntos há vinte anos, eles de repente anunciaram que iam se separar. Acontece que eles marcavam um programa a cada dez anos para reavaliar seu contrato e, no último, o contrato não foi renovado. Eles beberam champanhe e depois foi cada um para um lado.

— Fomos juntos até onde foi possível — informou Clark, sorrindo, para um Arthur Less chocado, que me contou a história.

De uma hora para outra, o amor acabou. Depois de tudo que fizeram juntos! No fim das contas, não foi tão diferente do que aconteceu com os exploradores Lewis e Clark, que brindaram dezoito vezes ao fim da jornada. Mas a história me deixou preocupado. "Fomos juntos até onde foi possível." É assim que casais falam? Dez anos sugerem algum tipo de marco contratual — como o de uma estrela de cinema com o estúdio — capaz de gerar essa sensação de *incerteza*? Ligações desesperadas? Viagens desesperadas para Palm Springs? Pois daqui a pouco vai fazer dez anos desde o nosso primeiro beijo. Numa varanda, durante uma festa, com uma vela dentro de um pote de vidro...

Uma reação dramática, eu sei, a uma coisa tão valona; a ingenuidade em relação ao aluguel, ao inventário e à passagem do tempo faz parte, é claro, do charme de Arthur Less. Ele acha que cada novo dia vai ser melhor que o anterior; ele está errado. Ele acha que somos livres para nos tornarmos aquilo que verdadeiramente somos, que temos liberdade para amar quem quisermos. Um jeito de pensar tão estadunidense que deveria ser servido com ketchup.

Mas, amigos, não se pode sobreviver só de ketchup.

Outra história me ocorre. Foi depois de Robert e antes de mim; Less estava escrevendo um artigo de viagem no noroeste do país e, em busca de detalhes e de uma cor local, foi conferir umas fontes termais recomendadas pela pousada. Pelo que Less conta, ele percorreu uma trilha seguindo um riacho que tilintava feito uma cozinha de fast-food. Ele encontrou as fontes, tirou a roupa e se acomodou, nu, dentro da água. A superfície da água era assombrada pelo vapor. Acima dele, as montanhas austeras entrelaçavam as mãos violeta, olhando para baixo como jogadores de xadrez encarando um roque. Foi nesse instante que saiu da floresta, pisando com cuidado nas pedras, em silêncio e assustado, um enorme alce.

Ele foi até Arthur Less e se sentou ao lado dele na água. Um momento de silêncio. De tanto medo, Less urinou sem pudores.

Da forma como ele conta, no entanto, naqueles poucos minutos em que o homem e o alce observavam o pôr do sol, Arthur Less se sentiu especial. Vivendo na sombra de Robert por anos, depois se sentindo um náufrago num oceano de possibilidades, de repente foi escolhido por essa criatura enorme! Less experimentou uma metamorfose ao lado desse agigantado alce — alçado a sua musa. Quando o alce foi embora, dirigindo-se para a floresta, Less entendeu que poderia sobreviver a qualquer coisa. Ele poderia sobreviver sem Robert; poderia sobreviver a qualquer mudança, a qualquer alce que aparecesse no caminho. Ele seria escritor, e que se danassem a dúvida e a preocupação.

É isso que eu quero. Quero ser especial. Quero ser escolhido assim como Arthur Less, atrapalhado em meio aos larícios, foi escolhido. Cadê o meu alce? Isso não está garantido pela Constituição, em algum lugar entre o aquartelamento de soldados e os emolumentos estrangeiros? Este é um país de grandes injustiças. Less comete suas gafes, fracassa e é recompensado com um alce, recompensado com Palm Springs, recompensado com a minha pessoa, Freddy Pelu. E eu fico aqui, na minha conferência no Maine, pensando: *Cadê o meu alce? Cadê o meu alce?*

A última vez que vi o poeta Robert Brownburn foi no asilo. Eu e Less viajamos de carro até Sonoma County para encontrar Marian na instituição. Ela estava esperando pacientemente na recepção toda de vidro e iluminada pelo sol e nos levou até o quarto de Robert: de um amarelo vivo, perfumado por um loureiro que ficava perto da janela aberta. Uma cortina, também amarela e estampada com andorinhas, foi aberta para revelar o poeta em seu leito de morte. Na mesma hora, Less se aproximou dele e ocupou uma cadeira de plástico, também amarela. Less pegou a mão do poeta, também amarela. Mas ele olhava para mim.

— Oi, Freddy. — Os olhos de Robert estavam mergulhados em olheiras profundas, como se absorvessem toda a luz disponível; os lábios estavam comprimidos e o queixo tremia, o que não era causado por nenhum tipo de paralisia, mas pelo simples fato de que ele estava sofrendo e não queria demonstrar. — Você cresceu! — disse ele, esboçando um sorriso. — Bem-vindo à parte do meio da vida, Freddy. Mas já vou avisando: você não vai gostar da última parte. — Ele e Less conversaram sobre a comida de Robert, os remédios, os conflitos com a equipe de enfermeiras e a estampa da cortina, que o poeta dizia não ser de andorinhas, mas de urubus rodeando. Less chamou Robert de Tirésias, uma piada interna dos dois. E logo chegou a hora de ir embora. Ele voltou a olhar para mim. — Sabe qual é a pior coisa de que se pode chamar uma italiana? Troiana, por causa de Helena de Troia! Não é incrível? São rancores milenares, Freddy.

Dei um beijo de despedida na bochecha dele. Foi a última vez que vi o poeta Robert Brownburn.

Mas não foi a última vez que Arthur Less o viu. Ele visitou seu Tirésias duas semanas depois. Less me contou que segurou de novo sua mão e que Robert reclamou de novo da comida, das enfermeiras e dos urubus ao redor dele. A única coisa que estavam dando para ele era leite e mel, disse. Tinham dado água de uma fonte impura para ele beber e por aí vai; ele parecia agitado e confuso. Então o homem de idade disse para o homem de meia-idade:

— Arthur. Vá se perder em algum lugar, você sempre gostou disso. Mas não vá agora. Fique mais um pouco comigo.

Arthur Less disse para o seu amor:

— Do que está falando? É claro que vou ficar com você!

No fim, como você sabe, foi Robert Brownburn que não ficou.

“Um fim tudo tem”, nosso herói poderia dizer em seu alemão lessiano, “salvo a salsicha, que dois tem.” Será que é sua última noite na cabana? Depois de todos aqueles anos não exatamente à prova de água? Nosso herói faz uma mala com o suéter rosa, o barbeador elétrico especial e o terno cinza de seda e programa o alarme. Ele se deita sozinho na nossa cama; um vizinho já estava cuidando da Tomboy.

Nesta noite, que fantasma vai visitar o nosso Hamlet no seu castelo de sonhos? Com certeza, não o de Robert Brownburn; ainda que exista um paraíso em que todos os animais e homens fazem parte de um mesmo grupo insano, ateístas como Robert não aparecem para nós na forma de fantasmas — não por estarem presos em algum tipo de cadeia celestial, mas por pura teimosia. Com certeza, não o da mãe de Less; ela jamais o assustaria. De qualquer forma, ela é onipresente no sistema nervoso de Less, que encara toda tomada elétrica e todo piso escorregadio de banheiro como ameaças fantasmas. Com certeza, não o de velhos amigos escondidos na noite sem fim que é a morte; aquelas vítimas da peste estão num lugar melhor há muito tempo. Não o de avós e avôs; um fantasma tagarela seria capaz de compensar uma vida de coisas não ditas? Não o de seu pai, Lawrence Less, outro homem que também não ficou com Less, até porque ainda deve estar vivo em algum lugar...

No entanto, aquela sombra ali não está no lugar errado, perto do retrato que Woodhouse pintou de Less? Ela não está se aproximando da cama?

Vá se perder em algum lugar, parece sussurrar.

Less ouve mais um barulho: um estalo. Um fantasma atrapalhado? Mas é claro que ele reconhece o barulho; é o som que Robert fazia várias vezes ao longo da noite: um estalo da mandíbula. Ele acordava com um espasmo muscular e, para voltar a dormir, imaginava que podia relaxar cada parte do corpo, começando pelos dedos dos pés e subindo até soltar a tensão da mandíbula com um estalo. Com frequência, Less acordava com o barulho. É claro que o barulho não vinha de Robert; é claro que não existe nenhum fantasma. Less se dá conta de que foi ele mesmo que fez o barulho. Pois os mortos vivem apenas dentro de nós.

Less pisca para afastar as imagens do sono; tudo desapareceu. O quarto está escuro e silencioso, e as sombras estão todas no lugar certo. Ele apalpa a mesa de cabeceira para conferir se o amuleto da sorte continua ali: a antiga caneta da mãe. Encontra conforto naquele cilindro agradável. Em seguida, os faróis de um carro iluminam a janela, projetando a sombra da bignônia na cama, evocando uma memória... mas Less já está inconsciente, a meio caminho de Palm Springs.

Durma bem, meu amor. Existe mais de um continente entre nós hoje à noite.

SUDOESTE

[*A entrevista a seguir foi traduzida do alemão.*]

— Sr. Less, obrigada por participar do programa. E por falar conosco direto dos Estados Unidos.

— Aqui está meu agradecimento.

— Tenho certeza de que nossa audiência ficou encantada com sua disposição em fazer a entrevista em alemão. Poucos americanos falam nossa língua.

— Aqui está meu alemão. HA-ha-ha!

— Temos apenas um minuto, mas eu gostaria de perguntar sobre sua próxima viagem. Ouvi dizer que o senhor vai fazer uma turnê com o escritor H. H. H. Mandern, que é muito famoso aqui na Alemanha.

— Parece doença mental o sr. Mandern me convidar para com ele ir, mas ele fez, sim!

— Doença mental, sem dúvida. Os senhores parecem escritores muito diferentes um do outro. Seu próximo livro, *Veloz*, é uma comédia. E o sr. Mandern é famoso por escrever ficção científica, e não comédias.

— Existe um robô detetive muito conhecido.

— Sim, sim, Peabody. Em sua opinião, por que o sr. Mandern quis que o senhor participasse da turnê?

— Nós tivemos uma entrevista. Ele gostou de minha interrogação. Você já interrogou Mandern?

— Por acaso, sim. Foi difícil. Acho que não seria injusto dizer que ele é famoso por ser um pouco sensível. Alguns dizem que ele é mentalmente instável. O senhor está nervoso?

— Eu não entendo.

— O senhor está nervoso de ter de conviver de maneira mais íntima com um colega tão imprevisível?

— Eu não entendo.

— O senhor está nervoso?

— Nós não compartilhar o mesmo quarto de hotel. HA-ha-ha!

— Sr. Less, de nossa parte, desejamos sorte com seu novo livro e com a turnê.

— HA-ha-ha!

Less viaja de São Francisco para Palm Springs, uma cidade localizada mais para baixo, à esquerda, no mapa dos Estados Unidos. Less coloca sua mala (com o barbeador elétrico especial, alguns livros e o suéter rosa favorito) no compartimento acima da poltrona e se senta à janela do avião. Ele olha para a asa. No estado de pânico em que se encontra, ele se pergunta se o homem é capaz mesmo de voar. É quando uma comissária de bordo cansada oferece amendoim para ele. Less dá uma risadinha diante da oferta. Amendoim! A nove mil metros de altura! Para Arthur Less, fazer qualquer coisa numa altitude como essa parece um milagre; ele simplesmente não consegue acreditar. Talvez tenha a ver com alegrias quase proibidas da infância, como ler com uma lanterna debaixo da coberta e levar chocolate escondido para uma casa na árvore. Quando oferecem vinho, Less estremece diante da impossibilidade. Como arrumam vinho numa altura dessas? Para ele, é tão delicioso quanto um copo de limonada comprado na barraquinha de uma criança de 5 anos; em outras palavras, sempre delicioso. O mesmo vale para a comida; quando ele remove o papel-alumínio para revelar um frango esquentado no micro-ondas ou uma lasanha suspeita, é como se encontrasse o ingresso dourado para a fábrica de chocolate. Sua felicidade parece não ter fim.

Mas um fim tudo tem; pouco depois da decolagem, alguns passageiros ficam preocupados com um zumbido persistente. Less se junta à especulação. Seria uma peça solta? Algo errado com a pressurização da cabine? Logo, os comissários de bordo se envolvem na discussão. O comandante é chamado; ele avalia o barulho e desaparece em seguida.

— Senhoras e senhores passageiros, nosso pouso de emergência em Palm Springs foi autorizado. A aeronave precisa de pequenos reparos, mas nada que afete este voo curto.

Eles começam a descida de emergência. Less está apavorado; que pequenos reparos são esses? Que dispositivo fundamental deu um defeito tão fatal e barulhento? Não demora para ele se dar conta de qual é o problema: o barbeador elétrico especial. De alguma forma, ele ligou sozinho no compartimento de malas. Ele não diz nada; o barbeador elétrico especial (que parece um ventríloquo habilidoso) projeta o som por toda a cabine; então, ele não pode ser incriminado. O plano de Less é esperar a aterrissagem, agir rápido para alcançar o barbeador e desligá-lo antes que alguém se dê conta. Tudo começa bem; seu copo de água é recolhido, assim como o pouco lixo que tinha, e eles aterrissam em Palm Springs. Um sinal sonoro libera os passageiros, e Less dá um salto para abrir o zíper da mala — e é coberto por confetes de tecido rosa. Durante o voo inteiro, o barbeador não apenas assustou a tripulação do avião; também decidiu devorar seu acompanhante: o suéter rosa. O amor é isso.

Quem busca Arthur Less (ainda coberto de pedacinhos de tecido rosa) no aeroporto de Palm Springs é a assessora de imprensa Eleanor, que o leva para a cidade propriamente dita, onde ele experimenta, na mudança súbita do norte para o sul da Califórnia, um choque similar ao de um mergulhador que sobe para a superfície rápido demais. Ah, Califórnia! A loirice estatisticamente impossível; a ubiquidade dos óculos de sol, como se todo mundo tivesse acabado de ir ao oftalmologista; as tamareiras não nativas que, como muitos não nativos, parecem bem patrióticas em relação ao novo lar; o fingimento de sol e calor no frio de outubro, como aqui, no conversível de Eleanor, onde, para compensar o frio, ela ligou o ar quente no máximo. Para Less, parece o tipo de ato de profunda negação que só se vê nos feriados em família.

Sejamos sinceros: ele está com medo. Com medo do dinheiro, da viagem e das humilhações ainda desconhecidas. Pois, em vez de desfrutar do abraço quentinho de alguém amado no frio de um estado no Nordeste, Arthur Less entrou numa espécie de pesadelo ultravioleta que pegaria qualquer valão despreparado. Ele nem sequer tem protetor solar. E que novo tipo de solidão o aguarda? Porque é certo que mal vai conhecer esse famoso escritor com seu famoso fedora e sua famosa pug. Less vai ficar sozinho num quarto de hotel participando de reuniões acerca do prêmio até a hora de viajarem para Santa Fé. E mais: ele viajou para um lugar ainda mais distante de mim, Freddy Pelu.

Eleanor leva Less para um prédio que parece um abacate gigante de metal, mas que na verdade é um auditório, o acompanha até o camarim do abacate (que é verde-abacate; é sério) e o abandona com um prato de frutas e um frigobar. Less dá um jeito de preparar um minidrinque, mas beberica com cuidado; não quer estar bêbado quando subir no palco. Seu trabalho é evitar chamar atenção a qualquer custo; é deixar o grande escritor brilhar; é ser tão lembrado como a mesa, a cadeira, o copo de água e o holofote, ou seja, nem um pouco. Less se sente altamente qualificado para assumir essa posição. Ele está avaliando se chegou o momento de comer a cereja do seu minidrinque quando um homem de expressão séria entra na sala, mas não olha nem de relance para Arthur Less. Ele usa fones por cima do cabelo crespo e grisalho e carrega uma prancheta, um sinal de que é ele quem manda.

— Com licença — diz Less. — Com licença. A que horas o sr. Mandern chega? Preciso participar de uma reunião rápida por telefone. Para um prêmio literário.

O homem olha para ele com impaciência, tentando entender os pedacinhos de tecido rosa.

— O sr. Mandern está a caminho.

— Então ainda tenho uns minutinhos?

O homem tem uma cicatriz que divide a sobrancelha do olho esquerdo, como aquelas de duelo; ele franze a testa.

— Na agenda do sr. Mandern, quem manda é ele, sr. Yes.

— É Less — diz Less. — Arthur Less. Não Yes. — Teria ele se tornado um vilão de James Bond?

O homem olha para a prancheta.

— Aqui está escrito *Yes*. — Ele sublinha a palavra com perfeição.

— Você poderia me avisar quando o sr. Mandern chegar?

O homem analisa Less por um instante.

— Quando o sr. Mandern chegar — diz ele —, *você vai saber.*

Um autor que figura nas listas de mais vendidos desde seu primeiro livro, *Incubus*, publicado em 1978 e com uma controversa adaptação para o cinema, H. H. Mandern se tornou, de repente, uma figura ilustre no mundo dos livros, com o fedora e o cachimbo que se tornaram sua marca registrada, com a barba rajada igual à de Vincent Price, atraindo milhares de fãs para seus eventos e virando notícia com atitudes típicas de um astro do rock, como destruir quartos de hotel, queimar dinheiro e tentar sequestrar um avião comercial para voar até Porto Rico (que era para onde o avião já estava indo). Mais tarde, ele botou a culpa nos remédios controlados que estava tomando. Mas nada afetou seu trabalho: ele publica um romance por ano, às vezes dois, e não são romancezinhos, e sim narrativas de seiscentas páginas sobre guerras interestelares e impérios alienígenas que um ser humano normal levaria um ano apenas para *digitar*. Para Mandern, era moleza. Recentemente, um crítico se referiu a ele como "o Dickens americano". Outro o chamou de "fábrica de merda". Nada disso fez diminuir sua produtividade, embora ele já esteja com mais de 80 anos.

Arthur Less e H. H. H. Mandern se encontraram antes. Foi em Nova York, mais ou menos dois anos atrás, quando ele entrevistou o grande escritor diante de uma plateia — quase foi um desastre completo, porque Mandern teve uma intoxicação alimentar e só conseguiu subir ao palco sob o efeito de vários remédios. E, apesar de ter demonstrado boa vontade para responder as perguntas de Less ao longo de uma hora, quando chegou o momento de abrir para perguntas do público, Mandern encarou Less com um olhar distante. Less viu o desespero nos seus olhos, como a chama trêmula de um toco de vela. E depois ela se apagou.

— Na verdade, sr. Mandern, a resposta para essa pergunta aparece no livro cinco quando o senhor...

Less continuou falando manderniano como se possuído pelo espírito santo do autor. Ele salvou o dia. Quando o tempo acabou, o coitado do Mandern só conseguiu sussurrar:

— Já acabou?

E Less o levou para fora do palco sob aplausos empolgados. Mandern foi direto para a cama do hotel, e Less achou que nunca mais teria notícias do grande homem.

Mas ele teve notícias do grande homem, porque neste momento estamos em um camarim em Palm Springs, onde Arthur Less tem sua primeira reunião com o comitê de jurados do prêmio.

— Oi, gente!

O comitê de jurados nunca faz reuniões presenciais; seus encontros são incorpóreos, como os dos anjos. Arthur Less tem uma boa relação com prêmios — uma vez, na Itália, chegou a vencer um. Mas agora ele tem a chance de entrar no célebre mundo dos jurados de prêmios.

O presidente do comitê dá início à reunião com um desafio:

— Acho que cada um de nós deveria dizer o que pensa sobre o *propósito* desse prêmio.

Além dele, há mais três pessoas. Less ouviu falar delas, mas nunca leu nenhum dos seus livros. São elas: o escritor afro-americano Alcofribas ("Freebie") Nasier, a autora de romances históricos Vivian Lee e, por fim, Edgar Box, cujo maior triunfo — *A escada*, considerado o melhor exemplo de "literatura mórmon alucinógena" — foi publicado vinte anos atrás. Less só consegue perceber quem é quem pelo tom de voz e, no caso de Edgar Box, pelo seu silêncio quase absoluto ao telefone.

Espere um pouco, desculpe, eu disse *por fim*, mas tem mais uma pessoa. O presidente do comitê. Como pude esquecer? Bem quando perdemos as esperanças e consideramos a vida um caos, o Destino estabelece um padrão, pois o presidente é ninguém mais, ninguém menos que Finley Dwyer, nêmesis de Less.

Por décadas, os dois escritores gays e brancos seguiram uma trajetória similar de publicações, às vezes fazendo leituras em noites consecutivas na mesma livraria gay. Porém, como Less morava em São Francisco, e Finley Dwyer, em Nova York, os dois nunca se conheceram. Mas foi numa festa (em Paris) que Finley encurralou Less numa biblioteca particular e se ofereceu para contar uma coisa que nunca ninguém teve coragem de contar. Como Less poderia dizer não a uma proposta dessas? Saber uma coisa que ninguém ousava dizer? No fim das contas, era isto:

Arthur Less era um “péssimo gay”.

Faz dois anos que Less está remoendo essa história.

— Arthur — diz Finley Dwyer ao telefone —, você sabe que sou um grande fã do seu trabalho, você é a minha escolha número um, mas, infelizmente para você e felizmente para nós, você faz parte do júri! Diga qual você acha que é o propósito desse prêmio.

— Premiar alguém extraordinário — desabafa Less, enquanto anda pelo camarim. — Uma nova forma de contar uma história, um novo uso da linguagem, sabe como? Acho que a gente deveria usar o prêmio para reconhecer uma nova voz da literatura ou para reabilitar um dos nossos grandes escritores. De mente aberta, a gente vai saber o que fazer.

— Obrigado, Arthur. Vivian?

Vivian Lee tem a voz elegante de uma professora de oratória:

— Eu sei o que não fazer com o prêmio. Ele não deve ir para um escritor que já faça parte do cânone literário. Temos a chance de mudar a vida de alguém. Não vamos desperdiçá-la.

— Maravilha, Vivian — diz Finley Dwyer. — E você, Freebie?

Freebie tem a voz de alguém ansioso para debater:

— Finley, o prêmio não é para canadenses! Eles vivem ganhando essas coisas!

— Tá bom, tá bom, Freebie, foi um comentário interessante. Edgar, gostaria de acrescentar alguma coisa? — Um silêncio contemplativo toma conta da ligação. — Edgar, está na linha?

— Estou aqui.

— Quer acrescentar alguma coisa?

Mais silêncio e, por fim, um suspiro.

— Esse prêmio não é para um daqueles jovenzinhos que todo mundo adora só porque escrevem *boceta* no primeiro parágrafo.

— De quem você está falando? — pergunta Vivian.

— Achei que era para dizer o *propósito* do prêmio — interrompe Arthur, parecendo aquele aluno queridinho da professora que foi na juventude.

— Daqueles jovenzinhos — diz Edgar. — Que escrevem *boceta* no primeiro parágrafo.

Freebie entra na discussão:

— Arthur sugeriu que a gente leia de mente aberta, Edgar.

A voz melódica de Finley toma conta da conversa, como uma anfitriã segurando uma bandeja de drinques:

— Bem, é bom termos as nossas personalidades reveladas. Acho que todos concordamos que esse prêmio não é para escritores ruins. Badalados, premiados, mas ruins. Os arremedos, as fraudes, os preguiçosos cu, como diria Truman, os *escrevinhadores*. Basta desse tipo. Esse não é um prêmio para quem não tem talento. Sei que isso não é lá muito popular.

— Isso! — diz Freebie para depois começar a tossir sem parar.

Arthur, mais uma vez:

— Achei que era para dizer...

— Não tenho nada contra *boceta* no primeiro parágrafo — diz Vivian, sem meias palavras.

— Tudo bem — diz Edgar. — Retiro o que disse. Podem ficar com as *bocetas*.

Finley:

— Temos a chance de avaliar a abrangência da literatura dos Estados Unidos. Vai ser um mês cheio de emoções! Não se esqueçam de anotar o dia da cerimônia em Nova York. E vamos ver se conseguimos fazer jus aos parâmetros exigentes de Arthur!

Arthur:

— Eu quis dizer que...

— Até a próxima! *Au réécouter!*

Arthur Less é um "péssimo gay"? Sem dúvida ele não é bom em ser gay. Vamos analisar mais de perto; temos tempo enquanto esperamos a chegada de H. H. H. Mandern...

Quando se mudou para Nova York depois da faculdade, nos anos oitenta, Arthur Less se esforçou para ser um bom gay. Ele entrou numa academia que se revelou, na prática, uma masmorra sexual. Ele entrou num partido político que, na prática, acreditava numa teoria da conspiração envolvendo clínicas médicas do governo. Ele entrou num instituto de língua alemã que se revelou, na prática, uma masmorra sexual. Ele entrou num clube do livro que, na prática, era voltado apenas para um partido político. Ele entrou num grupo de RPG que se revelou, na prática, uma masmorra sexual. Ele entrou numa masmorra sexual que era, na prática, uma clínica médica do governo. Tudo era muito confuso.

Mas o mais confuso para ele era como todos os homens eram sexualmente livres. Várias vezes, Less ouviu que precisava "se soltar mais". Ele tinha certeza de que era verdade. Mas como é que *todo mundo* conseguia se soltar e ele não? Parece estatisticamente impossível que tantos homens *americanos*, sobretudo os convencionais e respeitáveis, conseguissem se sentir tão despreocupados em relação ao sexo. Não dava para se livrar do passado tão fácil assim, dava? Um fazendeiro amish, por exemplo, não poderia se tornar um bom piloto da Nascar da noite para o dia. Algo assim levaria anos, se é que era possível. E não era como se esses homens fossem completamente despreocupados; muito pelo contrário. Eles continuavam intransigentes com relação a outras coisas bem corriqueiras — como música, lavagem a seco, requeijão, disposição de cadeiras, cuidados com a pele —, coisas que deixaram suas mães e até suas avós orgulhosas. Mas, no que se refere ao sexo... bom, aí pode tudo! Less não conseguia acreditar nisso. Será que todos eles tomaram algum remédio que o médico dele jamais havia receitado? Tinha algum curso noturno e gratuito que ele desconhecia? Será que todos os outros homens que não se soltavam estavam presos num navio no meio do mar? Ou numa masmorra sexual? Aos poucos, ele foi assimilando o que parecia impossível e, com um sentimento de pavor, foi obrigado a mergulhar fundo em si mesmo, algo que todos nós precisamos fazer em algum momento, e se perguntar: *Será que eu sou o único homossexual frígido de Nova York?*

O pior é que era. E por isso foi embora.

Então: péssimo gay?

— Sr. Yes?

— Eu.

O homem de fone não está olhando para Less; está olhando para a prancheta. Também não está ouvindo Less; está ouvindo os fones. Mas está, de fato, falando com Less:

— Houve um pequeno contratempo. Com o sr. Mandern.

— Ele está passando mal de novo?

— Passando mal? — Enfim, o homem encara Less com um olhar preocupado. — De onde o senhor tirou isso? Não, ele não está passando mal. É só que ele ainda não chegou.

— Isso é óbvio.

— Então vamos ter que começar sem ele. O público não pode mais esperar.

— Mas... Mas é uma entrevista com o sr. Mandern.

— O senhor não poderia fazer uma leitura de um dos seus livros? Como uma espécie de número de abertura?

— Acho que o público quer ver o sr. Mandern e não se interessa por mim.

— Eles estão ficando irritados — diz o homem. — Estão começando a reclamar em coro. O senhor não teria um texto longo o suficiente para distrair todo mundo caso o sr. Mandern não apareça, mas também curto o suficiente para que possa parar imediatamente a leitura caso ele chegue?

— Um texto que seja longo e curto?

— Com algo entre uma hora e cinco minutos. Algo que agrade leitores de ficção científica, mas que não seja ficção científica porque, claro, esse é o campo do sr. Mandern, se é que me entende.

— Um texto que seja e que não seja de ficção científica?

— Isso.

— Se quiser, também posso ser velho e jovem. Alto e baixo.

— Aí é com o senhor. Precisamos do senhor no palco antes que comece um quebra-quebra. Vem comigo, sr. Yes.

Arthur Less ouve seu nome (ou algo parecido) e sobe, aos trancos e barrancos, num palco pintado de branco, sob fortes luzes brancas, de modo que fica meio atordoado por uma brancura de onde vêm, às vezes, uns aplausos confusos e esporádicos, algo como os últimos milhos estourando numa pipoqueira. As reclamações deram um tempo. Ele pigarreia ao microfone; sente, mesmo sem conseguir ver, a multidão carregada de frustração. E da escuridão alguém grita:

— Ô, quem é você?

E da mesma escuridão: uma onda de gargalhadas.

Less responde:

— Meu nome é Arthur Less.

— Cadê o H. H. H.?

— O sr. Mandern está se aprontando. Vou conduzir a entrevista e me pediram para subir no palco e ler alguma coisa para vocês.

Como é que Less foi convencido, feito um prisioneiro obrigado a serrar e lixar a madeira do próprio caixão, a se colocar nessa humilhação descabida? Ele começa a suar. Todos os seus lenços ficaram no camarim, todos cobertos de fiapos rosa. Como devem estar felizes lá.

— Garanto a vocês que não estamos escondendo o sr. Mandern nos bastidores — diz ele com um sorriso largo meio insano. — Ele está a caminho. Enquanto isso, vou ler um trecho do meu romance *Matéria escura*...

A multidão começa a reclamar em coro de novo — "H. H. H.! H. H. H.!" — e Less imagina um martelo pneumático batendo nos seus ossos. *Freddy*, pensa ele, *você não sabe o que estou enfrentando.*

Talvez seja o efeito ofuscante das luzes do auditório ou o som da multidão irritada, mas Less não consegue enxergar direito o que está acontecendo. Ele está de pé em outro palco, há quarenta anos ou mais. O local do evento é menor, as luzes, menos intensas, mas um homem também está gritando para um auditório lotado; é seu pai, Lawrence Less. Brilhando de suor e com uma jaqueta de brim cheia de franjas, o pai anda pelo palco como uma anêmona fora da água. Ele está berrando num microfone. A mãe de Less não faz parte dessa lembrança; estão somente ele, o pai, as luzes e os aplausos. As pessoas estão sendo seduzidas; há algo sendo vendido. O que Less está fazendo no palco é um mistério; com certeza, ele faz parte da apresentação do pai, mas tudo que resta é a imagem do pai balançando braços e pernas. Isso foi uns seis meses antes de a polícia começar suas investigações e a anêmona sair de cena, e da vida de Less, fugindo da lei: anêmona pública número um.

— *Nosso narrador se encontra* — berra Less no microfone, e o público fica em silêncio na mesma hora, como se ele tivesse lançado uma maldição. Eles estão prestando atenção; não dá para saber por quê. Melhor nem perguntar. Ele está no comando de novo. Um tremor tomou conta da sua mão direita e faz as páginas chacoalharem um pouco; o melhor a fazer é seguir em frente. — Nosso narrador se encontra — repete, e sua voz ecoa pelo auditório — em movimento...

Um rugido do público interrompe a leitura no meio da frase; todo mundo está de pé. Ao seu lado, Less vê uma sombra que parece ser de um homem alto com capacete e lança. Mas, claro, ele sabe muito bem quem é. H. H. H. Mandern apareceu para salvar o dia.

Uma hora depois, está terminado. Less mal consegue se lembrar do ocorrido; foi tão, mas tão diferente do outro evento com Mandern que ele ficou se perguntando se não tinham contratado um ator. Na vez anterior, Less teve que se preocupar com um escritor idoso e fraco, que mal conseguia andar no palco. Desta vez: uma espécie de deus com fedora e passos firmes, usando uma bengala prateada, conduzindo o público num *revival* religioso de cantos e frases de efeito. Quando chegou ao fim, o rugido foi tiranossáurico. Mandern abriu bem os braços para acolher o som monstruoso, e Arthur só pôde olhar para aquilo com admiração.

Eles saem do evento no carro de Mandern. O grande autor não olha para Less; ele olha pela janela para o borrão de luzes que fica para trás. Ele usa óculos escuros, o indefectível fedora, um blazer de veludo cotelê vermelho-sangue, uma barba rajada de texugo e (debaixo do chapéu) um chumaço de cabelo tingido de cor de berinjela. As rugas profundas do rosto parecem uma escultura feita com motosserra; as orelhas se projetam do crânio como as guaritas de uma fortaleza espanhola; sua voz rouca parece um rosnado; e, acima de tudo, seu tamanho, sua majestade — essa combinação hipnotizante de elementos existiu em outros homens antes (Henrique VIII é um exemplo, assim como Orson Welles), mas agora ela ameaça Arthur Less. De trás dos óculos escuros, ele diz:

— Então foi *você* que eles mandaram para escrever o meu perfil? Não era o que eu esperava.

Less diz:

— O senhor não deve se lembrar, mas a gente se conheceu...

Nosso herói espera que a fadinha da memória ilumine a cena. Porém, Mandern não diz nada nem se mexe.

— Em Nova York — elucida Less. — O senhor estava passando mal.

O escritor famoso continua sem se mexer. A paisagem de Palm Springs passa do outro lado das janelas escurecidas, uma espécie de noite americana, e as palmeiras e os sinais de neon parecem iluminados pela lua. Por fim, o grande homem tira um losango de dentro de uma latinha e oferece um para Less com um grunhido.

— O que é isso? — pergunta Less.

— Cogumelos mágicos.

Less toma um susto.

— Sério?

Uma testa franzida debaixo dos óculos escuros.

— Cara, é só uma balinha de menta. Porra, eu tenho 84 anos.

Arthur hesita e pergunta aonde estão indo.

Mandern se inclina para perto dele. Less consegue ver o próprio reflexo nos óculos escuros, encolhido. Mandern responde com um *non sequitur*, o que talvez seja um direito de quem tem 84 anos.

— Tenho uma pergunta muito importante para o senhor, sr. Yes.

— É Less.

— Como é? — Mandern parece um pouquinho surdo, o que também é direito de quem tem 84 anos.

— *Less*. L-e-s-s.

— Less.

— Isso.

Mandern tenta superar a irritação e continua:

— Sr. Less ou Yes, temos um problema. Extrapolei muito o prazo de entrega de um livro e o meu editor virou meu carcereiro. Estou cumprindo prisão domiciliar. O Marco aqui tem permissão para me levar a eventos e ao aeroporto. Sou um prisioneiro literário.

— Podemos fazer o perfil na...

— Não tem perfil nenhum — diz Mandern, acenando com uma pata de leão e olhando pela janela. — Estou cancelando essa merda toda.

O pânico parece o siroco cruzando a mente de Less. Cancelando? Ele veio até aqui e perdeu um suéter só para voltar com problemas financeiros? Desconfortável, ele se sente como a Nova Suécia.

— O quê... Quê? A gente tem um voo marcado para Santa Fé...

— Eu não ando mais de avião. Comecei a sofrer de tontura, vertigem. Rodopio que nem um dervixe. Então acabou essa merda... — diz Mandern, então emenda: — A não ser que...

— O quê? — pergunta Less. — A não ser que o quê?

O velho suspira.

— Preciso falar com uma pessoa.

— Tá.

Mandern se vira para Less.

— Fazemos uma parada no deserto hoje à noite. E amanhã chegamos a onde ela foi vista pela última vez. E, se a gente encontrar essa pessoa, nós vamos até Santa Fé para o nosso compromisso.

— Nós? O senhor está me perguntando se quero ir junto?

— Não, sr. Less, estou perguntando... — diz o grande escritor. Os óculos escuros estão mirando Less, aqueles olhos grandes, cintilantes e frios de polvo desviando lentamente para Less na escuridão do carro. — Estou perguntando se o senhor tem carteira de motorista.

Essa questão prática, que veio como uma conta de bar depois de uma noite enchendo a cara, arranca Less do estado de pânico. E, com medo de ver tudo desmoronar, seu desejo e sua necessidade, com sua tendência patológica a responder toda pergunta de forma direta e sincera — além de outras regras do universo —, o sr. Yes só consegue responder:

— Sim!

Por quanto tempo um gay consegue sobreviver no deserto?

Estamos prestes a descobrir, pois, com nossa visão aérea da Califórnia, vemos uma velha van convertida em motor-home pintada num verde imaculado cambaleando pela noite em direção ao deserto de Mojave. Pelo para-brisa, podemos identificar três passageiros: um idoso de fedora, um pug preto e um Escritor Americano de 2º Escalão ao volante. Podem acionar seus cronômetros.

Tudo aconteceu tão rápido; Less foi levado a uma garagem onde ficou esperando por duas "belezinhas", nas palavras de Mandern. A primeira se chamava Dolly: uma cachorra preta de pelo lustroso, uma pug, que encarou nosso herói com um olhar quase humano. E com isso quero dizer um olhar de uma idiotice loquaz.

— Dolly, esse é o nosso amigo Arthur.

Dolly inclinou a cabeça, como se Less pudesse fazer mais sentido de lado.

A segunda se chamava Rosina: uma daquelas vans antigas, adaptadas como motor-home, do tipo que se vê por toda a Costa Oeste, com faróis que lembram óculos de vovó, um estepe fazendo as vezes de nariz e um para-choque que parece um lábio fino para completar a expressão absurda e vazia de uma máscara *bauta* veneziana. De um verde intenso e, Less vai descobrir mais tarde, equipada com um teto que se expande feito o saco gular de um tesourão macho. Parece que Mandern a comprou de um oftalmologista que nunca a dirigiu, assim como o próprio Mandern. ("No fundo, um oftalmologista", disse Mandern com um suspiro.) Ele jogou as chaves para Less; eles entraram na van. Less não sabia o que estava fazendo.

— Então a gente vai de van até Santa Fé hoje à noite? — perguntou ele. — E a limusine? Nós vamos dormir na van? E se ela pifar?

— Só dirige — mandou Mandern. E foi o que ele fez.

Less e o veículo levaram um tempo até se familiarizar um com o outro; ele certamente sabe lidar com carros antigos, mas não com uma coisa que parece tão humana. Toda vez que ele se mexe, a van se mexe junto, como um parceiro de dança bêbado. E a recíproca é verdadeira; como a van treme dramaticamente, e ele está agarrado ao volante, ele acaba tremendo junto. É como dirigir uma coqueteleira. Depois de quase duas horas sendo chacoalhado, dirigindo por estradas secundárias tão escuras quanto uma casa mal-assombrada, os faróis espreitando cada curva terrível como a lanterna de um caça-fantasmas, eles seguiram para o sul rumo a um mar interior.

A "parada no deserto hoje à noite" se chama Bombay Beach (não tem praia) e o bar se chama Ski Inn (não tem esqui), mas a fachada apática e intimidante dá para uma simpática sala revestida de lambris com teto e paredes quase que completamente cobertos por notas de um dólar. É difícil imaginar nosso herói num ambiente com escarradeiras, chão coberto de serragem e candelabros feitos de rodas de carroça. Ele parece tremular feito uma projeção holográfica. Para falar a verdade, é difícil imaginar Arthur Less em qualquer lugar dos Estados Unidos. No exterior, sua falta de jeito parece natural; aqui, ela parece vexatória. Em espaços profundamente americanos — um estádio de futebol, um bar só com cerveja e televisão, uma lanchonete de beira de estrada —, onde a maioria dos cidadãos relaxa entre seus semelhantes, enfim livres das complicações exteriores, Less fica sentado com uma postura ereta, como se não estivesse ali de verdade. Coloque-o num campo de trigo e parece que ele foi inserido na pós-produção. Ou, pior ainda, numa igreja — ele fica com a expressão perplexa de um homem que chegou ali esperando uma apresentação do musical *Godspell: A esperança*. Que é a expressão com que ele está hoje. Esperando talvez o faroeste *Os aventureiros do ouro*.

— Isso aqui é um saloon? — pergunta Less.

— Não é possível que você nunca tenha entrado num bar — responde Mandern, seco, sentando-se numa banqueta.

Less corre os olhos pelo lugar. É decorado com placas de trânsito, fotografias antigas de rodeio e um negócio de ferro que deve ter sido de um cavalo; o balcão do bar é completamente liso de tão antigo, com certeza dá para deslizar uma caneca de cerveja de uma ponta à outra. O bar é uma caricatura de si mesmo. Mas, no fim, usando seu belo terno cinza, Arthur Less também é. Assim como todos nós.

— E para os senhores? — pergunta o barman de cabelo branco preso num rabinho de cavalo; lembra Thomas Jefferson.

— Dois martínis — diz Mandern com uma voz gentil. — Bem gelados.

Arthur Less está encarando o teto.

— Como vocês pregam as notas lá em cima?

— Com uma moeda e uma tachinha — explica Jefferson, preparando os drinques. — A moeda é para dar peso. É preciso praticar o arremesso. Quando a tachinha se finca, a nota se desdobra e a moeda cai.

Mandern pergunta:

— Posso tentar? — E Jefferson indica com a cabeça uma tigela cheia de tachinhas. — Você tem uma caneta? — pergunta Mandern para Less, que saca a caneta que tinha sido da sua mãe, e o velho pega uma nota de um dólar e assina com habilidade, depois fura a nota no meio com a tachinha, coloca a moeda em cima da tachinha e dobra a nota como se fosse um bolinho.

Jefferson:

— Manda ver.

Mandern manda ver e, milagrosamente, consegue prender a nota. Less ri, surpreso, mas o velho mal olha para o teto.

— Então — diz Less, tomando um golinho do martíni. — Acho que todo mundo gostaria de saber, sr. Mandern, o que...

— Esse é o seu jeito bizarro de começar o perfil? — diz Mandern, virando os óculos escuros para Less.

— Temos um acordo, sr. Mandern.

— Troco uma pergunta por outra. — Agora, Mandern saca um cachimbo do bolso e, sem acendê-lo, coloca a piteira na boca. — Minha pergunta primeiro. Minha família visitava esse lugar quando ainda era um resort. Era o nosso ritual. Se chamava Salton Sea. Não tinha um mar de verdade, só um canal de irrigação que enchia o leito de um lago seco. Por um tempo, tinha casas e hotéis, dava para nadar e até fazer esqui aquático. Dá para ver que nada mais disso existe.

Isso explica o Ski Inn.

— O que aconteceu com a água?

Parece que Mandern está olhando para o próprio reflexo no espelho, emoldurado por notas de um dólar. Ele dá de ombros.

— Agora me conte um ritual da sua família.

— Um ritual?

— É, tipo ter que esconder a garrafa de gim sempre que a vovó fazia uma visita.

— Minha avó era batista, bem conservadora — diz Less, ainda fascinado com o cachimbo vazio.

— Uma pergunta por outra.

Less olha para o velho e tenta imaginar o menino que ele foi um dia, brincando num mar que não existe mais.

— Meu pai abandonou a gente quando eu era pequeno — diz Less. — O segundo marido da minha mãe era farmacêutico. Por isso ele gostava de comemorar os aniversários baseado na tabela periódica. Usando o número atômico. Rutênio, ródio, esse tipo de coisa.

Mandern dá uma risada que atrai a atenção das outras pessoas.

— Que coisa mais ridícula.

Uma declaração ousada vinda de um homem que tem uma pug, um cachimbo e uma van convertida em motor-home. Less continua:

— Quando ele fez aniversário de prata, foi bem importante porque ela finalmente pôde comprar um presente para ele. Sabe como é, não existem abotoaduras de rutênio.

— Pois deveria. O que ela comprou de presente para ele?

— Abotoaduras de prata. — Less ouve um suspiro. — Teve o aniversário de ouro. E o último aniversário dele — diz Less, tentando lembrar —, o último foi de tálio.

— Tálio — repete Mandern, sério.

— É 81 — diz Less, olhando para a constelação de notas de um dólar. — Ele morreu antes de chegar a chumbo.

Vem um som que não pode ser de uma gargalhada. Quando Less olha para Mandern, fica surpreso; o homem tirou os óculos escuros. Seus olhos são dourados, leoninos, menores do que deveriam ser no lago seco do seu rosto — pequenos Salton Seas.

— Sr. Less — diz Mandern —, quando foi a última vez que o senhor viu o seu pai? O seu pai de verdade.

Less analisa o velho com cuidado. Além de ser um maníaco, ele consegue ler mentes? Ele observa o barman que parece Thomas Jefferson ser abordado por uma senhora de idade com o cabelo branco encaracolado igual ao de James Madison. Os dois conversam aos sussurros. Parece que Less está no meio do Congresso Continental.

— Acho que é a minha vez de fazer uma pergunta.

Mandern suspira, colocando de volta os óculos escuros.

Less:

— Quem estamos procurando?

O velho não diz nada.

Less está prestes a falar alguma coisa, mas solta um gemido; sentiu alguma coisa bater na cabeça.

Thomas Jefferson passa um pano no balcão, acenando com a cabeça.

— Foi a moeda.

Uma ligação feita de uma cabine telefônica antiga numa pousada que não é uma pousada à beira de uma praia que não é uma praia:

— Escada abaixo! — diz Less para mim.

— Less! O que aconteceu com você? Era para ter me ligado do...

— Mudança de planos. Mandern só ia aceitar fazer o perfil se eu fosse motorista dele, então...

— Então você está em Santa Fé?

— Ainda não. A gente está em... Não sei bem que lugar é esse. Nós estamos num motor-home.

— Está tudo bem? Está rolando algum tipo de sedução?

— Não! Ele... Ele disse que queria cancelar tudo. Freddy, se eu perdesse o perfil, ia ficar sem o dinheiro.

— Você podia falar com Wichita...

— Para de falar isso! Está tudo sob controle.

— Não se esquece de fazer anotações, é tudo o que eu tenho para dizer. — *Preste atenção.*

— Não vou esquecer. Prometo.

A gente diz que se ama. Mas, na hora de se despedir, dá para sentir a preocupação nas entrelinhas.

Mandern indica o caminho de Bombay Beach até o deserto, onde eles podem se alojar, uma estrada de terra entre arbustos. Eles enfim chegam a uma parada com duas barracas de lona que brilham feito lanternas na mesa da noite. Entre as barracas: um fogo queima dentro de um tambor. Uma mulher coberta com pele de ovelha se aproxima, uma mulher negra com dreadlocks grisalhos e bochechas redondas que parecem esculpidas à luz do fogo; deve ser a dona da propriedade. "Dolly!", grita a mulher, e Mandern desce da van. Less observa enquanto ele coloca a cachorra no chão e ela corre até a mulher. O que deve fazer agora é um mistério. Será que é essa a sensação de ser um personagem no romance de outra pessoa?

— Não deixa comida nenhuma aqui fora — diz a mulher, séria, para Less. — Nem roupa.

Ele quer dizer para ela que não trouxe nenhuma outra roupa. É conduzido a sua barraca, que é um daqueles milagres da humanidade: uma cama grande de latão, coberta de peles e mantas tribais feitas por indígenas serranos, que alguém foi gentil o suficiente de carregar até aqui, no meio do nada. Less baixa a cabeça em sinal de gratidão e se deita na cama.

Está quase pegando no sono quando ouve uma voz do outro lado da parede de lona; é a voz grave e rouca de Mandern:

— Estava pensando no seu padrasto.

— É mesmo?

— Acho que faria sentido morrer no plutônio. Plutão, o deus da morte.

Less acessa a tabela periódica que foi levado a memorizar.

— Mas isso é 94 ou 95!

— É verdade — resmunga o grande homem. — Muito jovem, muito jovem. — Less presume que Mandern deve ter caído no sono pensando nisso porque, logo em seguida, Less ouve a respiração pesada dele até que uma última frase vem da escuridão: — Estamos procurando a minha filha.

Enquanto nosso herói se encolhe debaixo da coberta para suportar o frio da noite no deserto, me lembro das vezes que fui "acampar" com Arthur Less. Tivemos, obviamente, o malfadado Hotel d'Amour. Mas, antes disso, eu mesmo fiz uma proposta de viagem. Achava que conhecia pouco os Estados Unidos:

— Tem um trem que vai daqui até Portland, e depois para Boston. A gente passa por Oregon, Idaho, Montana, uma das Dakotas... Leva quatro dias, e podemos ter uma cabine só nossa, e...

Ele me olhou como se eu tivesse proposto um ato sexual peculiar. A princípio, pensei que não me considerasse apto para viajar, mas, depois de uma discussão acalorada, descobri que não era nada disso. A questão era que ele já havia planejado uma viagem. Queria fazer uma surpresa durante as férias da escola, mas se viu obrigado a revelar o esquema inteiro.

Nossa primeira parada foi no que Less chamava de um "hotel exclusivo na orla", que na verdade era o projeto de um artista: um único quarto boiando num lago da Califórnia. Não passava de um cômodo balançando com uma escotilha de submarino que dava para um quarto submerso feito de acrílico. Nós chegamos de noite, e um adolescente nos levou de lancha, e fomos orientados a dizer "Escada acima!" ou "Escada abaixo!" para evitar colisões. Foi difícil dormir naquela noite, mas as ondas nos embalaram como um berço debaixo da água, e acordei com um grito: Arthur Less, sentado na cama. Vi por que ele tinha se assustado: estávamos num cubo envolvido pela luz da manhã com uns cem peixes olhando para nós, organizados como adagas mágicas na luz.

A segunda parte da viagem "aquática" foi muito mais complexa do que o lance de "Escada abaixo!", porque a missão que ele tinha escolhido era uma extravagância: fazer uma jangada e navegar nela por duas noites descendo o rio American. Talvez Less tivesse uma fantasia inspirada em Huck Finn, comum em muitos escritores; talvez os californianos sonhem com a corrida do ouro; talvez o aspecto lenhador da coisa toda tivesse uma carga erótica. O que encontramos acabou com qualquer fantasia: uma praia lamacenta com pilhas de troncos, rolos de corda, outros dois casais e uma mulher de ombros largos natural de Estocolmo que coordenava o trabalho manual. E mais: estava chovendo. O trabalho de cada casal (como ela ordenava debaixo do seu casaco impermeável cor de oliva) era transformar os troncos numa embarcação navegável, incluindo um abrigo triangular, firmando tudo com uma variedade de nós que ela demonstrou como fazer. Tudo isto deveria ser feito, é claro, com água na cintura. Como não fui criado por estivadores, achei impossível dar os nós, mas Less teve ainda mais dificuldade; nossa líder barbarizou meu valão sem dó, como se quisesse uma compensação pelo fracasso da Nova Suécia, e, mais de uma vez, Less foi arrastado pela correnteza do rio American e teve que nadar até a margem. Terminamos bem depois dos outros dois casais, zarpando no fim do dia, mas felizes por estarmos livres daquela ogra. Boiamos preguiçosamente, usando hastes para avançar ao longo do rio, muito satisfeitos de ver que nosso relacionamento tinha sobrevivido àquele projeto colossal de macramê. As margens despontavam sobre nós com pedras brancas e pinheiros; o sol entrou no lugar da chuva, e a floresta parecia lisa no reflexo do rio. No entanto, deixamos em terra um item essencial: nossa comida.

A gente se deu conta disso quase imediatamente; ouvi um gemido vindo do abrigo, e Less apareceu de olhos arregalados, segurando duas latas de cerveja. Aparentemente, só tínhamos nos lembrado de pegar a caixa de cerveja Dewey (de Delaware) e o equipamento de camping; a comida ficou para trás, assim como muitas memórias queridas. Jogamos a culpa um no outro feito batata quente; a lua da ansiedade estava cheia no cérebro de Less, esse lobisomem desdentado; o risco de canibalismo pairava no ar.

— Vou inventar uma máquina do tempo! — gritei furiosamente, e ele disse: "Ah, é mesmo?" — Vou inventar uma máquina do tempo e *nunca escolher você*!

Ele ficou visivelmente magoado com isso, talvez tenha sido a pior coisa que já falei para ele.

Ah, mas a roda da fortuna gira rápido! Uma hora depois, encontramos um dos casais encalhado num banco de areia (o nível do rio estava atipicamente baixo). Então recorremos a uma solução das antigas: pirataria.

Por quatro latas de cerveja Dewey e ajuda para desencalhar a embarcação, recebemos meio pacote de pão de forma, um tomate e um pouco de queijo. Isso durou até o início da noite, quando encontramos o outro casal encalhado numas rochas; eles nos deram uma caixa de macarrão sem glúten e mais tomates. Todos nós acampamos em terra firme, num lugarzinho chamado Lotus (nada homérico), onde, tenho vergonha de admitir, roubei uns ovos de um pessoal que roncava muito alto. Dormimos bem, como acontece com os vilões. O dia seguinte amanheceu ensolarado e também foi lucrativo; nossos companheiros azarados tiveram que pedir nossa ajuda outras três vezes. Foi com uma comoção que chegamos ao derradeiro acampamento no lago Folsom, onde o nível baixo da água revelou, ao pôr do sol, uma antiga cidade de garimpo inundada por uma barragem muito tempo atrás. A gente dividiu as últimas cervejas com outros viajantes cansados e, diante da fogueira, se empanturrou com a comida saqueada. Na manhã seguinte, a sueca nos acordou com um berro, insistindo que devíamos desmontar as embarcações, deixando apenas uma pilha de madeira e outra de corda molhada. Foi uma despedida triste; nossa viagem encantadora tinha chegado ao fim, assim como nossos dias de perversidade.

Quando chegamos à cabana, machucados e exaustos, Less se jogou no sofá apoiando a cabeça nas mãos; nada tinha saído como o planejado, e ele sentia que a culpa era sua.

— Mas é claro que a culpa é sua — falei para ele.

Ele pediu desculpa por transformar tudo numa bagunça.

— Less — falei para o meu pobre valão.

Ele disse que eu ia inventar uma máquina do tempo para nunca o escolher.

— Less! — repeti, me acocorando na frente dele. — Eu adorei!

Um som do deserto. Desta vez, quase certeza de que é um uivo de lobo. Na mesma hora, Less sai da barraca, enrolado num cobertor serrano.

A paisagem está invertida; agora o deserto está no céu, riscado por arbustos verdes e dourados, como acontece no topo das dunas de areia, e abaixo dele uma galáxia escura de plantas espinhosas: as árvores-de-josué. Elas aparecem na linha do horizonte em tufos, como fanáticos religiosos num culto, erguendo as mãos pesadas para o alto. Há quanto tempo isso está acontecendo? Sempre foi assim? Por que ninguém nunca falou nada para ele? As estrelas estão se extinguindo uma a uma, como que apagadas por um acendedor de lampiões, enquanto o horizonte começa a clarear na expectativa do novo dia. E ele percebe, no meio das árvores-de-josué, como se fizesse parte delas, a silhueta de um velho de roupão olhando o nascer do sol. Sua cachorrinha começa a latir.

Sendo bem sincero, olhando daqui, os Estados Unidos não parecem tão ruins assim.

— Levante-se, refulja! Porque chegou a sua luz — dizia a mãe de Less ao abrir as persianas toda manhã. Ela sempre citava o capítulo e o versículo: — Isaías, capítulo 60, versículo 1.

Depois ela passava um lencinho para Archie poder assoar o nariz.

O sol se levanta (com a assoação de nariz matinal de Less), e ele sai da barraca mais uma vez para encontrar Mandern pensativo diante da fogueira. Less fica sozinho com seu café, correndo os olhos por essa terra estrangeira que é seu próprio país. Ele dá uma olhada em Mandern: quando é que esse velho rouco vai se mostrar ainda mais instável? Hoje, neste suposto oásis? Ele viu Mandern dar conta de dois martínis com facilidade na noite anterior; será que ele vai beber mais hoje à noite? Será que aquilo era mesmo balinha de menta? Será que aquele cachimbo está mesmo vazio? Less se deixa envolver pelo caos; mas, por outro lado, ele se deixa envolver por qualquer coisa.

Eles pegam a estrada, que agora se tornou algo bem comum, sem graça até, à medida que as árvores-de-josué dão lugar a saguaros que parecem saídos de revistas em quadrinhos. Less se pergunta a que distância estão do O.K. Curral.

Mandern rosna:

— Mais uma pergunta, Arthur Less.

Less pigarreia:

— Por que o senhor...

— Quis dizer minha. Seu pai está vivo?

Nosso autor se lembra de voltar para a faixa da direita. Pausa, pânico, ele pensa que, se quiser o dinheiro, vai ter que entrar no jogo.

— Ele abandonou a gente quando eu era pequeno — diz Less. — Um precursor dos palestrantes motivacionais, fez parte de um daqueles esquemas de pirâmide, esse tipo de coisa. Ele abandonou a gente para fugir da polícia. Na noite da minha peça da escola.

— Um criminoso! — exclama Mandern. — O que foi que ele aprontou?

— Sabe de uma coisa? Não faço ideia. Nunca mais falei com ele. Mas um dia... — Ele suspira de repente. — Recebi a ligação de um delegado de White Sands, no Novo México. Ele tinha prendido o meu pai por cometer atentado ao pudor com uma antena parabólica.

Pela segunda vez, Less ouve o velho escritor rir. Uma gargalhada de verdade, e suas orelhas ficam vermelhas.

— Essa foi a melhor coisa que ouvi esse ano — diz ele. — Mas reconheço que foi um ano de merda.

Less:

— Minha vez. Por que o senhor está demorando tanto para terminar esse romance?

Mandern tira o cachimbo da boca.

— Sabe Penélope, que se casaria quando terminasse de tecer a mortalha? E toda noite ela desfazia o trabalho do dia? É o que eu faço.

Curiosamente, Less sorri.

— Você me faz lembrar de uma mulher na Califórnia.

— Ela vai se casar quando terminar?

— Acho que não.

— Nem eu — diz Mandern, batendo o cachimbo vazio na palma da mão. — Eu vou morrer.

Depois de passar uma meia hora besta preso numa cidadezinha abandonada que parecia estar sob o comando (como num desses contos populares) de jumentos, eles cruzam o rio Colorado e entram no Arizona, que se anuncia com suas placas de extração mineral: cidades chamadas Quartzsite, Bauxite e Perlite, dependuradas na beira de pedreiras, e placas de minas abandonadas rebatizadas como "cidades fantasmas", do mesmo jeito que hotéis velhos caindo aos pedaços, cheios de problemas elétricos, dizem que são "assombrados" e cobram mais caro por isso. Minas de cascalho por todo lado; feiura por toda parte; dá para sentir o desespero da humanidade. Ao longe, morros de pedras avermelhadas projetam uma sombra azulada e, debaixo desses esplendores todos, no lugar onde, em outros estados, estaria um hotel "assombrado", há sempre um trailer com uma antena parabólica. Fora isso, a terra é plana e sem nenhum sinal de vida — tão plana que, horas antes de a estrada arriscar uma curva, Less vê, alinhadas na estrada, algumas acácias aparentemente imortais que foram decoradas por alguém (por que esse sentimento repentino de alegria?) para o Natal. Quilômetros de ouropéis e enfeites. O deserto tem uma beleza cintilante. Humanidade: decida-se.

AMBROGIO — O ÚLTIMO LUGAR LIVRE — VOCÊ ESTÁ QUASE LÁ!, diz o grafite na lateral de uma rocha. E *quase lá* é uma boa descrição do lugar...

Arthur Less esteve deslocado muitas vezes na vida. Eu diria que ele está deslocado em quase qualquer lugar, a não ser no quarto com a bignônia (o mesmo talvez valha para mim). Ele participou de reuniões dos escoteiros em que cada menino era encarregado de fazer o seu nó favorito, esteve em festas gays em que teve que usar um crachá com seu nome e seu fetiche (ceroulas), frequentou bares em que teve que escolher músicas numa jukebox, fez aulas de ioga em que teve que imitar a pose de um contorcionista e acordou todas as manhãs da vida tendo que decidir se daria conta daquele dia. Ele encarou tudo isso. Então estar num lugar marcado pelo caos e pela desordem não chega a ser um problema para ele. De certa forma, é a zona de conforto de Arthur Less. Nesse tipo de lugar, ele sabe exatamente qual é o seu papel.

A princípio, uma miragem, tremeluzindo à beira do deserto como uma coisa impossível de ignorar, vai se transformando na cúpula rosada de um templo enterrado há muito tempo e que, de uma hora para outra, se revela vazio: metade de uma concha feita de metal brilhante. Ao lado e abaixo dela, ao longo de um desfiladeiro, há vários cubos de concreto espalhados; todos voltados para a casca de metal (presos a uma formação retilínea), como se estivessem ajoelhados num ato de adoração. Um muro cerca tudo, com uma série de portões. O desfiladeiro tem algumas plantas e por ele, milagrosamente, passa um rio. Empoeirada, cercada por acácias selvagens e mesquites, a estrutura parece algo que foi abandonado há mais de um século; não há nenhum sinal de vida. Mas o muro tem um nome gravado em pedra: AMBROGIO.

(O papel dele é: ele vai errar.)

— O último refúgio pirata à moda antiga — explica Mandern. — Sem leis, sem polícia. Cada um por si, mais ou menos.

— Sua filha está aqui?

— Estava.

— E depois vamos para Santa Fé? Nós temos que ir para Santa Fé! — Sem perfil, sem dinheiro. Por um instante, imagina a bignônia morta, a janela da cabana interditada com tábuas de madeira, a bola de demolição começando a se mover...

Mandern sai da van sem falar nada.

Para um lugar bagunçado como aquele, os portões de Ambrogio são surpreendentemente fortes: ferro fundido fixado em tijolos cor de damasco. Os portões tinham sinos de bronze pendurados, balançando ao vento. Com a mão estendida (e hesitando um pouco com o esforço), Mandern faz os sinos tocarem todos ao mesmo tempo. Um jovem robusto aparece usando um colete de pele de carneiro e calças de camurça, o cabelo polvilhado com poeira rosa.

— Temos chá gelado! — berra Mandern.

Parece algum tipo de código, porque o jovem logo destranca o portão — usando uma combinação, como num cadeado — e deixa os dois entrarem. O caminho é de blocos de concreto com vidros incrustados, e neles dá para ver esqueletos de peixe e até um crânio humano. Em vez de levá-los para o domo, o homem os conduz por trás dos muros rosados até um platô de terra, onde quatro grandes postes telefônicos foram cravados no chão. Tábuas foram fixadas entre eles, criando uma escada improvisada, e outros dois homens estão instalando um sistema de roldanas. Less tem vergonha de admitir que acha aquilo tudo deprimente, hostil e miserável, talvez até ilícito, e que está com medo.

Mandern ri.

— Baloo fez algumas melhorias!

— É — diz o jovem. Ele tem traços nobres que indicam ascendência misturada e um jeito de falar enrolado típico da Califórnia: — Eles estão fazendo uma Plataforma de Admiração do Universo.

— Oi? — pergunta Less.

Uma fala enrolada mais alta:

— Uma Plataforma de Admiração do Universo.

Continuava não fazendo sentido. Isso faz Less se lembrar de um colega de quarto na época da faculdade, um paquistanês chique que dizia não entender o que os americanos falavam. Para ele, era como se dissessem o tempo todo "hambúrguer, hambúrguer, hambúrguer".

Mandern se vira com um sorriso no rosto.

— Arthur — diz ele —, a vista daqui é formidável.

Se ele quer dizer a vista da plataforma, vai ter uma surpresa. Less não vai subir naquele hambúrguer por nada neste mundo.

Uma mulher se aproxima com uma vestimenta turquesa e um grande chapéu de verão. Ela é bonita, com algo entre 40 e 50 anos, tem cabelo comprido, encarapinhado e castanho-avermelhado — ela é sinônimo de confusão, assim como eu — e se move com a leveza de uma divindade persa.

— H.! — diz ela e corre para abraçar H. H. H. Mandern. A forma como acaricia e beija as bochechas dele sugere algo improvável. — Você não mudou nada!

— E você não está mais loira — diz Mandern.

— Virei vegana — diz ela num tom sério. Less não consegue entender a conexão dessas duas coisas.

— Arathusa, esse aqui é o meu colega Arthur Less. Ou Yes.

É como se espíritos turquesa baixassem em Less, se conectassem com sua alma e depois fossem embora; ela causa esse tipo de efeito. Ela deixa para trás um aroma de laranja e gergelim, como se fosse um fantasma vegano.

— É um prazer conhecer você, Art. Meu nome é Arathusa, sou a líder do conselho.

De onde ela tirou "Art"?

— Tudo bem com você?

Ela faz biquinho.

— Olha, Art, hoje de manhã o meu cachorro comeu metade do meu bumerangue. — Ela tira do bolso um pedaço de madeira mastigado.

— Ainda funciona?

Arathusa reflete um pouco sobre a pergunta e arremessa o objeto para o outro lado do jardim com uma habilidade surpreendente. Ele assobia no ar e aterrissa a alguns metros da latrina. Os dois olham para o bumerangue por um instante.

— Bom — diz ela com alegria —, acho que funciona pela metade! Art, qual é sua filosofia de vida?

Alguns axiomas lhe ocorrem — *nunca compre tomates no inverno*; *homens com mais de 40 não devem pintar o cabelo*; *cuecas caras valem a pena* —, mas nenhuma filosofia. Less argumenta:

— Hum, acho que não tenho nenhuma filosofia.

— Todo mundo tem uma filosofia; você só precisa descobrir a sua. O meu lema é: não diga não.

— Não. Diga não — repete Less.

— Não — diz ela, sorrindo. — Vou repetir: não diga não.

— Não... Diga não.

O sorriso de Arathusa diminui.

— Não, não, não! — diz ela, e repete mais uma vez: — *Não* diga não.

— Não... — Less faz uma pausa. — Diga não.

Um suspiro.

— Não...

Aparentemente, ele deve dormir numa tenda, enquanto Mandern vai ficar num povoado ali perto, "abandonado aos lobos", como diz o velho escritor, cantarolando. Para Less, nada na palavra *tenda* exclui a presença de lobos, ainda mais porque a tenda que ele vê diante de si tem na parede a gravura de um lobo (na verdade, não é uma tenda, mas um *lavvu*, que não tem nada a ver com os indígenas da região, mas aqui nada tem a ver com nada). Ele não consegue ignorar a sensação de ter cometido um erro terrível. Como é que tudo isso vai ajudar Less a escrever um perfil e pagar pela cabana? E a rever seu amor no distante Maine — eu, Freddy Pelu?

Less se vira e se dá conta de que Dolly e Mandern foram embora; agora, só dá para ver a sombra de Mandern, seguindo vale abaixo.

— Espera! — grita Less num impulso. — Não me deixe aqui sozinho!

Mas a sombra do velho desaparece do outro lado do vale.

— O pôr do sol aqui é fantástico — diz Arathusa, indiferente a lobos e silhuetas de personagens que desaparecem. Ela aponta para os cubos de concreto que já estão na sombra. — O jantar fica pronto em uma hora, mais ou menos. Traz alguma coisa para ajudar se puder, mas todo mundo é bem-vindo! E você tem que experimentar as fontes termais, bem perto daqui; é só seguir a mangueira. Isso, aquela mangueira ali. Mas cuidado com a válvula! Você pode acabar inundando Ambrogio, ha-ha! As fontes termais são ótimas para ver o pôr do sol. Que vai ser daqui a pouco, se não me engano. Confira a placa. Chegamos.

Ela se referia ao *lavvu* de Less, mas chegamos de fato: o sol, monarca do sudoeste do país, foi exilado atrás dos picos, e o vale inteiro agora pode relaxar sob essa luz cor de melão-cantalupo, que incide na horizontal e realça os desenhos das montanhas, abaixo delas um encadeamento de superfícies (janelas, poças, veículos cromados) reflete essa luz do pôr do sol, uma de cada vez, como as notas finais de uma sinfonia repetidas pelos instrumentos em cada seção da orquestra, até que a borda da meia concha emite um reflexo derradeiro de luz e o evento termina. Apenas conhecedores permanecem depois que o sol se pôs, para apreciar as faixas de tangerina e coral que persistem no céu, e é nessa tarde espalhafatosa que a silhueta de uma pomba voa acima de Less para pousar num fio de luz frouxo, onde começa a andar como se fosse um equilibrista deselegante, balançando e sacudindo, as penas da cauda se alternando para cima e para baixo, até ganhar estabilidade. Ela consegue se equilibrar, olha ao redor com satisfação — e, é claro, outra pomba imediatamente se junta à primeira, que bagunça tudo. A dança do equilíbrio começa de novo, com o dobro da dificuldade e as penas das caudas se alternando loucamente. Como é que pode? No entanto, para os pássaros, parece fácil; a compostura que eles demonstram faz parte da comédia e da cena espantosa diante dele, que deve ocorrer toda tarde da mesma forma. O amor é isso.

Less observa os pássaros e se pergunta como seres tão simples conseguem dominar as leis da física enquanto ele era apenas um aluno razoável na disciplina, até que os pássaros (na verdade, pombos bem comuns) desistem da coisa toda e levantam voo, juntos, rumo às sombras turvas do cânion. É nesse momento que Arthur Less, sem ninguém por perto, finalmente lê a placa no meio do caminho entre ele e seu *lavvu*:

A PARTIR DAQUI, O USO DE ROUPAS É OPCIONAL.

— Archie.

O rosto da irmã aparece na tela diante dele. A alta tecnologia necessária para realizar essa façanha destoa da gravura de lobo atrás de Less, mas combina muito com o ambiente austero, todo branco e de metal em que a irmã está; enquanto ele parece habitar o século XVIII, ela podia estar na órbita de Júpiter.

— Rebecca, como estão as coisas aí na Costa Leste?

Ela fecha os olhos e suspira.

— E como estão as coisas no Velho Oeste?

— Estou numa comuna nudista com fontes termais. Estou me sentindo sozinho.

Rebecca analisa o irmão com cuidado. Ela não se parece muito com Arthur Less, mas, quando se vê os dois juntos, existem traços inconfundíveis — como a "mão" de um grande mestre nos períodos inicial e tardio. O nariz com traços bem marcados, o lábio inferior carnudo que compensa o superior fino, as orelhas assustadoramente pequenas, a palidez fantasmagórica e o cabelo fino que mais parece uma nuvem baixa. Até o ano passado, Rebecca era loira. Agora, está completamente grisalha. Less nunca perguntou se ela pintava o cabelo prematuramente ou se ficou branco de uma vez só, como um bordo no outono. Com um emaranhado de cachos brancos, um collant preto, uma expressão preocupada, ela lembra uma professora francesa de balé.

— Que triste, Archie — diz a irmã. — Você esqueceu que viajar é assim mesmo?

— Acho que esqueci.

Rebecca:

— Mas não deve ser ruim o tempo todo.

— Eu não descartaria essa possibilidade...

— Archie, tenho uma coisa séria para falar com você. — A expressão dela muda e fica mais solene; Less presta atenção. A professora de balé está começando a aula. — Papai. Ele ligou.

Less está chocado.

— Ele ligou?

— Ele ligou.

— De onde? — pergunta ele com uma sensação nova de pânico. — Novo México?

— Não, de algum lugar na Geórgia. Ele disse que estava numa ilha.

Less:

— O que ele queria?

— Saber de você — diz ela. — Ele ligou para você? Ou escreveu?

Que sensação é essa? De estar livre de uma coisa que achava que tinha resolvido, apenas para ver essa coisa prendê-lo de novo com seus tentáculos?

— Não. Nunca mais tive notícias dele. O que ele está fazendo da vida?

Rebecca:

— Ele me disse que está cuidando de uma organização sem fins lucrativos ligada à arte.

Less ri.

— Seja lá o que isso signifique!

— Archie, ele... — A pausa é de alguém que procura a faca certa numa gaveta, a palavra certa para resolver rápido um trabalho difícil de ser feito. — Ele me pareceu velhinho.

Less não dá o braço a torcer.

— Ele usou seu charme?

— Não, ele soou... arrependido — diz ela. — Como se tivesse levado uma bronca.

— Talvez ele tenha levado, do delegado de White Sands.

A expressão dela é de pura tristeza.

— Archie. Se ele ligar para você...

— Rebecca.

— Fala com ele — pede ela. — Acho que ele está morrendo.

Ele consegue perceber a seriedade na expressão da irmã. Gostaria de dizer que, na verdade, ela não sabe nada sobre o pai, ela era muito pequena, e que o pai é como o amigo imaginário que ela tinha aos 3 anos: um bode roxo chamado Malhado. Foi o Malhado que ligou. O Malhado está vivendo numa ilha. O Malhado está morrendo. O Malhado cometeu atentado ao pudor com uma antena parabólica. Porém, como ele sabe, Rebecca não se lembra do Malhado e só se lembra vagamente do pai desaparecendo no dia em que ela faria uma apresentação no ensino fundamental, interpretando metade de um sanduíche de pão integral e, meses depois, de quando ele invadiu a casa para pegar as coisas que tinha deixado para trás. Nada disso marcou a memória de Rebecca como conseguiu marcar a de Less.

Less diz:

— Se ele quisesse falar comigo, teria ligado para mim. Mas ele ligou pra você.

— Acho que ele tem medo de você.

Ele ri.

— Ninguém tem medo de mim.

— Eu tenho medo de você — diz Rebecca.

Less cai para trás, piscando. Isso parece sincero, mas ele não fazia ideia. Talvez porque nunca tivesse pensado nisso. Se for verdade, que coisa terrível! Sendo quatro anos mais velho, ele com certeza transmitiu para a irmã alguns dos medos que tinha, medos que ele dissimulava com a arrogância e a presunção da adolescência, ou até mesmo em anos mais recentes.

Rebecca deve ver tudo isso na cara dele; ela conhece bem o irmão.

— Não se preocupe — diz ela. — Você foi um bom irmão mais velho. O melhor de todos. Desculpa dizer isso tudo agora, tão perto da morte de Robert.

— Não sei por que a morte de Robert mexeu tanto comigo.

Ela diz:

— É uma morte, Archie. Quando a mamãe morreu, a gente...

— Mas isso é diferente — diz ele. — Não é existencial. Não é luto. É uma coisa egoísta, muito egoísta. — Ele faz uma pausa. — Não consigo dizer.

Um suspiro.

— Archie.

— É que... eu sou um bobo, Bee. Eu estrago as coisas, eu esqueço as coisas, vou deixando para depois até ser tarde demais, mas eu tinha alguém... que arrumava as coisas. Que era o adulto. Que comprava os ingressos, que sabia o caminho, que consertava as coisas que eu estragava.

— Robert.

— Quando tudo na minha vida ia por água abaixo, ele sempre sabia o que dizer. Mesmo depois que a gente terminou. Ele era mandão e difícil de lidar, mas era o meu porto seguro.

— Archie.

— Acho que não vou conseguir viver sem ele, Bee. Sem Robert, eu não sei o que fazer.

Os óculos ampliam a expressão de espanto dela.

— Você não sabe como lidar com a morte de Robert sem a ajuda de Robert?

Less faz cara feia.

— Quando *você* coloca nesses termos, parece *loucura*.

Ela fica séria.

— Você tem muita sorte, Archie. Você tem o Freddy.

— Freddy... — Imagine o nome de alguém pronunciado com uma combinação de ternura e inviabilidade, o mesmo tom que a mãe de Less usava para suspirar a palavra *França*.

Rebecca pergunta:

— Você não acha que Freddy pode ajudar?

— Não sei. Não sei. Mas, se ele não puder, como vai ser?

— Aí você vai ajudar a si mesmo.

— Não — diz Less. — Aí vai ser o fim. Não vou sobreviver.

Ela diz:

— Você vai sobreviver. Vai lá tomar um banho nas fontes termais.

Ninguém está mais surpreso do que o seu narrador de encontrar Arthur Less, com apenas uma toalha pendurada no braço, andando no entardecer até encontrar a placa que anuncia "fontes termais". Elas não passam de um laguinho lamacento e, dentro dele, estão duas mulheres e um homem, todos brancos, todos jovens. De algum lugar que ele não consegue ver, um homem canta "Hey Jude", dos Beatles, acompanhado de um violão e de vários *na-na-nas*. Os banhistas se viram para ver Arthur Less chegando com sua nudez e sua meia-idade.

Nenhum deles está nu.

Sopra uma brisa bem fria. O universo prende a respiração por um instante. E então ele ouve uma das mulheres falando com o homem ao lado dela:

— *Wer ist dieser alte Mann?*

Arthur Less está salvo; eles são alemães! Despreocupadamente, ele larga a toalha em cima de um arbusto e sorri.

[*O trecho a seguir foi traduzido do alemão.*]

— Olá — diz ele. — Eu sou nome Arthur.

— Ah, você fala um pouco de alemão! — diz o homem. Ele é comprido e magro, loiro, com uma barba castanha de poucos dias; seu rosto redondo e bonito parece nunca ter tido uma preocupação na vida. — Fico feliz de encontrar alguém nu. As mulheres me deixam tímido.

— Também tímido eu sou! — responde Less, animado.

— Pode entrar na água, Arthur. Essas são Helga e Greta, e meu nome é Felix. Nós estávamos conversando sobre términos de relacionamento.

Helga é elegante e sorridente, usa o cabelo preso numa espécie de pretzel loiro; Greta, uma volumosa sereia de cabelo verde, parece chocada e sem palavras.

— Aqui está uma triste conversa — diz Less.

— Helga acabou de descobrir que estava sendo traída pelo namorado! — conta Felix, e Helga concorda.

— É. Não é fácil. Quer um mirtilo?

Less aceita o saquinho e olha para a garota loira.

— Sinto muito por você, Helga — diz ele. — É mesmo uma uva-passa.

— Não, é mirtilo — responde ela.

Less franze a testa.

— Não é uva-passa — diz ele, pensando nas suas palavras. — *Surpresa*. É mesmo uma surpresa, isso do seu namorado.

Ela ergue os braços para o céu que escurece.

— Só acho que nada acontece por acaso, sabe? Ei, não come mais que dois mirtilos! Ai, tarde demais. E o universo está me guiando para um lugar diferente, sabe?

— Sei, sim — responde Less. E ele sabe mesmo. Os mirtilos têm cobertura de chocolate, e por ele tudo bem. Deve ser maravilhoso acreditar num universo que guarda um plano especial para você! Apenas os muito jovens, analisa Less, são capazes de pensar assim. Apenas aqueles que ainda estão no começo deste romance achariam que o Autor sabe o que Ele está fazendo. Enquanto Less, sendo ele também autor, sabe que nenhum autor sabe o que está fazendo. Daí a bebida, as drogas e a loucura (temos dois autores numa van como prova disso). E, com mais que o dobro de experiência de vida do que qualquer um ali, ele sabe que o Autor abandonou o enredo há bastante tempo.

Do outro lado de uma montanha, alguém ainda está cantando o refrão de "Hey Jude": *Na na na na na-na-na na, na-na-na na...*

— Obrigado pelos pouquinhos mirtilos — diz Less. — Água morna.

Felix explica:

— Um cano estourou a alguns quilômetros daqui, acho que as autoridades ainda nem sabem disso, e quase alagou o terreno inteiro. Nós desviamos a água e fizemos nossas fontes termais! Cuidado para não mexer na válvula, pode alagar tudo de novo.

Less, alegremente:

— É um Vesúvio de sorte!

Todos olham para ele de um jeito estranho.

— Vesúvio! Vesúvio! — repete Less, cada vez mais frustrado. — Noé e o Vesúvio!

Eles parecem entender o que ele está falando. Felix diz:

— Ah! Você quer dizer Noé e o *dilúvio.*

— Isso, dilúvio. Vesúvio. Eu cometo um erro besta.

Helga se vira para ele:

— Arthur, quando foi que você beijou uma garota pela primeira vez? Foi mal, estou meio chapada. Diz para a gente.

— Por mim, isso nunca é feito.

— Quê? Você nunca beijou uma garota?

Felix:

— Helga, ele é gay.

Como é que *eles* sabem?

Helga balança seu pretzel como se não pudesse acreditar, mas não era isso que ela queria dizer.

— Mas todo mundo já beijou uma garota! — diz ela. — Nunca mesmo, Arthur? Nem quando era mais novo?

— Acho que uma vez. Quando eu era novo — relata Less. — Numa peça de teatro, uma menina eu beijei. Fiquei muito assustado. A peça não lembro. — (Meu querido companheiro, a peça era *Oklahoma!* e você sabe muito bem disso.)

Ela balança seu pretzel de novo.

— Mas isso não é um beijo de verdade! Então quando foi que você beijou um garoto pela primeira vez?

— Eu tinha 19 anos.

— Dezenove! — exclama Felix com um sorriso brincalhão. — Fala sério! Ouvi dizer que gays fazem muito mais sexo do que a gente. E você só foi dar um beijo aos 19 anos? Não acredito. Eu achava que vocês faziam a festa na colônia de férias ou algo assim.

— Não eu — diz Less com um sorriso comovente. — Lembre como sou eu velho. Ensino médio no início dos anos oitenta foi.

Finalmente beijei um garoto... — Nu, nas fontes termais, ao pôr do sol do Arizona, Arthur Less conta a história numa versão que soa infantil e resumida num alemão macarrônico, mas vou poupá-lo dessa humilhação nestas páginas.

— Não é uma história muito engraçada — afirma Felix.

Helga dá um sorriso reconfortante e coloca as costas da mão no rosto dele.

— Qual é o seu nome completo, Arthur?

— Arthur Less.

— E hoje você tem um garoto, Arthur Less?

— Sim.

— Como é o nome dele?

— É nome Freddy. Do outro lado do mundo para me escolher viajou ele.

Greta franze a testa e lhe pede que repita.

— Do outro lado do mundo viajou ele. Para me escolher.

— Para escolher você?

— Para me escolher.

Less baixa a cabeça. O entardecer parece quase a luz da manhã quando ilumina sua pele, e as folhas que caem poderiam ser a sombra de uma bignônia. De algum lugar do vale, vem um som metálico e fraco...

— Você gostaria de me beijar, Arthur Less?

Mas de onde veio esse novo alce? Que tipo de pergunta foi essa? Não é a primeira vez que fazem uma oferta como essa para Arthur Less, claro, mas é raro vir de uma mulher. Quando eles terminam o beijo inocente, ele se ajeita na piscina de lama. Helga ri e diz para os amigos:

— Gays beijam bem!

Mas Less não está pensando no beijo, especificamente. Para ele, não foi um beijo. Foi uma breve transfusão da existência despreocupada da garota, em seu mundo simples feito de mirtilos e fontes termais, uma transfusão que correu em suas veias. O horizonte pálido oscila como se estivesse fervendo. Ele olha para cima: as estrelas.

— O universo é grande trem — afirma Less.

Felix concorda com um aceno de cabeça.

— É mesmo, meu amigo.

— Não grande trem — diz Less, corrigindo suas palavras. — *Generoso*. O universo é muito generoso. — Ele mal se mexe e olha de novo para as estrelas no céu. — Mas talvez também grande trem.

Felix sorri.

— Você está viajando, meu amigo.

— Grande trem generoso.

O suspiro ao vento se prolonga mais e mais, tanto quanto o tempo que alguém leva para cantar "Hey Jude", dos Beatles. O que quer dizer: eterno.

Agora, há uma lacuna de quase dez horas neste relato e é certo que futuros lessologistas, pesquisando esse intervalo, devem conjecturar que foi nesse momento que o nosso autor começou a fazer anotações para seu próximo romance, que foi em algum ponto desse terreno que sua arte começou a brotar. E talvez esses pobres coitados dediquem a vida a escarafunchar cada fragmento de memória — cada martíni jeffersoniano, cada fantasma vegano, cada Vesúvio e cada mirtilo —, investigando o vasto deserto do tempo como arqueólogos que sabem onde procurar o fóssil de um grande tiranossauro, mas equipados apenas com escovas de dentes. Talvez a lida deles resulte em trabalhos grandiosos.

Minha maneira de pensar, no entanto, é mais prática:

Aquilo não era mirtilo.

E, como não estamos com pressa, acho que não vou poupá-lo no fim das contas...

Arthur Less finalmente beijou um garoto no penúltimo ano da faculdade. Ao longo de quase seis meses, Arthur Less levou uma vida casta e triste. Até que, num belo dia de primavera, ao cruzar o pátio cercado de magnólias exuberantes onde rapazes bem resolvidos arremessavam frisbees e paqueravam moças bem resolvidas que retribuíam os olhares com risadinhas, sim, a caminho do seu dormitório em Damascus (mas que coincidência!), o jovem Arthur Less parou de repente. A luz resplandecente que atravessava as folhas de uma árvore brilhava sobre o gramado, um bando de pombos levantou voo da capela formando o desenho de um coração, e a estátua de bronze da Guerra da Independência parecia estar apontando para Less. Atordoado, nosso herói deu mais três passos. Ele olhou para a luz, para os pássaros, para o bronze. Olhou para os jovens com frisbees. Olhou para as moças. Percebeu que não fazia parte desse espetáculo e que jamais faria. Ele se deu conta, enfim, de algo que todo mundo já sabia.

Nada aconteceu nos meses seguintes — como aqueles slides vazios por acidente no projetor —, um período em que ele conversou com calouros tímidos e que, como ele, estavam "se questionando" (todos corpulentos e cheios de espinhas, nenhum fazia o seu "tipo"), mas o celibato aguentou firme durante o inverno inteiro, até que em março aconteceu a festa Queer Dance.

Vamos saborear a cena em todos os detalhes: no porão revestido de lambris de madeira onde o jovem Less e dois calouros "se questionando" se encontrariam e beberiam até tomar coragem. Um dos calouros "se questionando" acabou não indo. O outro chegou tarde, de suéter azul-claro e com garrafas de Fanta e Drambuie. Colocaram

George Michael para tocar e o calouro que "se questionava" disse que eles deviam dançar. Vamos chamá-lo de Reilly O'Shaunessy. Porque esse era mesmo o nome dele. Um ano mais novo que Less (a adolescência ainda evidente no visual meio loiro, meio rosado), ele era mais experiente por ter sido escolhido e dispensado por um dentista casado em Amarillo, no Texas. Imagine os dois jovens brancos dançando feito debutantes, Less com os braços ao redor dos ombros de Reilly. Eles estavam bem bêbados. Acho que foi uma surpresa para os dois quando se beijaram — um drinque cor de ferrugem de Drambuie, George Michael e um desejo sufocante de sentir o toque de alguém. Se o beijo foi bom? Como qualquer primeiro beijo, deu para o gasto. Uma coisa levou à outra e Reilly acabou sentado no sofá de calças arriadas e Less piamente ajoelhado diante dele. Reilly, imerso no prazer, se inclinou para a frente, de maneira bem natural, e, com um suspiro leve, como o de um bebê que acabou de ser bem amamentado, vomitou o drinque cor de ferrugem na cabeça curvada de Less.

Mais tarde, depois de o nosso protagonista levar um Reilly cambaleante de volta ao dormitório, depois de ter passado uma hora de solidão na lavanderia apagando qualquer sinal que aquela noite tinha deixado na sua roupa e no suéter de Reilly, Less voltou para o quarto e tentou dormir. Mas isso tudo era demais para ele. Então escreveu algumas versões de um bilhete que passaria por baixo da porta de Reilly na manhã seguinte. Ainda existe uma delas, que encontrei no meio das suas coisas; eis a versão integral:

Reilly,

Bom dia! Está melhor? Se for possível, gostaria de conversar sobre o que aconteceu. A gente estava muito bêbado, mas não me arrependo de nada. Na verdade, acho que foi engraçado.

Ha-ha! E gosto muito de você. Vamos conversar hoje, se puder. Lavei seu suéter, que ficou comigo. Ha-ha! Eu levo para você.

A

Não foi o que aconteceu; ele jamais devolveu o suéter. Reilly nunca mais falou com Less. Passou a evitá-lo no campus e no refeitório e abandonou o Grupo de Homens Que Se Questionavam. Para Arthur, restaram as crises de choro, as sessões de escrita de poesia ruim, as tardes ouvindo Leonard Cohen e os momentos íntimos em que enfiava o rosto no suéter azul-claro de Reilly na tentativa de encontrar alguma molécula perdida, algum resquício de perfume que, óbvio, ele mesmo tinha lavado. Meses disso. É possível que, de certa forma, ele nunca o tenha superado. E tudo isso por um garoto que não fazia o seu tipo.

Falei do primeiro beijo de Less porque, de certa forma, ele abriu o caminho que levaria a Robert. E, mais tarde, a mim.

Less sempre ligava para a irmã depois de um encontro desastroso.

— Só quero ser jovem com alguém e me apaixonar — disse para a irmã. Ela ouviu e suspirou. Tudo o que ele queria era ser jovem com alguém e se apaixonar. Era pedir demais?

— Ninguém consegue o que você quer — disse ela. — Ninguém. O problema é que você acha que existe alguém que faz o seu tipo. — Ele disse que é claro que existe, e ela falou: — Desiste. Encontra alguém que seja decente com você.

Algumas cenas românticas ainda passam pela cabeça dele, mesmo com quase 50 anos, como um cinema que exibe sempre os mesmos quatro ou cinco filmes antigos. Sua primeira vez com um homem, um alemão enfezado que depois comentou, ao saber que Less era virgem: "Hum. Isso explica muita coisa!" O italiano baixinho que, ao ser questionado semanas depois por que tinha sumido enquanto Less estava no banheiro, explicou: "Concluí que você não era bonito o suficiente." E o estudante de pós-graduação português que, no momento do êxtase pós-ato, olhou para Less e disse: "O azul dos seus olhos não é do tom certo, sabia?" E assim por diante. Olhando em retrospecto depois de décadas, o diagnóstico é simples: esses homens viveram suas frustrações amorosas. Enfrentaram a indiferença, o desdém e os silêncios de um homem que eles amavam. O que eles sabiam sobre amar outra pessoa? Eram, no fim das contas, inexperientes nas artes das trevas. O Sexo Gay, que já era uma espécie de programa de estudos avançados, não era nada comparado às exigências ainda mais elevadas para a qual nada na vida dos anos setenta — nem escola, nem televisão, nem filmes, nem livros de biblioteca, nem brincadeiras com garotas, garotos e consigo mesmos — poderia ter preparado esses pobres jovens: a maestria do Amor Gay. Agora preciso admitir a verdade: Robert Brownburn foi o primeiro homem a ser decente com Less.

Depois de se mudar de Nova York para São Francisco, anos depois daquele primeiro beijo, Less conheceu Robert e Marian Brownburn e, pouco depois, já estava num restaurante italiano em North Beach, onde o poeta segurou a mão do jovem Arthur Less e chorou de amor. Acredito que Less tenha ficado perplexo com essa cena. Pois ali estava: o que ele mais queria. Ali estava um homem que o amava e que estava disposto a sacrificar o casamento, os amigos e uma vida tranquila para ficar com Arthur Less. Arthur Less! Ali estava um homem decente. E mais: ali estava o fim das preocupações — com os riscos que Less foi convencido a correr, os exames de sangue a cada seis meses, a agonia das duas semanas esperando pelos resultados, os delírios da aids atormentando seus sonhos. Ali estava um homem que o protegeria da Morte.

Ele amava Robert? Claro. Mas Robert não era jovem. E, quando o relacionamento acabou, quinze anos depois, Arthur Less também não. Vamos combinar que Less nunca teve o que queria — e nunca vai ter. Nunca vai ser jovem com alguém e se apaixonar.

Já o homem que faz o tipo de Less (segundo sua irmã) é fácil: baixo, de óculos, cabelo cacheado, que o faria rir e o amaria para sempre.

Fico com vergonha de escrever essas palavras.

Arthur Less desperta na escuridão. Ou não exatamente na escuridão: acima dele, com uma claridade impressionante, ele consegue ver o aglomerado de estrelas cintilantes das Plêiades. Ele voltou para o *lavvu*? Não; o *lavvu* pode não ter cantos, mas não desse jeito, pois o grande trem do universo corre por toda parte. Um por um, vai recuperando os sentidos: o peso do couro de vaca que cobre o seu corpo, o som da água correndo, o perfume de uma flor que desabrocha à noite. Ele treme debaixo do couro da vaca; está nu em uma cama improvisada. Less perdeu o jantar, perdeu os sentidos e perdeu a hora de fazer a ligação prometida para seu companheiro: eu, Freddy Pelu. Fecha e abre os olhos. Frio, frio, frio. O mundo está tão frio e silencioso, e a Via Láctea se estende acima dele como a fumaça de uma Grande Chama acesa bilhões de anos antes, e nosso valão sorri para o céu, maravilhado. Como se chama a constelação com formato de interrogação? A Interrogação, talvez. Formada por uma dúvida cósmica que nunca para de se expandir, surgida como a primeira tecla do Tempo. Se pelo menos houvesse outra constelação: A Resposta. Talvez a gente tenha uma resposta provisória; afinal, não existe entre nós um Sr. Yes?

Less se senta, alerta para qualquer defeito no prazer que sente. Talvez as estrelas estejam nítidas demais? O horizonte, baixo demais? Deve desconfiar de cada sensação agradável? Mas uma nova sensação se apresenta: não a de flutuar num mar de estrelas, mas no ar. Ele desloca ligeiramente o peso do corpo, testando, e, para seu terror, o mundo se desloca junto. Com um arrepio de medo, ele olha para a esquerda; bem lá embaixo está o *lavvu* com a gravura de lobo onde o Escritor Americano de 2° Escalão deveria estar dormindo. No deserto, algumas criaturas uivam para uma lua inexistente, e Less sente vontade de uivar também: ele acordou em cima da Plataforma de Admiração do Universo.

Ele vasculha na memória sob a lâmpada nua do pânico, mas ela só revela flashes de água, um cano que ele percorre e mais água. Talvez uma válvula de algum tipo, e depois estrelas. Como é que ele foi parar ali, exposto daquele jeito sob o céu? Como é que ele se salvou? Bom, meu querido, o mundo como ele é vai sempre proteger homens como você. Quase sempre.

Arthur Less, nu, enrolado em couro de vaca, se levanta com dificuldade no terreno irregular da Plataforma de Admiração do Universo. Milagrosamente vivo, mal apreciando o universo, ele olha para o povoado lá embaixo, onde um lago brilha no escuro refletindo a luz das estrelas. Less tenta, mesmo sem enxergar bem à noite, prestar atenção no lago. Não estava ali antes, estava? Um lago? Sem dúvida, há água correndo em algum lugar. Ele olha mais longe: uma mangueira jorrando livremente pela encosta na direção de Ambrogio. Demora um pouco para sua mente atordoada pelo frio entender, se lembrar de um aviso, se lembrar de uma válvula; então, ele deixa o couro de vaca cair no chão e grita em alemão:

— Vesúvio! Vesúvio! Vesúvio!

— Eu, Arathusa, líder do conselho, declaro esta reunião aberta. Você, Art Yes, foi convocado nesta manhã sob acusações de manipular o sistema de água de Ambrogio, inundar o terreno e invadir uma plataforma de acesso restrito. Alemães testemunharam que você estava mexendo na válvula de água por volta da meia-noite. O conselho decidiu expulsá-lo permanentemente de Ambrogio e a decisão é irrevogável. Tem algo a dizer em sua defesa?

Uma pausa, e então a voz do nosso querido protagonista:

— Não diga *não*?

Horas depois, Rosina percorre a estrada esburacada sob um céu cinza e frio. Barraquinhas de vendas na beira da estrada, todas fechadas porque ainda é muito cedo, marcam os quilômetros. Na Califórnia, elas venderiam abacates, amêndoas e alcachofras, mas aqui vendem geodos e pedras preciosas; uma barraquinha anuncia FÓSSEIS! em letras maravilhosas. É impossível não parar para ver. Mas Rosina passa reto; de qualquer forma, é bem provável que a promessa de dinossauros dê lugar a uma realidade de amonites. O mesmo acontece com os sonhos à luz da manhã.

Mandern, de alguma forma de banho tomado, barbeado, perfumado com um aroma de sândalo e com outro blazer de veludo cotelê, não fala nada por trás dos óculos escuros. Por fim, ele respira fundo e diz:

— Até que foi interessante!

— Vamos embora para Santa Fé de uma vez — resmunga Less.

— Não sabia que estava viajando com um louco.

— Estou melhor agora.

Mandern ri.

— Vesúvio! Vesúvio!

— Os alemães não entenderam o que eu disse. Eu falei *dilúvio*.

— Bom, para ser sincero, o lugar precisava de uma boa lavada.

Mandern parece entretido e, o que é estranho, impressionado com o companheiro de viagem. Seu companheiro de viagem, no entanto, não quer saber de conversa. Ele diz que espera que Mandern tenha resolvido o que quer que tenha ido resolver naquele lugar porque eles têm que ir logo para Santa Fé.

— O evento é daqui a umas oito horas...

— A gente não vai para Santa Fé — diz Mandern. — A gente vai sair dos Estados Unidos.

Pânico.

— Eu *não* vou dirigir até o México...

— A nação navajo — diz Mandern. — Lar da Avó Aranha. Eu indico o caminho. Mais na frente, nós vamos...

— Eu tenho que levar você para Santa Fé.

Mandern:

— Você não quer mais fazer o perfil?

— Uma pergunta — diz Less.

Mandern pigarreia.

— Se o seu pai aparecesse do nada pedindo o seu perdão, o que você faria? Na próxima, pegue a direita e siga reto até Flagstaff.

— Você quer saber se eu perdoaria o meu pai?

— Isso.

— Não sei mesmo — diz Less. — Minha vez.

— Essa resposta não valeu.

Less pergunta:

— Por que você precisa pedir perdão para a sua filha?

Mandern pigarreia, e Dolly, reclamando, se ajeita no colo dele.

— Achei que você soubesse — diz o velho. — Eu virei escritor.

De Flagstaff, duas estradas seguem para o norte.

Uma delas vai para o Grand Canyon, que Less visitou uma vez numa viagem para o sudoeste do país, quando tinha quarenta e poucos anos. Ele chegou pouco antes do amanhecer e fez uma trilha até um promontório — absolutamente sozinho — para ver uma das maravilhas dos Estados Unidos. Lentamente, o sol iluminou cada nível do cânion, como se fosse pintado à mão por um virtuose, e muito rápido se tornou uma profusão de tons de sépia, marrom, amarelo queimado, castanho-avermelhado, cobre e bronze. A coisa toda parecia estranhamente plana. Era como se estivesse olhando para um mural num ginásio de escola. Mas ele tomou um gole de água e pegou a trilha cânion adentro. Pássaros despertavam e trinavam, a névoa recuou numa espécie de striptease geológico, e ele continuava sozinho, desfrutando do aroma fresco da natureza, até que, com meia hora de trilha, encontrou uma guarda-florestal parada debaixo de um pinheiro.

— Olá! — disse ela, acenando para ele. — Tudo bem? — Ela era jovem, animada, usava um hijab debaixo do boné e um uniforme com um vinco perfeito e liso como um envelope; estava comendo uma barrinha de cereal. Ele disse tudo bem, obrigado. — Trouxe água suficiente? — perguntou ela, e ele ergueu a garrafa, sorriu e continuou andando. — Sabe — disse ela, saindo da sombra e bloqueando a passagem —, a trilha fica bem íngreme na próxima hora de caminhada, e a vista é a mesma. Melhor aproveitar a paisagem e voltar lá para cima! — O sorriso dela era radiante e sinistro. Ele se perguntou se o trabalho dela era chamar a atenção de escritores gays de meia-idade que querem fazer trilhas no Grand Canyon usando sapatos de grife. Foi exatamente isso que ele perguntou para ela. Ela respondeu, basicamente, que sim. Ele pensou ter ouvido um barulhinho de esquilo vindo de uma fenda na pedra. Então Less deu as costas para a guarda e subiu a trilha de volta. Prometeu a si mesmo nunca mais voltar ao Grand Canyon.

E ele não vai voltar, não nessa viagem. Partindo de Flagstaff, a outra estrada para o norte vai para outro lugar, não para o Grand Canyon, e nenhum turista pega esse caminho. É essa estrada, claro, que os nossos dois romancistas decidem seguir.

Eles entram no território navajo e seguem a estrada sinuosa ao longo do primo pobre do Grand Canyon — o desfiladeiro do rio Little Colorado —, cujo fosso mais estreito revela, nesse ângulo e nesse horário, apenas alguns indícios tenebrosos de seus encantos, assim como as anotações feitas por um Escritor Americano de 2° Escalão (preste atenção, Arthur Less). De um céu cinza e estático cai uma neve que mais parece açúcar de confeiteiro, revelando afloramentos enormes do planalto Kaibab: torres congeladas acima de abismos invisíveis. A neve, que não passava de uns punhados de farinha arremessados por deuses brincalhões em sua cozinha celestial, agora fica mais intensa e se torna uma guerra de comida com tortas de creme: uma daquelas nevascas comuns nas planícies desérticas que deixam tudo branco. O desfiladeiro desaparece; as torres desaparecem; Rosina atravessa um mundo atormentado por essa brancura, esse perigo ofuscante, e, enquanto Less (ainda sob o efeito dos mirtilos, talvez) fica fascinado pelo que parece ser a entrada de um reino encantado, Mandern dá o sábio conselho de parar a van.

Eles esperam o pior da nevasca passar numa loja de lembrancinhas administrada por uma senhora navajo, perto do desfiladeiro do rio Little Colorado, que Less fica observando por mais de uma hora enquanto espera, à medida que o vale se torna índigo e os picos ficam brancos de neve feito um sundae. O desfiladeiro é muito mais incrível do que o seu primo metidinho do Oeste. Quando a proprietária fica sabendo que Less é de Delaware, ela conta que uma vez viajou até lá para visitar a irmã.

— Era maravilhoso! — descreve ela, abrindo bem as mãos. — A água brotava das pedras! — Less não consegue imaginar Delaware sendo maravilhoso para ninguém.

Depois, enquanto Mandern examina peças de cerâmica que retratam as moradias indígenas da região, Less se vira para ele e pergunta:

— O que significa H. H. H.?

Mandern dá uma bufada.

— Não seja tão óbvio. Olha só que beleza esses ponchos. Vou dar um para você de presente...

— Não vou colocar no perfil — diz Less. — Só quero saber.

Mandern se vira para Less, segurando um poncho pelo cabide.

— Quer saber, Arthur Less? Eu inventei.

— Sério?

— E inventei Mandern também. Eu queria um nome... agressivo. Lembre que era uma época dominada por escritores viris. — Ele sorri ao olhar para o poncho de lã. — Quem é que ia querer ler alguma coisa escrita por Parley Cant?

— Parley Cant?

— É um nome mórmon — explica Mandern, largando o poncho no balcão. — Abandonei a igreja e o nome. E de onde veio o nome Less?

Nosso herói conta a história do grande valão Prudent Deless.

Para surpresa de Less, o velho parece intrigado.

— Engraçado, tenho uma história parecida. Não a parte do valão, que é ridícula. Mas me contaram que Alistair Cant foi expulso da Nova Suécia por ser um vagabundo. Em 1654. Não é impressionante?

— É uma coincidência engraçada, mesmo.

— Talvez tenham contado a mesma mentirada para nós dois, Prudent Deless.

— É possível, Parley.

Pouco depois, Less atende o telefone no único canto da loja de lembrancinhas com sinal de celular:

— Estou-com-Peter-Hunt-na-linha-aguarde-um-instante-por-favor.

Céline Dion, "Children of the Grave", do Black Sabbath. Silêncio. Depois uma voz:

— Arthur, vou direto ao ponto...

— Peter!

— Como é que está indo o perfil?

Arthur dá uma olhada em Mandern, que analisa mais um filtro dos sonhos.

— Não como eu esperava...

— Tenho uma boa notícia! Tem um grupo de teatro do Sul que adaptou um conto seu...

Parece uma história de que ele ouviu falar anos atrás.

— "A peça da nutrição". Eu me lembro dela.

— Você vai ter a oportunidade de viajar para lá.

— Quê?

— Eles estão desesperados para falar com você — diz Peter. — Mas, como sei que você está trabalhando no perfil, eu intervim. É só você estar em Breaux Bridge, na Louisiana, na terça.

— Mas eu não concordei com essa viagem! — diz Less em pânico. — Tenho que escrever esse...

— Arthur, você disse que precisava de dinheiro. Um doador anônimo fez uma contribuição para o grupo de teatro...

— Less, você devia aceitar — digo para ele.

— Freddy, é muita viagem.

Dou risada.

— Não é como se você pudesse voltar para casa.

— Eu poderia ir para o Maine — diz ele.

— A gente vai se mudar para o Maine? Vou ter que dar aulas sobre Longfellow e Hawthorne numa casa de toras?

— Isso resolveria metade da nossa dívida. Da minha dívida.

— Você está fazendo o que me prometeu — digo. — Está resolvendo tudo. Obrigado.

— Estou com saudades.

— Acho que você diz isso querendo pedir desculpa. Também estou com saudades.

À medida que a nevasca começa a diminuir, e depois de Mandern já ter comprado uma quantidade absurda de filtros dos sonhos e de ter ouvido as histórias da senhora navajo, Less percebe o sobrinho-neto da mulher trabalhando numa máquina de costura em um canto da loja. O jovem, de uns 20 anos, é robusto mas delicado, tem o cabelo comprido e escuro caído sobre um dos ombros como um xale de cetim e costura um vestido vermelho de lantejoulas. Como é que Less não percebeu antes? Ele parece estar no único lugar iluminado da loja, a luz brilhando no teto.

— Para quem é esse vestido? — pergunta Less, e o jovem olha para ele.

— Tenho clientes em Flagstaff — diz ele em voz baixa. Uma pinta à esquerda do seu lábio se mexe enquanto ele fala. Durante a pausa, a neve acumulada lá fora se move no deserto branco. Então o jovem sorri, parecendo ter tomado uma decisão. — Drag queens — diz ele, dando uma risadinha. — Todas elas me procuram. — Less, surpreso, quer saber mais. — Faço vestidos, mas minha especialidade são sapatos. Artesanato com contas. Aprendi com a minha avó. Faço todo sapato de Flagstaff. Esse aqui é para Rachel N. Justice. Ela vai se apresentar no sábado. — Less pergunta se ele também faz shows. O jovem dá uma olhada na "tia" no caixa da loja. — Quando ela deixa — sussurra ele antes de retomar o trabalho no vestido. A nevasca passa e, como as luzes que acompanham uma engenhosa troca de cenários no palco, o sol aparece brilhando sobre essa paisagem lunar. E assim nossos escritores seguem viagem.

Dizem que equinos têm "vontade própria", mas o oposto também é verdade no caso da mula que Less está montando; a vontade dela está em sintonia com a do nosso herói, e ela se move precisamente nos momentos em que Less não quer que ela se mova. No entanto, ele e Pintada (pois esse é o nome dela) dão um jeito de descer a encosta, ziguezagueando da beira do cânion até o vale, não muito longe de Mandern (que conduz uma velha égua derreada; Dolly ficou na van) e Delbert, seu guia indígena, cavalgando um corcel orgulhoso e reluzente. O cânion de Chelly (nome que vem de cânion de Tséyi', que significa "atrás da rocha") faz parte da nação navajo e apenas residentes têm acesso a ele, mas os indígenas podem oferecer seus serviços de guia para turistas como os nossos distintos escritores não navajos. Delbert usa um casaco e um chapéu com camuflagem verde, óculos retangulares com armação de metal e não faz contato visual com os clientes; ele olha apenas para seu cavalo e para as paredes do cânion rosa-adamascado acima deles. Ele mal pode ser considerado uma fonte de informação; quando Less pergunta se a última colheita de pêssego foi boa, Delbert responde:

— Não.

Perguntado sobre se foram os navajos que construíram as ruínas de argila no alto dos paredões de arenito, Delbert responde:

— Não.

Ele responde o mesmo para as paredes com marcas de fumaça. Parece que ele vive de acordo com a filosofia do não diga *sim*.

A descida do deserto árido tomado pela neve para o vale lá embaixo poderia ser representada, no cinema analógico de que Less tanto gosta, por uma mudança da película em preto e branco para a colorida, ou, recorrendo à sinestesia, do silêncio para o som: a sensação de sair da surdez do inverno para perceber, aos poucos, o murmúrio das árvores, o ruído dos galhos e a correnteza do rio. Pintada segue rio adentro, claro, contra todos os esforços de Less, e consegue sujar o homem de terno cinza de lama da cintura para baixo. Delbert aponta para um trailer pequeno ao lado de uma casa de pedra com formato hexagonal. Eles se aproximam do trailer, os dois primeiros cavalos de maneira discreta e Pintada andando pelo rio e espirrando água para todo lado, e de dentro da casinha sai uma mulher. Ela usa uma saia de brim e tranças grisalhas enroladas na cabeça. Enquanto Mandern apeia, a mulher não sorri.

— Parley Cant.

Mandern dá um sorriso nervoso.

— Oi, Lacey. Como você está bonita.

— Baloo disse que você vinha.

Os dois ficam se entreolhando por um instante, então Mandern se vira para Arthur e conta:

— Uma vez, durante um apagão em Havana, Lacey teve que descer vinte andares a pé. Era um caos, estava tudo escuro. Quando ela chegou ao térreo, os militares estavam lá. E o *capitán* foi até ela e disse: "A *señora* é uma heroína da revolução."

A mulher sorri, pensativa.

— Isso foi com a minha mãe.

— Mas você também estava lá.

— Eu tinha 5 anos.

Enfim, Lacey se vira para Less e olha para ele de cima a baixo. Nosso herói está coberto de lama e parece ter sido mergulhado em chocolate. Ela fala com o guia.

— Oi, Delbert, terminou de fazer a sua cerca?

— Não.

— Esse é Arthur Less — diz Mandern para Lacey, e depois para Less: — Preciso de um momento sozinho com a minha filha. Já volto.

— Sr. Mandern, e Santa Fé...

— Fique com Delbert.

Less diz:

— Não vá...

Mas pai e filha desaparecem no trailer; Less e Delbert são deixados com os cavalos e a mula batendo os cascos no chão. Com um assobio, o vento sopra a neve do alto do desfiladeiro. Os sons do rio acompanham. Em algum lugar lá em cima, em seu pilar de calcário, a Avó Aranha deve estar se divertindo.

Less se vira para Delbert.

— Você e Lacey são parentes?

— Não.

Eu daria tudo por um retrato desse momento! Guardaria para sempre na minha mente e ele me ofereceria conforto em noites difíceis: Arthur Less, parecendo um pobretão recém-chegado, metade lama, metade seda cinza italiana e poncho de lã, escarranchado numa mula enquanto seu guia, Delbert, talvez para apagar essa visão das suas retinas, tira os óculos para limpar as lentes com um pedaço de camurça. Um peru deu um jeito de aparecer no fundo da cena, como uma senhora que acabou de entrar sem querer num bordel. Ao redor deles, tão indiferentes à comédia quanto foram à abundante tragédia da vida, as paredes do cânion — dunas de areia que primeiro foram peneiradas, comprimidas e endurecidas ao longo de milênios até virarem rochas maciças, e depois foram esculpidas pelo rio e se tornaram fatias irregulares de bolo — se elevam até o infinito do céu azul, marcadas pela silhueta de um urubu e algumas nuvenzinhas. A neve vem pairando do alto do desfiladeiro sobre os pessegueiros, miraculosamente cheios de brotos. Olhando daqui, os Estados Unidos não parecem tão ruins assim.

Não vem barulho nenhum do trailer. Arthur Less decide puxar conversa:

— Delbert. O que significam esses bordados no seu casaco?

— Rodeio.

Less pergunta:

— Você trabalha no rodeio?

A pergunta soou estranha (ele fala de um jeito que soa como se dissesse: “Você trabalha no circo?”), e Less está esperando por mais um *não*, mas algo no homem parece ter mudado; ele faz que sim com a cabeça.

— Paga bem. Uma vez fui até Albuquerque com o rodeio. E o meu filho foi junto.

— Você tem um filho?

Ele faz que sim de novo. Uma pausa. Então Delbert olha nos olhos de Less.

— Tenho duas famílias. Meu clã aqui no cânion e minha família no rodeio. Eles são gente boa. Com eles, sempre se tem onde ficar.

— Achei que você morasse aqui.

— Às vezes. Na verdade, fazemos muitas buscas e resgates. As pessoas não querem contratar um guia, ou não querem contratar um navajo, por isso estacionam o carro ali em cima, na beira do desfiladeiro, e descem a pé. É mais difícil do que pensam. O penhasco é bem íngreme. A gente acaba levando água e comida para eles, cobertores, até os funcionários do parque fazerem o resgate. No ano passado, ajudamos um cara gay que queria fazer uma caminhada com sapatos de grife.

Essa observação é seguida por silêncio. O único movimento é o peru, que parece perplexo com o jardim (onde sem dúvida passou a vida inteira). Então vem do trailer um som de risadas. É nesse momento que Arthur Less recebe uma mensagem (algo impossível de acontecer nesse cânion remoto; será que a Avó Aranha é uma emissora celestial?), que ele supõe ser do comitê do prêmio. Afinal de contas, conseguiu perder mais uma reunião. Mas não é o comitê; Less encara o celular, tentando decifrar o que seria inequívoco para qualquer outra pessoa.

— O que foi? — pergunta Delbert. Aparentemente, a surpresa de Less foi evidente.

— Nada. Só uma mensagem.

— Algo ruim?

— Hum. Talvez.

Por fim, Delbert faz a pergunta que estava remoendo havia muito tempo:

— Por que o pai de Lacey está aqui?

Less olha para cima. O sol sai de trás de uma nuvem e lança uma faixa dourada na frente do peru, que gruguleja de medo e se esconde atrás do trailer.

— Perdão — diz Less.

Delbert acena uma última vez; ele sabe tudo sobre busca e resgate. Ele olha para um afloramento rochoso perto dali marcado por fumaça e, da mochila, tira um pedaço de espelho quebrado. Segura de modo a refletir a luz do sol na rocha, onde Less consegue ver, na fuligem, o desenho antigo de um homem a cavalo. Delbert guarda o espelho na mochila sem nenhuma explicação. Espero que Arthur Less perceba que ele não sabe nada, nadica de nada, sobre os povos que viveram ali no passado nem sobre os povos que vivem ali agora. Ele treme debaixo do poncho. No fim das contas, acho que tenho um retrato; acabei de fazer um.

Uma mensagem num telefone no sudoeste dos Estados Unidos:

> *Archie, te vejo no Sul. Depois de tanto tempo, estou feliz de ajudar você nos seus feitos literários.* Wir sehen uns im Süden.
>
> *Pai*

Pânico. O que isso significa? Que o pai dele, Lawrence Less, planeja uma emboscada a ele no Sul? E o que quer dizer *ajudar você nos seus feitos literários*? Outra pergunta pode ocorrer aos leitores: por que a frase repentina em alemão? Precisamos voltar no tempo para ver como tudo isso começou. Imagine um santuário zebrado por venezianas e nele uma luminariazinha com pescoço de ganso que ilumina o rosto familiar de alguém que ajusta minuciosamente uma pequena engenhoca — é o rosto do seu pai, Lawrence Less.

— Meninos, o que vocês estão tramando? — pergunta ele, e o pequeno Archie Less está parado ao lado de Jeff Cooper na soleira da porta, os dois com uns 7 anos e de pijama, só que não foi bem isso que o pai dele disse; ele disse: "*Was habt ihr Jungs vor?*"

— Isso é alemão — explica Less para o amigo. — É outra língua.

Jeff Cooper anui numa espécie de transe. A luz incide sobre Lawrence Less como se ele estivesse numa pintura de Caravaggio, e sua aliança de casamento brilha por um instante e depois desaparece.

Nesse momento, o pai dele — uma figura mítica com seu cachimbo, suas engenhocas, suas fantasias — parece se transformar. O menino Archie entendeu então que uma pessoa podia ter duas vidas, podia habitar dois mundos ao mesmo tempo, ter duas existências, e Archie é como o aprendiz de feiticeiro encarando as páginas do livro de magia. Por que o seu pai nunca contou que era simples assim?

— *Gute Nacht, Jungs* — diz o pai antes de fechar a porta mágica.

Hoje nosso Less, à sombra da Avó Aranha, vê o jovem Archie indo até a biblioteca para pegar emprestada uma coleção de fitas cassete com a bibliotecária sisuda. Consegue visualizar com clareza as fitas no estojo de plástico. O título? *Aulas de alemão lento.*

A mente de Less fecha sua própria porta mágica uma vez que Mandern sai da casa de cara fechada e pede que Delbert prepare as coisas para irem embora. O resto é uma aula de mulas lentas.

Apesar das investidas de Less para continuar fazendo perguntas, Mandern fica de óculos escuros e em silêncio durante a maior parte da viagem de cinco horas até Santa Fé. Outra tempestade de neve obriga os dois a parar numa lanchonete famosa por uma coisa chamada "torta batida": uma senhora prepara tortas caseiras — maçã, cereja, pêssego — e entrega ao marido, que, com toda indiferença, bate todas elas com sorvete num liquidificador e vende a mistura para os clientes. O amor é isso. Quando Mandern e Less voltam para a estrada, o pôr do sol transforma a neve que cai numa neblina cor de lavanda. Por trás dos óculos escuros, parece que Mandern está dormindo; Dolly, que ronca, está dormindo com certeza. A chegada deles a Santa Fé é atrasada por uma marcha silenciosa que para o trânsito: uma procissão de mulheres com vestes roxas dirigindo-se à escuridão crescente. Como se afastam de Less, ele não consegue ler os cartazes que elas seguram no alto nem saber por que estão marchando.

Por fim, o passageiro abre a boca:

— Então você vai ver o seu pai no Sul?

Less se vira para encarar o companheiro de viagem, mas, por causa dos óculos escuros, é impossível ver quão acordado ele está. Filtros dos sonhos balançam no retrovisor.

— Acho que sim.

— Depois desse tempo todo — diz o homem calmamente. Less não sabe direito o que aconteceu no cânion de Chelly, se ele e a filha fizeram as pazes; presume que não.

— Estamos quase no evento — diz Less.

— E vale a pena, Arthur?

— O quê?

— Minha última pergunta. Ser escritor. Vale a pena?

Perplexo, Less fica em silêncio. Para ele, é impossível responder porque é a única coisa que sabe fazer. É como perguntar para um besouro rola-bosta se vale a pena. É claro que existem coisas melhores para fazer, é claro que existem vidas mais fáceis de viver — como a do leopardo ou a do crocodilo! Mas um besouro rola-bosta sabe fazer bem ao menos uma coisa.

— Vale — diz Arthur Less.

— Que bom.

— Minha vez, sr. Mandern.

— Claro.

— O senhor acha que vale a pena?

Em meio à névoa cor de lavanda, surge uma placa: EM BREVE UMA PORTER'S; a placa e a loja debaixo dela estão velhas e abandonadas há bastante tempo, assim como várias ambições antigas. Mandern, que só mexe a mão para agradar sua pug adormecida, declara:

— Sabe, nós vivemos na Idade do Ferro. — Less não faz ideia do que ele está falando, mas Mandern continua: — Hesíodo diz que existem cinco idades na história humana. Ovídio diz que são apenas quatro. Os vedas também dizem quatro. Todos, todos dizem que estamos vivendo na pior idade de todas.

A paisagem que escurecia fica para trás: carros abandonados no acostamento da estrada, arbustos e raios no horizonte.

— Uma Idade do Ferro — diz Mandern, dando uma risadinha — em que os homens abandonaram os deuses! A magia antiga desapareceu quase por completo, e há impostores por toda parte! — O velho olha para a água da chuva que vibra no vidro da janela. O sorriso dele se apaga. — Mas há esperança, Arthur. — O grande autor diz com tranquilidade: — *Nós* somos o que resta da magia antiga.

Sei bem que cara é essa, uma cara que Less também teria feito se a buzina espalhafatosa de uma carreta não tivesse atraído sua atenção de volta à estrada. É uma expressão de vaidade, tristeza e êxtase; gênese, felicidade e destruição. Sei bem como é. Falar com as pessoas sem ouvir nada do que elas dizem, reparando apenas em como elas encostam na pequena cicatriz na têmpora. Ouvir apenas o sotaque de Michigan que elas estão tentando disfarçar. Chorar convulsivamente logo de manhã e servir vinho, com um sorriso, no jantar. Roubo: cultivar amigos pelas histórias; amores pelas sensações; história pela estrutura; família pelos segredos; conversa fiada pela tristeza; tristeza pela comédia; comédia pelo dinheiro. Então triunfar. Um sinal de satisfação nos lábios que não tem nada a ver com um trabalho feito, e bem-feito, mas, sim, com o fato de fazer uma coisa que nunca foi feita.

Sei bem como é, embora ninguém nunca tenha perguntado para o companheiro: *Freddy, vale a pena?*

O centro de convenções de Santa Fé é uma espécie de filtro dos sonhos: sonhos que embalaram a cultura antiga mas ainda vibrante do Taos Pueblo, o regime assassino da Espanha colonial e a vida artística boêmia de O'Keeffe e Stieglitz; todas as características arquitetônicas do centro de convenções (a torre de terracota, as vigas de madeira, as lareiras, as pinturas abstratas) são referências do passado usadas neste sonho mais recente: o da conferência corporativa capitalista. Assim como o do raro evento literário, pois há um cartaz para todo mundo ver: HOJE! UM ENCONTRO COM H. H. H. MANDERN. Não menciona um encontro com nenhum outro autor. Mas nosso herói entra no saguão principal com seu poncho sujo de lama e aborda uma mulher no balcão de informações.

— Oi, meu nome é Arthur Less. Vou participar do evento com o sr. Mandern.

— Quem?

— H. H. H. Mandern, o escritor.

Ela sorri como se ele tivesse contado uma piada.

— Não, quis dizer: quem é *o senhor*?

Ele repete seu nome e emenda:

— Tem algum lugar onde eu possa deixar um cachorro?

— Decidi que eu vou — diz Less para mim. Ele me liga da frente do centro de convenções de Santa Fé.

— Para o Maine?

— Não, para o Sul — diz ele. — Para ver esse negócio do teatro. A gente só tem mais três semanas para pagar a dívida do imóvel e ainda falta metade do dinheiro. E estou tendo umas ideias loucas sobre o meu pai...

— Também acho que você deveria ir.

— Acho que foi ele que doou o dinheiro para o grupo de teatro. Acho que ele está tentando me ver.

— Por que você diz isso?

— Recebi uma mensagem. Ele cuida de uma fundação dedicada às artes. Rebecca diz que ele está doente. Tenho que ir.

— A única coisa que me preocupa é o Alabama. Ouvi dizer que matam homossexuais lá.

— Freddy. Freddy, não vou correr nenhum perigo.

— Ser branco talvez não seja suficiente.

— Desculpa, mas a ligação não está muito boa. Freddy, queria que estivesse aqui. Eu inundei uma comuna, dormi numa tenda e andei de cavalo no... — A linha fica muda por um instante e volta em seguida: — ...não tem inverno.

— Fico feliz que esteja gostando da viagem.

— Desculpa, tenho que desligar. Deixei Mandern sozinho...

— Eu entendo.

— Freddy, você está bem? Quer que eu...

A ligação cai.

Vou dar exemplos de sabedoria familiar. Levei Less para o aniversário de casamento dos meus tios-avós na Flórida e lá, depois de ser paparicado e adorado, e de ter bebido bastante grapa, Less foi puxado num canto pelo meu tio-avô Enrico para conversar. Depois, Enrico diria para mim a mesma coisa que disse para Arthur, e é por isso que consigo repetir o conselho dele tim-tim por tim-tim.

[*O trecho a seguir foi traduzido do italiano.*]

— Queria conversar um pouco, Arthur. Você entende italiano, não é?

— Um pouco.

— Certo. Queria conversar um pouco sobre você e Federico. Queria conversar sobre o amor. Estou casado com a tia-avó de Federico há bastante tempo. E queria contar para você que isso não é uma coisa que se comemora a cada dez anos, não. Nem a cada cinco. Isso se comemora todo dia. Entende? Eu acredito num Ser Supremo. Não sei quem é Deus, não sei nada de Deus, mas sei que Maria existe graças a Deus. O maior problema do mundo é que as pessoas não são boas umas com as outras. E o mais importante é a bondade e o espírito humano. A gente tem um ao outro. E é isso que a gente tem. Por isso tem que comemorar. Lembre-se disso. Não quero saber quem você ama, mas, se ama alguém... se ama alguém, você tem que amar essa pessoa todo dia. Tem que escolher essa pessoa todo dia.

Eles se deram as mãos; lágrimas escorriam pelo rosto do meu tio-avô. Depois encontrei Less no corredor, e ele parecia meio chocado.

— O que foi que o meu tio falou para você? — perguntei.

Talvez ainda de ressaca, talvez num torpor causado pelas palavras, ele me respondeu com sua honestidade lessiana:

— Freddy, eu não faço a menor ideia.

E lá se vai o conselho dos mais velhos.

Aqui em Santa Fé, Arthur Less dá uma cochilada em outro camarim ao lado de outro prato de frutas. O cansaço faz Less se perguntar se os últimos dias no deserto aconteceram mesmo ou se as aventuras que viveu não foram apenas o sonho de um homem cochilando numa sala. Mas ele está começando a organizar as ideias em torno do perfil, eliminando as toxinas do caos e da desordem para ter o tônico fortificante de uma narrativa engraçada...

Um rosnado discreto vem do homem ao lado dele. Less pergunta:

— Está tudo bem, sr. Mandern?

O grande escritor está se sentando numa cadeira dobrável com Dolly no colo; o cachimbo pende da boca, e ele ainda está de óculos escuros. Ele fala:

— Como você vai para o Sul?

Less descreve o plano de voar para Nova Orleans.

— Não se renda ao prosaico assim tão rápido — diz o grande escritor. — Leve Rosina com você. Para futuras viagens. Não me imagino mais fazendo viagens com ela. Depois daqui, vou para casa em Palm Springs e quero encerrar os trabalhos.

— Do livro?

— Dele também. — Mandern olha para ele de novo com aqueles olhos de polvo. — Em troca, peço um favor. Leve Dolly com você. Gostaria que ela visse outras coisas além de um homem moribundo.

— Levar Dolly? Não sei, não...

— Ela precisa viver aventuras.

— Se for por isso, você escolheu o cara errado.

— Talvez você não saiba, Arthur Less, mas tem espírito aventureiro. Você é um homem impulsivo.

Nunca ninguém falou de Less nesses termos. Nunca ninguém teve uma ideia tão equivocada a respeito dele. Ou será que todos nós estamos errados, que ignoramos todos os sinais de que esse homem atrapalhado, exagerado e indeciso é na verdade um homem impulsivo? Capaz de qualquer coisa? Pois, do jeito dele, Less é impulsivo, assim como qualquer animal acuado num canto é impulsivo, e, para Arthur Less, o mundo inteiro é um canto. Feito um *lavvu*.

Mas de uma coisa tenho certeza: ele vai perder a próxima reunião do prêmio. Estará ocupado escrevendo o perfil de Mandern nos arredores de Muleshoe, no Texas. Ele vai editar o material estacionado em Waxahachie e enviá-lo quando estiver perto de Nacogdoches, e depois disso vai ligar para Estou-com-Peter-Hunt-na-linha-aguarde--um-instante-por-favor para receber o pagamento. Ele terá metade do dinheiro necessário para salvar a nossa casa.

O título do perfil? "Olhando daqui, os Estados Unidos não parecem tão ruins assim."

Ao lado dele, um suspiro fantasmagórico diz:

— Arthur.

H. H. H. Mandern despencou na cadeira de boca aberta, as mãos agarradas nos braços dela. Dolly ronca no colo dele, mas os óculos escuros e o fedora caíram no chão, revelando que a tintura do cabelo vai só até a linha do chapéu; acima dela, o cabelo é branco feito uma nuvem. Mandern está colorido como um ovo de Páscoa. Um dervixe que rodopia.

Less entra em pânico e se ajoelha diante dele:

— O senhor está bem?

— Já acabou? — sussurra o velho, assim como fez anos antes em Nova York. O dourado dos seus olhos desapareceu, talvez tenha sido garimpado feito ouro. Less pensa num pai com câncer, num poeta que bebe de uma fonte contaminada: *Não me deixe sozinho.*

— Vou chamar alguém. Oi! — grita Less para o saguão, procurando alguém com uma prancheta. Ele levanta e vai até a porta. — Alguém!

— Não aguento mais — diz a voz desamparada do escritor.

— Alguém! — grita Less, deixando Mandern sozinho para percorrer o saguão. — A gente precisa de um médico!

Ele quase consegue ler as manchetes: *Dickens americano morto por escritor totalmente desconhecido.* Está determinado a impedir que este capítulo termine desse jeito. *Assassino já havia inundado um tesouro arquitetônico do sudoeste do país.* Falta pouco para começar o espetáculo, e é quase criminoso como o saguão não tem mais ninguém com uma prancheta (embora o auditório esteja lotado de fãs). *Mirtilos foram detectados no sangue do assassino.* Os bastidores são um labirinto de corredores e depósitos, mas seus habitantes parecem ter sido abduzidos por algum minotauro a serviço da prefeitura. *A pug deve prestar depoimento.* Less começa a suar e volta para o camarim. Dolly olha para ele com desdém. Less está apavorado com a ausência total de escritores famosos no ambiente. Será que Mandern foi simplesmente absorvido pelo universo? Será que mais um homem velho acaba de abandonar Less?

Então Less ouve um estrondo, como uma represa se rompendo — ele olha para a entrada do palco, e lá, de pé sob os holofotes, como se não precisasse de mais nada além da gritaria do público para viver, está o escritor famoso. Com a mão erguida para agradecer os aplausos e iluminado por uma luz branca intensa, H. H. H. Mandern parece uma estátua de mármore. Que pombo teria coragem de se empoleirar nele? Não há nenhum sinal de que esteja rodopiando feito um dervixe, de que sua filha não vai perdoá-lo, de que existe um romance que precisa ser finalizado — não, sua força de vontade, ou talvez seja apenas sua arrogância, lhe dá forças. Como foi fácil lembrar Robert Brownburn a caminho do palco — o belo e maduro Robert Brownburn, o homem que Less conheceu na praia, que o convidou para vir aqui à City Lights, que ficaria com ele por quinze anos — mexendo nos papéis, como fazem os poetas, para depois encarar o público e falar, e as únicas coisas que existiam no mundo eram Arthur Less, Robert Brownburn e o poema.

Perplexo, nosso herói olha para Mandern, que leva o público ao delírio. Talvez seja esse o futuro de Less. Ficar velho assim, dominar o palco e hipnotizar uma plateia usando apenas o dom de contar histórias. E ser capaz de usar seus talentos para burlar o amor e quem sabe até a morte...

Pois nós não somos o que resta da magia antiga?

SUDESTE

Agora, Arthur Less está a meio caminho de cruzar os Estados Unidos e a meio caminho (ele acha) de resolver todos os seus problemas.

Levando uma pug e um poncho, ele se afasta das montanhas; não vai mais ver neve nessa jornada. E como ele se sente nessa etapa da viagem sem um Freddy para ajudá-lo e sem um escritor famoso para orientá-lo? Estranhamente livre. Sozinho e livre e um pouco como aquele velho disse que ele se sentiria. Nenhum fantasma consegue acompanhar uma van convertida em motor-home nessas estradas sinuosas e não há espaço para sentimentos *incertos* quando existem crises mais urgentes: Arthur Less pode morrer de sede, ou atacado por coiotes, ou exposto às intempéries; ele pode ficar sob a mira de uma pistola e escapar com a satisfação de saber que enganou a morte mais uma vez e dormir bem com isso. É possível dizer que ele está vivendo a melhor fase da sua vida. É possível dizer, no mínimo, que Less está perdido. Até que enfim.

Caro sr. Less

Ficamos felizes em saber que o senhor vai acompanhar a Trupe de Teatro Últimas Palavras em nossa breve turnê pelo Sul! Como o senhor deve saber, nós apresentamos obras literárias na íntegra *por meio de diálogos, danças e canções (nossa querida Marjorie é famosa por sua voz). Tenho certeza de que o senhor ouviu falar da performance de seis horas que fizemos de* Ao farol *(eu mesma interpretei o Farol) e da performance de oito horas que fizemos de* Arco-íris da gravidade *(eu mesma interpretei o Arco-Íris), que nos deu a honra de sermos suspensos pela vigilância sanitária. Espero que goste da apresentação que fizemos baseada em seu conto!*

Como sabe, nós nos apresentamos primeiro em Natchez, no Mississippi, depois em Muscle Shoals, no Alabama, e em Augusta e Savannah, na Geórgia. Então nos vemos amanhã em Bramblebriar, minha terra natal, perto de Breaux Bridge, na Louisiana. Pode me ligar se tiver qualquer dificuldade para chegar aqui. Vou interpretar o papel da hostess sulista!

Com admiração,
Dorothy Howe-Gorbaty

São quatro dias de viagem do Novo México até a Louisiana, e o único trajeto possível passa pelo Texas: uma parte árida e extensa dos Estados Unidos que, para viajantes que cruzam o país, é equivalente à parte árida e extensa sobre "A brancura da baleia" em *Moby Dick*, cujo tédio leva à loucura a maioria dos leitores. Less e Dolly passam por Amarillo (olá, Reilly O'Shaunessy e seu amado dentista!) e entram numa terra de arbustos, tatus mortos, mais igrejas que padarias e mais padarias que postos de gasolina. O restante é sol e terra batida. Sei disso porque Less me ligou todo dia ("Escada abaixo!") tagarelando sobre motor-homes.

Existe um mundo de coisas maravilhosas que Arthur Less desconhece — física avançada, a habilidade de desmontar e limpar fuzis, o amor puro de uma mulher —, mas nos últimos dias ele teve que se virar sozinho numa área em que é terrivelmente despreparado: a do acampamento de lazer ou, como é mais conhecido, camping.

O primeiro problema é o acampamento em si. Como era só uma criança na época em que frequentou espaços de camping, quando seu pai (anêmona pública número um) escolhia palcos de massacres da Guerra Civil para viver experiências entre pai e filho, Less não faz ideia de onde um homem de meia-idade com uma van convertida em motor-home e uma pug podem se instalar. As primeiras tentativas foram uma série de falsos começos: áreas de camping estaduais exclusivas para barracas, áreas de camping regionais exclusivas para humanos, áreas de camping municipais exclusivas para bêbados — até ele descobrir que faz parte de um grupo exclusivo: gente que viaja de motor-home. Ele passa a notar placas (BEM-VINDOS, MOTOR-HOMES!) que lhe dão a solução: áreas de camping privadas. E aqui ele explora mundos até então desconhecidos. A primeira, ao sul de Muleshoe, no Texas, se revela um excelente aprendizado: bases de concreto enfileiradas junto de um lago, um lugar abandonado a não ser por dois veículos imensos cujas luzinhas de Natal dão algum sinal de permanência, cada base ligada a uma cabana de concreto. Pequenas demais para se dormir dentro delas, fechadas demais para se cozinhar dentro delas, as cabanas continuam sendo um mistério. Arthur encontra o "host" num dos veículos com luzinhas de Natal (um homem parecido com seu tio Chuck, mas de gravata de caubói), preenche alguns formulários e recebe um cone laranja. Esse item também é inexplicável. Ele coloca o cone dentro da cabana e fica feliz com a simetria da vida. Depois se entrega à tarefa de transformar Rosina numa morada aconchegante: estende o teto retrátil, recolhe a mesinha, desdobra o sofá, arruma a cama, fecha as cortinas e, no que é uma tarefa complexa a essa altura do dia, encaixa telas opacas nas janelas para escurecê-las. Dolly se instala e parece uma lua crescente envolvida em lã azul-marinho. Uma fresta da cortina deixa entrar uma brisa e, no escuro, revela uma meia-lua de estrelas. Logo, Less mergulha no rio do sono. A manhã seguinte começa com sua própria metáfora espirituosa: um chuveiro que funciona à base de fichas vendidas pela administração do camping; cada uma gera um minuto de alegria intensa, em que a pessoa precisa dar tudo de si antes que a experiência chegue ao fim. A morte está por todo lado.

É mais ou menos assim que funciona, com algumas variações: pessoas brancas, muitas delas parecidas com o tio Chuck, pedem a ele que preencha formulários, acenam para ele dos seus trailers (cujas marcas — Airstream, Southwind, Bounder, Hurricane, Horizon, Phaeton, Zephyr —, segundo Less, soam como nomes de bandas de rock dos anos oitenta), bases de concreto, churrasqueiras robustas como torres de perfuração de petróleo, lavanderias que funcionam à base de fichas, chuveiros e assim por diante. O sotaque das pessoas também não muda e, mais importante, Less não enfrenta nenhum problema. Até cruzar a fronteira da Louisiana.

— Olá, você tem vaga para hoje à noite?

— Opa, claro que temos! — diz a hostess toda sorridente. — Você não é daqui, né, querido?

— Não. Vocês permitem cachorros?

— Opa, claro que permitimos! — É uma senhora de idade com cabelo cacheado e grisalho, óculos coloridos e uma camiseta da HOOT 'N' HOOLER parecida com a do tio Chuck. — Só toma cuidado com os jacarés. Você é da Holanda?

— Não. Sou de Delaware. Jacarés?

— É mesmo? Achei que você fosse da Holanda por causa do sotaque.

Ele sabe o que isso significa. A pergunta aparece em variadas formas — "Você é ator?"; "Você parece um primo meu, será que vocês se conhecem?"; "Já te falaram que você é a cara do..." —, e ele nunca sabe o que dizer. Porque a pergunta que ela realmente está fazendo, sem saber que está fazendo, só porque percebeu certo floreio na fala dele, é: *Você é homossexual?*

Opa, claro que é!

Assim que ele estaciona Rosina na base de concreto (ao lado de um lago artificial de onde é possível presumir que saem os "jacarés") e a transforma num vagão-dormitório, ele procura o banheiro comunitário e vê a barba que deixou crescer na viagem cruzando o Texas. Quem disse que eles matam homossexuais no Sul? (Fui eu.) Ele apara a barba deixando só um bigode guidão. No dia seguinte, ele para numa loja do tamanho de um hangar de aviões e compra uma bandana vermelha, óculos escuros com proteção lateral, uma camiseta da HOOT 'N' HOOLER, chinelos de dedo, um boné, um chapéu de caubói, uma gravata de caubói e seis bandeirinhas dos Estados Unidos. Arthur Less tira o terno e o poncho sujos de lama e experimenta as roupas recém-adquiridas. Ele se livra filtros dos sonhos, amarra uma bandeirinha em cada canto da van e prende as duas que sobraram no vidro traseiro, só para se prevenir. Na saída, ele acena para a atendente do estacionamento. Uma sensação de alívio percorre o corpo de Arthur Less quando ele aciona o limpador de para-brisa para limpar o vidro de um monte de insetos que a atendente chamou de "besouros-do-amor". Ele detectou o perigo antes que algo pior acontecesse; agora (ele acha) ninguém mais vai pensar que ele é holandês.

E Dolly? Na falta de Tomboy, Less recorreu a Dolly em busca de conforto. Ele entende que ela foi separada do seu único e verdadeiro amor (assim como muitos de nós) e por isso ele procura arrumá-la na cama toda noite, imaginando como ela deve estar sofrendo. Mas vou dizer uma coisa (não conte para ninguém): ela não está sofrendo. Nem um pouco. Seus grunhidos e suspiros e sua atitude arrogante não parecem ter mudado com a ausência de Mandern. Será que ela é um passarinho que canta para qualquer plateia? Será que é, na verdade, cruel e sem coração? Ou será que ela é mais parecida com Less do que ele imagina?

Toda noite, quando ele monta acampamento, fecha as cortinas e uma única luz de leitura ilumina a roupa de cama, ela começa sua performance. De pé na sua caminha, mordendo o canto de sua toalha de banho encardida, Dolly faz uma dança apache. Dá para imaginar uma trilha sonora de Offenbach à medida que ela faz da toalha seu amor e a joga do outro lado do palco, apenas para pegá-la de volta e maltratá-la mais um pouco, às vezes carinhosamente, às vezes violentamente, até que enfim ela cria a forma desejada e deita, satisfeita, sobre seu amor derrotado. Less acompanha o espetáculo com interesse; ele sabe do que se trata. A luta aparentemente sem sentido com algo inerte, os gritos de raiva e frustração, o sofrimento do amor, para no fim criar alguma coisa que existe apenas na mente da sua criadora, que olha para a coisa com certo desânimo e, desfrutando daquilo que criou, dorme num mundo em que uma coisa é exatamente como ela imagina. Nosso protagonista olha para ela com inveja, essa criatura tão parecida com ele, reconhecendo nela uma colega artista (embora mais bem-sucedida em sua área de atuação).

No que diz respeito ao trabalho, Less não escreveu nada. Ele diz a si mesmo que aquele ano é um período de descanso depois de ter concluído um livro. Um ano para ler e escolher o vencedor de um prêmio literário. E assim, toda noite, enquanto Dolly faz sua dança apache antes de deitar, ele salta de um livro para o outro sem conseguir mergulhar em nenhum deles. Será que nosso Peter Pan está velho demais para a Terra do Nunca? Robusto demais para uma toca de coelho? É possível (e o que ele vai dizer para o comitê do prêmio?), mas sugiro o contrário: Less está com os sentidos, a curiosidade, os medos e a memória mais aguçados e entrou naquele território em que o mundo exterior não deixa de existir, de maneira nenhuma, mas sim machuca com detalhes dolorosos, o lugar não do leitor ou do crítico, mas daquela criatura aprisionada atrás do espelho: o escritor.

No momento, Less está prestando atenção.

Enfim, Less chega a Bramblebriar, a "terra natal" de Howe-Gorbatys. Ao estacionar sua van em frente à mansão magnífica, ele se sente mais como técnico de ar-condicionado do que como escritor. Uma brisa faz suas bandeirinhas dos Estados Unidos tremularem.

Uma mulher elegante de suéter verde vai até ele com a mão estendida, o cabelo cuidadosamente penteado tem o tom exato da madeira usada na suíte dos pais de Less. É Dorothy Howe-Gorbaty, a líder da trupe. Seus grandes olhos exoftálmicos (talvez por causa de alguma doença na infância; todos temos nossos fardos) dão a ela uma amplitude de expressões incrível, então dá para imaginar que, quando recebe um papel sem falas, suas reações silenciosas sejam capazes de dominar o público. Sem dúvida, é isso que acontece fora do teatro, como na pantomima de quando ela se aproxima de Less hoje, a mão imóvel e o olhar fixo semelhantes ao de um personagem que carrega um frasco de veneno.

— Arthur! Você não faz ideia de como ficamos animados ao saber que você ia conseguir pegar um voo para cá!

— Na verdade, eu vim de van.

— Você veio dirigindo da Califórnia até aqui?

Para Less, Dorothy está na mesma categoria de Nancy Reagan: branca, magra, chique, atraente, alvoroçada feito um esquilo atrás de uma noz. Ele explica:

— Não, quer dizer... na verdade, sim.

— Você *atravessou o Texas?* — diz ela em voz baixa e num tom dramático.

— É uma longa história.

— Ah, que bênção, isso vai resolver um *problemão* para nós!

Que problema a van pode resolver é um mistério. Ele pensa um pouco.

— Ah, o hotel!

— Na verdade, eu não estava preocupada com o hotel. *Você resolveu o problema do cenário!*

— Do cenário.

— Você não é do teatro, eu sei, mas nós construímos um cenário maravilhoso! Para a sua história maravilhosa! Com árvores, rochas e tudo mais. Mas a gente não pensou direito. Como é que a gente ia viajar de carro carregando tudo isso? Mas você tem uma van maravilhosa! Não sou uma *enfant gâtée*?

— Quê?

— Esse é o meu marido, Vladimir Gorbaty, mas todo mundo o chama de Vlad.

À primeira vista, Vlad parece o típico empresário russo cansado da vida, de cabelo grisalho e olhos azuis gélidos feito uma polínia. No entanto, Less consegue perceber, por trás dessa aparência sombria, um homem que se mantém alerta e entretido com sua condição de estrangeiro. E (sondando o homem como se fosse uma matriosca) Less percebe ainda, vagamente, outro homem dentro dele: o homem apaixonado por Dorothy e, graças aos encantos tão americanos dela, pelos Estados Unidos. Com certeza, debaixo dessa série de Vlads encaixados um no outro, completamente escondidos, se encontra um Vlad essencial, entalhado num pedaço de madeira, Vlad, o Jovem: tudo aquilo que Dorothy procura num homem.

Vlad estica uma pata de urso para cumprimentar nosso herói.

— Olá, sr. Less.

— Oi, Vlad, pode me chamar de Arthur.

Dorothy sorri.

— Agora vem conhecer todo mundo!

No fim, *todo mundo* eram seis mulheres e um homem dispostos como as Plêiades no jardim, brilhando em vários tons pastel, e Less se aproxima do grupo como se fossem visitantes alienígenas vindos desse agrupamento de estrelas. O que ele vai fazer com todos esses sorrisos? Com todos esses cílios falsos? Com todas essas mãos de unhas feitas tentando cumprimentá-lo? Nem todos brancos — Marjorie, a cantora famosa com suas tranças presas num coque, e o irmão dela, um homem bonito de óculos chamado Thomas, são negros —, mas todos são do mesmo tipo: gente do teatro.

Less pergunta:

— Vocês estão encenando o meu conto "A peça da nutrição", é isso?

Dorothy encosta a mão no braço dele.

— Deixa eu contar uma coisa: você não é fácil de achar! A fundação só disse para a gente adaptar um conto de Arthur Less. Sabia que existe um Arthur Less que canta rock cristão? E um que trabalha no mercado imobiliário? Existem milhões iguais a você andando por aí! Mas Leila procurou no computador e, quando vi sua foto, eu soube que tínhamos encontrado o Arthur Less certo. Daí escolhemos um conto do seu livro!

— Obrigado. — Como a mãe de Less ensinou o filho a dizer.

Thomas se aproxima exibindo um sorriso tímido com diastema. Mais baixo que Less, de camisa azul pastel com gola rulê e calça jeans e com um esboço de barba grisalha, Thomas deve ter algo em torno de 40 anos e postura de dançarino, com ombros aprumados e queixo erguido.

— Oi, sr. Less, gostei da sua van — diz ele para Arthur Less. Less não sabe dizer se ele está só provocando. Thomas abaixa o queixo e diz: — Eu interpreto o senhor na peça.

— Minha nossa! — diz Less, mais pelo fato de ter sido chamado de "senhor" do que qualquer outra coisa. — Eu? Mas é claro, não sou eu. É uma mistura de várias pessoas. Tem algo em que eu possa ajudar?

Thomas ajeita os óculos cor de ameixa, revelando sardas ao lado do nariz.

— É que eu tenho algumas dúvidas.

— Pode me perguntar o que quiser — diz Less.

Less acha que ele vai perguntar sobre sua juventude, seu pai, sua mãe, essas coisas. Porém, em vez disso, Thomas inclina a cabeça para o ombro, olhando para o horizonte, então diz a Less:

— Estou construindo o personagem e quero saber como era.

— Ser gay?

Thomas sorri.

— Ser de Delaware.

— Delaware! — repete Less, absolutamente perplexo. Ele não tem nada a dizer sobre Delaware. É como tentar descrever uma refeição servida num voo feito cinquenta anos atrás.

Thomas faz que sim com a cabeça.

— Ou ser gay em Delaware — diz ele, agora muito sério, aproximando-se de Less e olhando bem para ele. Olhos castanhos. — Estou só construindo uma história para o personagem.

— Uma história?

Thomas diz:

— Sobre um garoto que não sabe se merece ser amado.

Less fica parado diante desse homem por um instante e simplesmente não diz nada. O que se diz ao contemplar a beleza? O que se diz ao encarar a verdade? Thomas aguarda pacientemente.

Nosso herói respira fundo e diz:

— Tinha um bar em Dover, o nome dele era SecretS...

O cenário não é pequeno; consiste em três rochas de fibra de vidro, duas árvores de verdade com base de concreto, um conjunto de tábuas (que devem ser para a escola, provavelmente) e a estátua de um santo feita de papel machê em tamanho real. Será que tudo isso é para esboçar a cidadezinha da história, inspirada na cidadezinha de Camden, em Delaware? Less sente o peso do fardo de um criador que não chegou a pensar no esforço que seria necessário para transformar suas ideias em realidade. E o fardo é real; é ele que vai ter que carregá-lo.

— O que você acha, Arthur? — pergunta Dorothy.

— Bem criativo.

— Estava falando da van.

— Certeza de que cabe — diz ele. — Mas vou ter que colocar as peças do lado de fora à noite.

Com um sussurro grave, Dorothy diz:

— *Elas vão criar um cenário sedutor.*

Ele pede a ajuda de Thomas para carregar a van ("Dois homens fortes!", brinca Thomas), e é o que fazem apesar das reclamações persistentes da pequena Dolly, que late sem parar para a estátua, igual àqueles cães de filme quando reconhecem um impostor.

— A gente se vê em Natchez! — cantarola Dorothy, e os outros atores acenam ao lado dela. Less vê Thomas e a irmã engancharem os braços. — Para nossa primeira apresentação!

Para ser sincero, Less está animado para ver a apresentação. Ele nunca viu um trabalho seu fora das páginas de um livro. Nunca teve direitos "adquiridos", como dizem nos meios editorial (uma espécie de poliamor em que apenas o escritor deve se manter monogâmico), teatral, cinematográfico ou televisivo. Nunca foi traduzido para outro idioma, a menos que se considere a versão britânica de *Matéria escura*, em que trocaram a palavra *color* por *colour*. Nunca viu suas palavras passarem pelo projetor de outra mente para serem projetadas no grande écran da alma, nunca ouviu as orquestrações que cada novo espírito escreve sob suas melodias simples, nunca abriu o crânio de um leitor e viu ali o mecanismo colorido e cintilante. Trocando em miúdos: ele espera que seja um musical.

Sinto vergonha em dizer que Arthur Less não se sente confortável com aquele pessoal simpático do Sul. Talvez por ter crescido no litoral da Costa Leste, onde o afeto fica guardado no armário com as lâmpadas de emergência, ou talvez simplesmente por causa dos seus pais, incluindo uma mãe carinhosa que, tal qual uma atriz famosa que esquece as frases de um roteiro, não conseguia dizer "eu te amo". Less pegava no pé dela por causa disso; ele sabia que ela o amava, tinha certeza absoluta disso, mas ele sempre terminava as ligações com "Te amo, mãe", que era como tentar fazer um guarda do Palácio de Buckingham sorrir, porque ela era incapaz de dizer qualquer coisa diferente de "Tchau, filho". Talvez tenha sido uma ansiedade adolescente homossexual no meio de amigos: *Fica tranquilo, não dá bandeira; e, acima de tudo, não diga "eu te amo"!* Talvez tenha sido a vida com o poeta Robert Brownburn, quinze anos ao lado de um homem cuja carreira foi baseada no esforço de evitar por completo os sentimentos. Talvez ser casado com Byron, Shelley ou Keats fosse bom, com um bilhete amoroso pregado numa árvore de vez em quando, mas viver com um poeta do século XX significa se contentar com "hoje/ minha cicatriz/ está mais rosa/ do que ontem" (uma citação literal de um bilhete de dia dos namorados). Talvez ele tenha nascido tarde demais para curtir o amor livre da era Lyndon B. Johnson e cedo demais para os delírios da era Bill Clinton. Um garoto gay branco de classe média todo certinho, nascido nos anos oitenta. Que planta poderia florescer sob o sol frio da era Reagan?

— ...passa pelo Mississippi e cruza o Arkansas até chegar a Natchez, depois segue para Muscle Shoals, que fica no Alabama, e para a Geórgia...

Pergunto:

— E o seu pai vai ver uma dessas apresentações?

— O mais importante de tudo é que vamos ter dois terços do dinheiro para pagar a casa. Mas vai. Foi o que ele disse.

— O que Rebecca acha disso?

Less suspira.

— Ela diz que ele está morrendo. Mas pode ser mais uma das artimanhas dele.

— Ele já morreu antes?

— De certa forma, sim. Me conta como está o Maine.

— Talvez eu vá embora antes de o curso terminar — digo. — Tem umas coisas que quero terminar de escrever.

— Escrever?

— Estou com umas ideias. Descobri uma ilha. Valonica. Uma ilha habitada no extremo leste dos Estados Unidos.

Less:

— Você nunca me disse que estava escrevendo alguma coisa. Vai viajar?

— Digamos que você tenha me inspirado.

— Vai estar de volta quando eu chegar ao Maine?

— Vou — digo para ele. — E, se você não vier, talvez eu pegue aquele trem para cruzar o país de volta...

— Eu vou, Freddy! Estou com saudades.

— Você sabe onde me encontrar.

Less escolhe a estrada com a melhor vista para ir até Natchez, passando por pântanos e mangues, fazendas de jacaré e vários estaleiros que, nas docas, parecem estar sempre ao lado de algum clube exclusivo para homens, como as tropas confederadas e seus seguidores. Barbas-de-velho enfeitam a estrada, assim como os cartazes típicos de cidades pequenas, e Less passa por alguns deles, anunciando eventos — FESTIVAL DO ARROZ! FESTIVAL DO SAPO! FESTIVAL DO GAMBÁ! — que ocorreram meses atrás. Dentro da van, o cenário chacoalha um pouco até encontrar um equilíbrio gentil, mas dá para ver o são José balançando de um lado para o outro no espelho retrovisor.

A trupe de teatro vai ficar com amigos de Dorothy Howe-Gorbaty (em colchões infláveis, como fazem as trupes de verdade), mas Less tem Rosina. Ele encontra uma espécie de mina de cascalho do outro lado do rio que cruza Natchez, própria para motor-homes colossais se aninharem um ao lado do outro como bois num cocho e barracas ficarem na margem do rio.

— É sua primeira vez no Sul? — pergunta a hostess com cara de maçã desidratada, que sorri e acrescenta: — Qual é o seu versículo favorito da Bíblia?

Ele entende, pela expressão acolhedora, que a pergunta não é um teste. Para ela, é tão trivial quanto um nova-iorquino perguntar qual é seu bagel favorito.

— Levante-se, refulja! Porque chegou a sua luz — diz Less sem pestanejar. — Isaías, capítulo 60, versículo 1.

— Mas que amor!

— Qual é o seu?

A mulher exibe a dentadura num sorriso.

— Como o cão volta ao seu vômito, assim o insensato repete a sua insensatez — diz ela. — Provérbios, capítulo 26, versículo 11.

A apresentação é numa antiga marina, acessível por um declive estreito e íngreme que Less imagina ser tão traiçoeiro hoje quanto era cem anos atrás, quando as pessoas ficavam esperando o navio *Robert E. Lee*, e parece um pequeno milagre Rosina ter chegado lá em segurança. No instante em que eles estacionam, Dolly começa a latir de novo para o são José e continua latindo enquanto Less leva a estátua para fora da van e a carrega até a porta desse prédio pequeno e esquisito. Digo *esquisito* porque o teatro não fica em Natchez propriamente dita, mas "sob a montanha": numa cidadezinha abaixo da ribanceira com prédios antigos e charmosos que, no passado, serviu de refúgio para canalhas, malandros, pilantras e sulistas brancos confederados. Em outras palavras: o bairro dos teatros.

Thomas chega para ajudar, e os dois homens fortes começam a descarregar o restante do cenário.

— Arthur, você conseguiu chegar! — diz Dorothy quando Less e Thomas entram no teatro carregando o são José. Eles colocam a estátua no chão, e Thomas seca o suor nas sobrancelhas. Dorothy: — A gente está *tão* animado que você vai ver a apresentação, e não vou contar *nada* porque quero que seja *surpresa*! Vamos tomar alguma coisa? Vou deixar você mal-acostumado com a hospitalidade do Sul!

— Cadê Vlad?

— Ah, ele ficou em casa, mas vai encontrar a gente em Savannah! Vem aqui um pouco.

— Preciso arrumar o meu figurino — diz Thomas para Less, saindo de cena, e Less se pergunta que figurino seria capaz de transformar Thomas no menino tímido que Less foi.

Com atenção, Less procura o pai no auditório. Existem cinco lugares com a indicação de RESERVADO na segunda fileira, e, segurando sua dose de bourbon, Less ocupa um deles. Os outros permanecem vagos até o fim. O público parece velho e perplexo, como se esperasse outra coisa. Talvez pessoas de idade pareçam ter sempre essa expressão. Metade dos lugares está ocupada, o que para Less não é nada mau (só agora ele percebe que está num ambiente em que todo mundo é branco), e, quando as luzes vão se apagando, Less aceita que seu pai não vai aparecer em Natchez. Talvez ele apareça no Alabama. Less beberica seu bourbon e desfruta da sensação de não saber o que vai acontecer. Começa uma música, alguém canta, e o coração de Less começa a cantar junto porque pelo menos um sonho foi realizado hoje à noite: a peça é um musical.

Se Less soubesse, ele teria convidado a irmã! Marjorie, de coque afro e suéter fúcsia, tinha se transformado na jovem Rebecca confiante e insensível, preparando-se para encenar na escola uma peça sobre comida com a canção "Metade de um sanduíche de pão integral". E ali está o pequeno Archie Less — interpretado por Thomas como o narrador no presente e, usando a camiseta detonada que o pequeno Less insistia em usar, como o menino escravo dos encantos do pai. Na verdade, ele tem uma canção chamada "Os encantos do meu pai". Thomas canta com voz grave e trêmula, imitando de maneira impressionante a falta de jeito de Less. Uma atriz chamada Georgia interpreta sua mãe tranquila e amorosa. E — que surpresa! — a própria Dorothy Howe-Gorbaty interpreta o pai, Lawrence Less, em sua plenitude. Carismático, alegre, cheio de promessas absurdas; todas as afetações dela que Less tinha percebido antes desapareceram, e, no palco, ela virou Lawrence Less! Com a jaqueta de brim cheia de franjas e tudo! Quando, no clímax da peça, a outra metade do sanduíche de pão integral não aparece ("Metade de um sanduíche de pão integral, reprise"), quando Lawrence Less também não aparece e Thomas-Archie se dá conta de que o pai foi embora para sempre, sem entender direito a situação, Arthur Less desmorona num choro convulsivo que é um tanto de tristeza revivida e um tanto de alegria de ver um musical, e está para nascer um homossexual capaz de separar uma coisa da outra.

— Que coisa maravilhosa! — diz ele para Thomas quando a apresentação termina.

— Sério? — O ator ainda está com a maquiagem e as lentes de contato que o fazem piscar sem parar; ou ele ainda está imitando Less? — Foi como você imaginava?

— Não — diz Less, então vê o coitado do ator perder a compostura. — Foi melhor! Foi muito melhor!

A sra. Dorothy Howe-Gorbaty, ao lado deles, suspira de satisfação.

— Você achou? Ai, que bom! A gente estava com *medo*, com *muito medo*, de que você não fosse gostar.

— Arthur, você está chorando? — pergunta Thomas. — O que aconteceu?

— Não foi nada. E o bate-papo depois da peça foi bom — diz ele, embora as perguntas do público tenham sido mais sobre trivialidades como a bebida preferida enquanto escreve (vinho), o tipo de caneta que usa (a que tinha sido da mãe) e por que raios uma trupe de teatro resolve encenar obras literárias na íntegra (mas não nessas palavras).

Ela bate palmas.

— Estamos tão felizes com a sua presença! É muito importante para o *nosso patrocinador.*

— Esse patrocinador...

— Vem, vamos tomar um drinque!

Less pergunta para Thomas:

— Você vem?

Thomas sorri e se afasta, meio sem jeito.

— Ah, não — diz ele. — Preciso descansar. Vocês se divirtam.

Ele olha mais uma vez para Less antes de passar por trás da van e desaparecer na noite de Natchez. Less se vê levado a um prédio de madeira cuja varanda está tomada por homens em cadeiras de balanço fumando cigarro e bebendo cerveja. As motocicletas estacionadas em frente ao lugar parecem empilhadas umas sobre as outras. Do outro lado da rua, fica a marina — agora um mero estacionamento —, e, mais à frente, é claro, fica o rio Mississippi, tão turvo e silencioso quanto o céu noturno acima deles.

— Sra. Howe-Gorbaty, eu gostaria de saber mais sobre o meu benfeitor.

Ela ri.

— Ó que engraçado. Eu ia perguntar dele para *você*!

— A senhora não sabe quem ele é?

— Não sei nada dele! — Será que foi só coincidência o pai dele ter escrito não só *vejo você no Sul* mas também *estou feliz de ajudar você nos seus feitos literários*? E também ele cuidar de uma fundação dedicada às artes. Mas saiba que não existem coincidências nessa jornada; existem apenas os sinais que nos recusamos a perceber...

A srta. Dorothy encostou em seu braço.

— Falando nisso, Arthur, todo mundo aqui me chama de srta. Dorothy. — Mais uma vez, ela usa a voz grave de quando se conheceram. Less está descobrindo que, assim como os filmes antigos tinham partes tingidas de azul para simular a noite, a atriz tem um jeito de falar que soa mais artificial. Essa é a voz que ela usa para simular intimidade. — Você vai reparar que se referem a muitas mulheres casadas assim. E é bom que, sendo o homem encantador que é, saiba que aqui as pessoas usam muito "dona" e "sir". As pessoas vão adorar se você usar também. Pode usar "sir" até não aguentar mais!

Pelas minhas anotações — fora a vez que a administração da faculdade o mandou por engano para o Corpo de Treinamento de

Oficiais da Reserva (ele achou que era um aula de improvisação), e aí foi por medo —, Arthur Less nunca chamou ninguém de "sir", exceto para demonstrar respeito.

Eles cruzam a porta do saloon e entram num espaço enorme com teto feito de placas de estanho cobertas com notas de um dólar (lembranças de Bombay Beach). A clientela é majoritariamente branca e está empurrando as mesas para os cantos para abrir espaço para uma banda; o vocalista, apesar de ser um homem robusto e cansado, tem o cabelo loiro comprido de uma candidata à miss Festival do Gambá. Less segue a srta. Dorothy até um lugar no balcão do bar e pergunta:

— Então eu sou o sr. Less?

— Não para mim, Arthur. Para mim, você é só Arthur. O que vai tomar?

Agora, a srta. Dorothy faz uma coisa que nunca ocorreu a Arthur Less fazer: depois que realiza o pedido a um barman com orelhas de couve-flor (um whisky sour para Less, um vinho branco para ela), ela pede para pagar uma rodada de cervejas para os rapazes da cozinha. O barman faz que sim e pega o cartão de crédito dela.

— Arthur — pergunta ela, fazendo-se ouvir mesmo com a música —, você disse que a sua família era do Sul?

— Minha mãe era de Augusta. A família do meu pai era de Delaware.

— E você vinha muito para cá?

Less deixa o drinque fazer efeito.

— No Natal, eu ia para a Geórgia. Visitar os meu avós. Eu e a minha irmã dormíamos no chão do quarto de costura, porque a minha avó era costureira. As moças apareciam com uma página arrancada da *Vogue* e a minha avó fazia o que elas pediam.

— E o seu avô?

— Era açougueiro — diz ele. — Trabalhava para a Piggly Wiggly.

Ela pisca os olhos pesados de maquiagem.

— Arthur, eu jamais imaginaria que a sua família era de origem pobre. Na verdade, achava que você era estrangeiro. Você fala tão... certinho. Tipo um personagem de um romance.

A única coisa que ele pode dizer é:

— Obrigado.

Dá para ouvir um brinde vindo da cozinha, e a srta. Dorothy sorri e acena pela janelinha; os cozinheiros acenam para ela. Nenhum deles é branco.

— A minha era pobre — diz ela. — Sei que não parece, pela minha casa e tal. Mas isso é por causa do meu marido, e é tudo falso. Ele comprou a casa quando ela estava caindo aos pedaços. Não se deixe enganar por nada do que vê aqui, Arthur. Existem formas de manter as aparências que talvez não sejam familiares para você. Minha mãe cresceu numa cabana nas montanhas. Do tipo que tem uma varanda minúscula e uma lata de café pregada num canto para usar de escarradeira. Diziam que a família dela — e a srta. Dorothy sorri — "não sabia colocar uma mesa". Porque eles não tinham jogo de pratos, talheres nem nada. Não é engraçado? Julgar as pessoas desse jeito.

— Você não tem sotaque de quem cresceu na região das montanhas.

— Não dá para reparar. Mas depois de algumas bebidas, como hoje, eu me revelo. Quem sabe você se revela também.

Less pensa com seus botões que não é pobreza que seu jeito de falar revela.

Um pensamento ocorre a ele.

— Srta. Dorothy, de onde a sua família veio?

— Lachlan Doyle veio para Charleston em 1717! Ele não valia nada! — Ela ri. — Em gaélico, *ó dubhghaill* quer dizer "estrangeiro escuro". Você não acha que eu pareço uma estrangeira escura?

— Na verdade, não.

— Ouvi dizer que ele foi expulso de Ulster por ter *esposas demais*. E você, Arthur?

— Lá em 1638... — começa Less e para em seguida. Como é que essas histórias são todas tão parecidas? Por sorte, ele não vai ter tempo de explorar outros episódios do seu passado valão.

— Ah, eles estão tocando Tams! — A srta. Dorothy se refere à canção que a banda começou a tocar. O homem de cabelo bonito arranca um som estridente da guitarra e acena com a cabeça enquanto se aproxima do microfone. — Vamos dançar?

Ela salta da banqueta para entrar no espacinho que foi aberto para dança, e outras mulheres também saem das suas mesas para estalar os dedos e requebrar os quadris. Alguns homens entram na dança também, mas não muitos.

O homem de cabelo bonito começa a cantar:

Don't let love slip away, slip away

Less observa maravilhado — não a srta. Dorothy nem nenhuma outra mulher em específico, mas o coletivo, porque todo mundo parece saber o mesmo estilo de dança. As pessoas balançam o corpo um pouco inclinadas, com os cotovelos bem perto das costelas, como se imitassem pássaros com as asas meio levantadas; fecham os olhos e sorriem, batendo palmas de vez em quando, dançando mais com os joelhos que com os quadris; o nome da dança é *Carolina shag*. Que bruxaria é essa? Porque, para surpresa de Less, como se surgisse do ar pesado do Mississippi, ele vê a mãe dançando na cozinha de casa em Delaware enquanto frita bolinhos de siri. Ela dança exatamente assim. Ele vê o sorriso corajoso dela, a pele macia de hidratante Olay, o batom claro de menina e dois brincos de pressão com pingentes de ametista que Less admira com carinho.

A família dela era mais pobre do que ele imagina. Ela segura sua mão, a mão do pequeno Archie Less, e dança com ele pela cozinha, e aí sai de lado como se estivesse dando a vez para um parceiro de dança invisível. Ela abana as mãos, balança o corpo e faz um gracejo. Depois olha de novo para Less e abre um sorriso enorme. Ela faz Less girar, girar e girar, e os dois estão gargalhando, embora ele não saiba dizer por quê. Então era isso: ela devia conhecer a *Carolina shag* do seu tempo de menina. Magra e tímida, com o cabelo penteado para trás, um vestido verde de bailarina e sapatos prateados. Esperando que alguém a tirasse para dançar.

So be young, be foolish, but be happy

A srta. Dorothy olha para Less, secando as lágrimas de tanto rir. Robert Brownburn lhe ocorre — as lágrimas são escuras.

— Bee, você arranjou um decorador novo?

Estamos no estacionamento de trailers perto de Natchez, no Mississippi, conversando com Rebecca. A irmã de Less está na tela mais uma vez, mas agora dá para ver uma rede de pescar e uma boia atrás dela. Less chama atenção para isso e ela diz:

— Ah, sim. O Robinson Crusoé.

— Adorei isso.

— É um náufrago chique. Como estão as coisas no Sul?

— Papai não deu as caras ainda — diz ele. — Mas vou passar por Augusta.

— Ai, Augusta! Natal! — diz ela com um sorriso. — Sabia que eu herdei algumas coisas da vovó? Talvez você tenha herdado também.

— A prataria? — diz Less. Pela porta aberta da van, se vê uma dezena de adolescentes tentando montar uma tenda militar que parece um brinquedo de armar, em meio a uma nuvem de maconha.

— Mais ou menos. Lembra quando a gente visitava a vovó no Natal e ela ficava arrumando a casa e cozinhando, e, depois de colocar a mesa, ela meio que começava a tremer? Eu herdei isso. Meu sistema nervoso é igual ao dela.

Less para um instante para analisar a imagem da irmã. Agora, ela parece calma.

— Então você também treme?

— Não, é melhor ainda! — diz ela, abrindo um sorriso insano e erguendo as mãos para a câmera. — Lembra que a vovó tinha um negócio que as duas mãos dela tremiam, certo? No meu caso, é só a mão direita. Vou tentar te mostrar daqui a pouco. Eu me acostumei a controlar isso. Mas, quando fecho a mão direita assim, ela começa a tremer. — Ela abaixa a mão esquerda, levanta a direita, encosta a ponta dos dedos e a mão começa a balançar de um lado para o outro. — É o que chamo de "tocar o sininho".

E ela parece mesmo uma matrona das antigas segurando um sininho para chamar a empregada.

— Meu Deus, Rebecca.

— Jeanette! — grita ela para uma empregada invisível enquanto toca o sininho invisível. — Jeanette! — E começa a gargalhar.

— Rebecca! Por que você treme assim?

— Pânico — diz ela, dando de ombros. — Algum tipo de pânico... mas isso não é de agora, é? Sinto esse pânico toda vez que faço alguma coisa errada. Como quando me esqueço de ligar para alguém. Ou sempre que me *lembro* de alguma coisa errada que fiz muito tempo atrás. De repente, começo a tocar o sininho.

Ele está horrorizado. Sua irmãzinha!

— E dói?

Ela abaixa a mão.

— Não. Mais ou menos. Acho que não. É cansativo. Meu terapeuta chama de transtorno de tique, o que lembra algum tipo de praga, mas significa que é involuntário e não incontrolável. Quer dizer que não consigo evitar que o movimento comece, mas consigo fazer parar.

— Quando foi que isso começou?

— Depois do divórcio. No dia em que fui embora. Peguei um hotel, um hotel bem legal no SoHo. Tomei um banho demorado, pedi serviço de quarto, comi um sundae de chocolate e fiquei deitada na cama vendo filmes ruins; foi maravilhoso! E de repente, do nada. — Ela toca o sininho invisível. — O sininho da empregada. Entrei em pânico. Não foi *ah, estou preocupada com o que vai acontecer.* Foi pânico tipo... filme de terror. Pânico de quem é atacado por um tigre. E durou a noite toda. E hoje acontece, sei lá, meia dúzia de vezes por dia. Ah, olha agora! — Dessa vez, o braço dela se ergue sozinho e começa tremer violentamente. — Eu sei. É chocante.

— Você vai destruir o sininho.

— Algo assim acontece com você?

— Não, mas... — Não assim. Não exatamente assim. Não esse tremor absurdo que parece do além. Mas, quando a irmã disse "atacado por um tigre", ele entendeu exatamente o que ela quis dizer. Como é que eles nunca falaram sobre isso antes? Ele achava que era o único que sentia pânico de pedir um sanduíche na lanchonete, o pânico de alguém que luta contra um jacaré. É um dos motivos que me fazem pensar nele como um dos homens mais corajosos que conheço, pois quem sabe os percalços que ele teve que enfrentar para simplesmente chegar até a porta de casa? Para chegar até aqui, por exemplo, ele perdeu seu primeiro amor, fez uma viagem de avião terminar antes da hora, alagou um tesouro arquitetônico e cruzou o Mississippi com uma pug.

Dolly está sentada à janela, prestando atenção num gato amarelo-mostarda que passa por ali dizendo *ciao... ciao... ciao.* Algumas memórias vêm a reboque.

Rebecca diz que precisa desligar.

— Mande lembranças para Augusta, na Geórgia, Archie.

— Pode deixar.

— E mande um beijo para o papai.

Less diz a Rebecca que eles não deviam esperar nada de Lawrence Less.

Less dá uma volta com Dolly uma última vez antes de dormir. Ele consegue sentir o frio, esse amante persistente, tentando atravessar seu terno fino; ele cruza os braços para se aquecer. Mas aqui o mundo é escuro e silencioso. Dá para ouvir algumas vozes vindo do outro lado do estacionamento de trailers, e Less vê o que parece ser uma vela acesa dentro de um vidro de conserva e, ao redor de uma garrafa de vinho, um grupo de quatro ou cinco jovens. Troque o cheiro de maconha pelo de cigarros de cravo e o barulhinho do cascalho pelo de sementes de eucalipto e é como se ele estivesse numa varanda em São Francisco dez anos atrás conversando com um jovem no meio da noite. O mesmo tipo de vela acesa num vidro de conserva criando o mesmo efeito de lanterna mágica. Acima do barulho de um bonde, ao lado de um vaso de lavanda, o jovem está falando sobre literatura dos Estados Unidos, Less se vira para prestar atenção nele, e o jovem, tirando os óculos de armação vermelha para limpar as lentes com a manga da camisa, olha para Less e para de falar. Um passarinho diz *pi-pi-pu*! O jovem sou eu. Com um passo, me aproximo; Less não se mexe, e foi assim que, dez anos atrás, dei um beijo nele.

Por um instante, o passado está diante dele; não a memória, mas o passado...

Os jovens caem na gargalhada. O passado vai desaparecendo e no lugar dele entram o cascalho, a vela, o Sul. É intenso demais, meu querido valão? Como uma obra de arte escurecida pelo tempo que retorna às cores originais? É estranha demais essa alegria espalhafatosa?

Less volta para Rosina e arruma a van para dormir, e Dolly se aconchega ao lado dele.

Seria de imaginar que não existe nada mais lubrificado que as torres de perfuração de petróleo ao longo do rio Mississippi. No entanto, elas rangem a noite inteira.

Less, Dolly e Rosina viajam para o nordeste pela trilha de Natchez, um caminho longo e sinuoso que liga um extremo do Mississippi ao outro, decorado com grama verde de ambos os lados e, para além da grama, florestas cuidadosamente preservadas, talvez uma imitação dos velhos tempos turbulentos em que carroças europeias carregavam chalanas de volta até Nashville, ou o período em que as nações creek e choctaw desbravaram a região ao longo das colinas, ou muito antes da humanidade até, quando bisões abriram as primeiras trilhas em busca de sal (não existem alces no Sul). Há algo muito americano em relva ondulante e sombras tranquilas. Entretanto: a sensação inabalável de que alguma coisa terrível aconteceu aqui. Less olha ao redor com medo; não há nada além de sendas verdes. Fantasmas não costumam caminhar, o que é uma surpresa, considerando a violência dos bandidos de estrada que fizeram a fama dessa rota no passado e os africanos que foram forçados a andar em fila, acorrentados uns aos outros pelos pulsos e pelos tornozelos, ao longo da estrada que leva a Natchez. Nada além dessa estrada longa e verdejante que se estende como um rio. Nada de acostamento para parar em caso de problema — pois que tipo de problema se poderia ter?

Less pega dois desvios. O primeiro é para Oxford, onde faz uma visita tímida à livraria e comete um crime de escritor: ele pergunta do próprio livro. A atendente, uma jovem negra com um lenço alaranjado na cabeça e óculos da mesma cor, com uma alegria tão vibrante quanto as cores que usa, mostra o livro; é um trabalho do outro Arthur Less.

— É uma obra-prima — diz a funcionária, maravilhada. — Uma obra-prima de verdade.

Ele acaba comprando, claro. Na van, coloca o livro ao lado de Dolly. O título? *Domingo*. E ele visita Rowan Oak, onde fica o túmulo de William Faulkner, e turistas idosos visitam a casa do escritor e perguntam educadamente sobre os móveis, mas, hoje em dia, raramente perguntam sobre os livros.

Depois ele segue viagem até a Grinder's Stand. Placas indicam uma cabana de madeira; na verdade, é uma reconstituição da original, uma réplica fiel com uma chaminé enorme bem na entrada para bloquear o vento. É a cabana em que Meriwether Lewis dormiu sua noite derradeira. Parado diante da chaminé, Less consegue imaginar o explorador de 35 anos tirando a lama das botas ao ser cumprimentado pela sra. Grinder para depois ser conduzido ao seu aposento. Na manhã seguinte, estaria morto; e dizem que ele se matou. Ao saber da tragédia, Clark escreveu: "Acho que o peso da própria mente foi demais para ele." Thomas Jefferson falou que a mente sensível de Lewis tinha "depressões". Alcoolismo, fracasso, solidão. E existe ainda uma teoria famosa de que ele era gay. Baseada em nada além de seu casamento fracassado, suas estolas de pele e uma reclamação que fez sobre um casaco do Exército: "O cordão é de má qualidade." Ele escreveu fervorosamente para Clark: "Eu ficaria extremamente feliz com sua companhia." Coitado de Meriwether! Less olha para a cabana e pensa na solidão que Lewis sentiu aqui no Tennessee. E na solidão que Lewis sentiu no Texas. E você, Arthur Less, meu Prudent, se sente solitário também?

Agora, Less chega ao noroeste do Alabama, passa abruptamente do verde fantástico da trilha de Natchez para a dura realidade das estradinhas no meio do nada, onde vilarejos de barracões de madeira desgastados pelo tempo se alternam com cidades maiores de barracões escuros feitos de ferro fundido. Ele para num desses de ferro para comprar um café e um sanduíche, e o lugar tem um espaço amplo decorado com placas antigas que devem ter sido úteis na cidade — ótica, sapataria, costureira — e um balcão cromado feito uma ilha no meio, onde duas jovens mexiam numa máquina de *espresso* sibilante; a mulher branca tem cabelo roxo e a outra não tem nenhum. Ela é careca, digo; tem a cabeça raspada. Quando Less pega uma mesa, ela na mesma hora serve o café e pergunta de onde ele é; Less devolve a pergunta educadamente e ela diz que é dali mesmo.

— Fui para Nashville, mas a minha mãe ficou doente e a gente acabou voltando — diz ela, arrumando o pão numa sanduicheira e indicando sua companheira. — Sabe como é, eu tive que ir embora. — E ela dá uma piscadinha; chocado, Less entende que ela o identificou, pois ela também é holandesa. (Então não matam holandeses aqui no Alabama?)

Em suas viagens, Less começou a conversar com Dolly — não só "Boa menina", "Vem cá" e "Fique longe do meu guisado!", mas monólogos mais elaborados, reclamações e confissões. Dolly ouve com atenção sem fazer julgamentos. Os dois discutem sobre quem vai usar um travesseiro específico e fazem as pazes carinhosamente. Less começa a retomar antigos hábitos. Num dia de manhã, por exemplo, ele escancara a portinha do banheiro e grita:

— Champanhe!

Ele passa dos canaviais e entra nos campos de algodão, percorre estradas com fiapos por toda parte que grudam até no para-brisa, passa por paisagens cobertas de neve a perder de vista e por caminhões com cargas pesadas que parecem que vão cair em cima de Less no primeiro buraco que encontrarem. Ele conhece insetos diferentes, passa uma hora infernal tentando se livrar de um percevejo que se instalou na coluna da direção e grita ao encontrar a casca de uma cigarra presa na manga da camisa. Passando por uma estradinha comprida em meio a bosques de pinheiro e enfumaçada por causa de um incêndio na região, ele cruza com a placa de ferro de um cemitério de cães; é onde para e come seu lanche (um sanduíche lésbico), e depois ele e Dolly leem os túmulos de dezenas de cachorros, alguns com esculturas dos animais latindo para uma árvore, alguns com seus nomes e prêmios inscritos num granito reluzente, mas a maioria em pedaços de madeira talhados com carinho. Um deles se destaca, para um cachorro chamado Pote de Conserva, que morreu em 1996:

ELE NÃO ERA PERFEITO
MAS FOI PERFEITO PARA MIM

Less fica olhando para essa inscrição por um tempo antes de seguir viagem.

No rádio, as músicas falam sobre saudades de uma garota, ou sobre um lar que já não existe mais, ou sobre um acorde além dos quatro óbvios, e nenhuma delas termina bem. E ainda assim a frase continua na sua cabeça: "Eu ficaria extremamente feliz com sua companhia."

Ele chega a Muscle Shoals, onde haverá mais uma apresentação (e onde Less treme só de pensar que seu pai pode aparecer). O estacionamento de trailers fica num ponto entre dois rios (deve ser para os jacarés poderem pegar comida de ambos os lados) em que as árvores se inclinam como pretendentes rejeitados, guaxinins agem como inspetores de lixo, desencavando o passado, e Less consegue perceber, no ponto mágico onde os rios se encontram, um mosaico que lembra um tabuleiro de gamão em que a água limpa coexiste com a lamacenta, mas ambas se recusam a se misturar. O amor é isso. Nesse ponto, há um banco e, ao lado dele, dois enormes galos de cerâmica.

Less entra num trailer com uma placa que diz HOST e é recebido por um basset tristonho. Ele sai para dar uma voltinha com Dolly, depois retorna ao trailer e vê que o cachorro se transformou, como num conto popular, num velho branco, corpulento e barbudo. Less recebe um lugar ao lado dos galos, um ponto bastante valorizado pelo host:

— A minha avó trouxe os dois da França. — Less é avisado sobre os jacarés e recebe um cone laranja. — Meu jovem, de que parte da Europa você é? — E assim por diante.

O pai dele não aparece. O restante de Muscle Shoals deve estar em algum churrasco; nem metade dos lugares está ocupada, e Lawrence Less não está em nenhum deles. Nosso herói olha para o palco. Restou uma porção daqueles fios prateados de enfeite usados no FESTIVAL DA COUVE e um pedaço de faixa: OUVE. As luzes se apagam. *Archie?*, diz uma voz na escuridão — nossa, já deve fazer uns quarenta anos. *Archie, o que você está fazendo acordado a essa hora?* A porta da casa da sua mãe abre para o brilho difuso dos postes de luz na rua e para a silhueta corpulenta do pai dele na contraluz. *Só preciso pegar umas coisas, não quero incomodar a sua mãe nem vocês. Está tudo bem, filho?* Aquela sensação paralisante, típica da infância, de não saber mais o que é certo. *Archie, warum bist du nicht im Bett?* A música começa, e Arthur Less não está mais em Delaware nem no Alabama; agora, ele está no paraíso tranquilo do teatro.

Faz diferença que as canções sejam derivativas e a música, pré--gravada? Que sua trama de traição nos bastidores de uma peça escolar pareça meio frágil e desconjuntada? Podemos dizer que, definitivamente, não. O público, que antes marcava presença tossindo, sussurrando e mexendo em seus aparelhos eletrônicos, desaparece de repente e só restam Arthur Less e o palco. Ele é transportado para a infância quando, levado pelo vizinho para ver um espetáculo, ficou maravilhado com o que viu e pensou (como na vez que viu as montanhas Rochosas): *Por que ninguém nunca me falou que a vida podia ser assim?* Como se estivessem escondendo dele o fato de que, em vez de trabalho árduo e esquemas para ganhar dinheiro fácil frustrados, em vez de promessas não cumpridas e esforços sem sentido, a vida podia ser lantejoulas e música. Para ele, é como se as mentiras tivessem começado lá com os peregrinos. Todo mundo guardou segredo como quem mantém uma tia louca presa no porão e, agora, um vizinho abriu o porão e libertou a tia sem querer — e a tia é maravilhosa! Ele entendeu que estavam todos enganados sobre a vida, e, se estavam todos enganados quanto a isso, podiam estar enganados em relação a ele também. Pareceu possível — apenas durante aquelas duas horas — que ele também, no fundo, pudesse ser lantejoulas e música.

— Bravo! — grita Less, ficando de pé ao fim da apresentação enquanto o restante do público aplaude extasiado, e nós podemos perdoar seus erros de gênero, número e grau assim como temos frequentemente perdoado Arthur Less nesses momentos raros e merecidos de alegria.

— Vem comigo, você vai adorar — diz Thomas em frente ao teatro. Ele está tentando persuadir Less a ir à festa de uma trupe de colegas atores. Ele usa seus óculos cor de ameixa, e seu suéter pesado é tão amarelo quanto a lua. — É uma trupe do Alabama que também encena obras na íntegra. Mas eles não cantam — acrescenta Thomas com uma piscadela.

— Hum — diz Less, carregando uma árvore cenográfica.

— A festa vai ter umas improvisações! — Thomas ergue as sobrancelhas com essa oferta tentadora.

— Hum — diz Less, assimilando as sobrancelhas de Thomas, as sardas, o perfume de laranja que de alguma forma paira no ar. Less está apavorado com alguma coisa. — Fica para a próxima. Uma coisa: a srta. Dorothy disse que, na Geórgia, eu devo ir à Fazenda Gillespie?

— Ah, sim — diz Thomas, largando a estátua de são José dentro da van. — Seria legal se fosse. Escuta, você mora mesmo nessa van?

— Só nessa viagem. Ela é confortável. Você nunca viajou numa van?

— Ah, não — diz Thomas. — Eu não. Desde o ensino médio, o que mais vejo são palcos de teatro. Ônibus, claro, e quartos de hotel. Sou capaz de descrever em detalhes cada um deles. São todos iguais. Todos no Sul. Sou de Pickens, na Carolina do Sul, e dei um jeito de ir embora rápido. Meu professor disse que viu alguma coisa em mim. Fui para Nova York e, no fim, era preciso mais do que só alguma coisa. Então voltei, e eu e a minha irmã começamos a trabalhar com a srta. Dorothy. Acho que sou meio nômade, mas nunca viajei numa van dessas. Imagino que você seja meio nômade.

Ao menos uma vez, Less não tem o que dizer.

— Não é pequeno assim, ele cresce — diz ele, por fim.

As sobrancelhas de novo.

— Quê?

— É que o teto é... sabe, retrátil — explica Less. — Aumenta o espaço.

— Para quê?

— Para... dormir?

Uma risada.

— Qual é a sensação de dormir lá?

— É tranquilo! Você devia experimentar um dia — diz Less, então franze a testa. — Quer dizer...

Sem jeito, Thomas desvia o olhar, a cabeça inclinada perto do ombro.

— Você vai ter que fazer um tour para mim quando a van não estiver com o nosso cenário.

— Seria legal.

Thomas abre um sorriso triste.

— Você não vai mesmo à festa?

— Hoje não, obrigado. — Less faz uma pausa e pergunta: — Thomas, por que você está de suéter nesse calor?

Thomas ergue os ombros um pouquinho e diz:

— Como diz a minha avó Cookie, cada um vive uma experiência diferente.

Vive, sem dúvida.

Less fica olhando Thomas ir embora. De repente, ele se sente muito sozinho, talvez por causa da experiência para a qual acabou de virar as costas. Ele dirige até encontrar um bar de beira de estrada com uma placa luminosa que diz STAGGER LEE, TODOS SÃO BEM-VINDOS. Ele acredita na placa — assim como acredita na palavra de estranhos, amantes e políticos — e leva Dolly até a porta do bar debaixo de um chuvisco. É um prédio baixo de tijolos aparentes com um terraço, isolado num deserto de cascalho; em vidas passadas, poderia facilmente ter sido uma lanchonete de frango frito, ou uma lavanderia, ou uma oficina mecânica. As janelas são todas escurecidas e fazem Less se lembrar de outro bar, também com janelas escuras, que o apavorava na juventude: um bar chamado SecretS. Ficava em Dover, Delaware (se duvidar, continua lá), e o jovem Less, com apenas 18 anos, ficou dando voltas na quadra por uma hora até criar coragem para entrar no SecretS, que na verdade era uma mesa de bilhar, uma jukebox, um balcão com luzes extravagantes e uma clientela desconfiada e solitária — igualzinho ao STAGGER LEE.

— Já escolheu? — dispara a bartender, uma mulher baixa de top amarelo de amarrar com um rabo de cavalo impressionante que chega à cintura. À primeira vista, é jovem, cheia de vida, de sensualidade e com um semblante de travessa. Porém, analisando melhor, ela não é nada jovem; nesse aspecto, ela se parece com Less. Ela aponta o dedo para nosso herói e deixa uma coisa bem clara: — Ó, aqui a gente serve cerveja, não drinques, mas me diz qual você quer e eu pego uma bem gelada.

É um espaço grande com paredes pretas, sem nada além de algumas mesas e cadeiras, uma jukebox e o balcão em formato de jota num canto; está quase deserto a não ser por uns homens de idade, um sujeito loiro na faixa etária de Less e uma jovem pequenininha com cabelo cor-de-rosa e óculos de lentes grossas. Estão todos no balcão do bar e são todos brancos. Less se senta numa banqueta de vinil vermelho ao lado do sujeito loiro, que usa um boné de caminhoneiro e não muda de expressão. Ele segura um cigarro com a única mão que tem; a outra, ele perdeu, e perdeu também o braço. No entanto, está armado com uma pistola no quadril. Ele não olha para Less. A jukebox está desligada. Seria impossível contar o número de tatuagens.

— Ô, Teresa, que bunda, hein — diz um dos velhos.

A mulher atrás do balcão se vira para o velho e grita:

— Que bunda o quê? Está cego? Não tenho bunda! Tenho peito.

— Que bunda — repete ele discretamente.

Ela fala para o bar inteiro:

— Faz anos que ele não vê uma bunda de verdade. E para você, bonitão?

Less dá uma olhada no que os outros clientes estão bebendo: Bud Light, Bud Light, Bud Light, Bud Light.

O nosso Escritor Americano de 2° Escalão se sente estranhamente seguro aqui. E não é apesar de se sentir deslocado e, sim, *porque* se sente deslocado — tão deslocado quanto se sentiu mais de trinta anos antes no balcão do SecretS. Com os mesmos olhares críticos e desconfiados, o mesmo ambiente escuro com jukebox, as mesmas opções limitadas de cerveja e até o mesmo tipo de sujeito loiro com boné de caminhoneiro fumando do lado dele. "E para você, bonitão?" Isso é tão familiar e assustador, mas não tão assustador como quando entrou no bar gay, pediu uma cerveja com a identidade de outra pessoa (na verdade, era a identidade do seu amigo Ben, que Less achava tão bonito que usar a identidade dele para comprar bebida tornava tudo ainda melhor) e ficou se perguntando: *Eu devo me sentir bem aqui?* Ele não se pergunta isso agora; este lugar não é para ele, e eles sabem disso e deixam claro para Less. Depois de todas as viagens que fez pelo mundo e pelos Estados Unidos, depois de anos treinando tae kwon do, participando de grupos de debate e de corais no colégio, depois de West Forth Street e Baker Beach e o Rio Russian e a cabana na Vulcan Steps com Robert Brownburn e comigo, Freddy Pelu, sem contar sua antiga casa em Delaware, se sentir deslocado é comum para Arthur Less. Não existe nada mais normal do que se sentir deslocado em todo lugar aonde se vai. Não existe nada mais americano que isso.

— Uma Bud Light, por favor — diz Less, e acrescenta rápido: —, dona.

— Pode me chamar de T. — Less diz seu nome para ela, que se debruça sobre o balcão. Ele sente o perfume floral enquanto ela dá uma boa olhada nele, de cima a baixo. — Arthur, você estava na cadeia?

Será que o bigode finalmente funcionou?

— Eu... Eu estou... A gente está só de passagem...

— Ela está só sacaneando o senhor — diz alguém. Less se dá conta de que deve ter sido o homem ao lado dele, mas neste momento o homem está bebendo sua cerveja (um velho truque de ventriloquista).

T. continua a conversa, desaparecendo num freezer embaixo do balcão, então é só a voz dela:

— A gente recebe muito rapaz que sai de Lauderdale pronto para arranjar encrenca. Que é o caso do meu ex-marido. — Ela reaparece com uma Bud Light e abre a garrafa para Less. — Dia desses, um moço entrou aqui, era de fora que nem você, e a primeira coisa que ele perguntou foi: "Você vende maconha?" Vê se isso é coisa que se pergunte! Entrar num bar estranho e pedir maconha! Querido, a cerveja é dois dólares. Lief, você estava aqui quando aquele menino... *Mas o que que é isso?*

Less não se mexe. T. o olha como se ele estivesse tentando pagar a cerveja com urânio bruto.

Agora, todo mundo no bar está olhando para ele.

— *Puta que pariu, que cachorrinho mais lindo!*

Less olha para baixo; Dolly acabou de acordar no seu colo, erguendo a cabeça com uma patinha em cima do balcão; é a pose de uma celebridade que baixa o vidro da limusine supostamente para ver a multidão, mas que na verdade faz isso para ser adorada por ela.

— *E como é o seu nome, coisinha linda?*

— O nome dela é Dolly.

— *Alô, Dolly! Que coisa mais linda que você é!* — Less não sabe se ela está fazendo referência ao musical de Jerry Herman de 1964, ao filme de 1969 com Gene Kelly, ou simplesmente falando do jeito dela.

Dolly ganha permissão de se arrastar para dentro do balcão e é apalpada por T. com entusiasmo, o que não deve ser a primeira regra sanitária infringida no STAGGER LEE nem a primeira vez que alguém é apalpado no bar. Less dá um sorriso de resignação até se dar conta de que o clima do lugar melhorou muito, e o maior sinal disso é que o homem de um braço só sentado ao seu lado finalmente olha para Less e diz:

— Que foda esse cachorro.

T. dá duas moedas para Less.

— Aqui, Arthur, põe uma música para a gente. Já vou avisando que foi tudo gravado do rádio. O dono do bar é um muquirana safado. Toca só um pedaço das músicas e ainda tem uns bipes para censurar as partes boas.

Arthur Less, cujo gosto musical não vai muito além das trilhas sonoras de musicais, é confrontado com uma seleção de músicas completamente estranhas e escolhe uma ao acaso. É uma chamada "Rednecker".

T. cai na gargalhada.

— Ai, essa música é tão ridícula, você conhece? — Lief responde que não. T. pergunta para as outras pessoas no bar e todo mundo começa a rir. — Aumenta o som! — Será que ele encontrou um lugar nos Estados Unidos em que ninguém se leva a sério? Será que eles riem quando passam pelo prédio da justiça e veem a faixa que diz NOSSOS CIDADÃOS SÃO OS MELHORES DO MUNDO?

You might think that you're a redneck
But I'm rednecker than you

— Caça-Níqueis, você foi àquele velório? — pergunta T. — Eu chamo o Lief de "Caça-Níqueis". Ele é o meu bandido de um braço só.

Lief faz que não com a cabeça.

— Esse ano estive em oito velórios. Não aguento mais. Cidade do inferno.

T. toma um gole da sua Bud Light.

— Faz anos que Lief está aqui, cuidando da mãe dele. Acho que ela já está no fim da vida, não?

Lief concorda solenemente.

— E depois, o que você vai fazer?

A pergunta vem de Arthur Less, e T. olha para ele parecendo interessada.

— Tenho uma van. Que nem a sua. Coloquei uma geladeira e um fogão, uma cama e tudo mais. Assim que puder, vou pegar a estrada. Quero conhecer todos os lugares em que não deu para parar quando eu era caminhoneiro.

— E qual vai ser o primeiro lugar? — pergunta Less.

T. interrompe, rindo:

— Sei que não vai ser no Mississippi! Olha, Arthur, não me vá para o Mississippi. Lá todo mundo é ruim e tosco. Ninguém vai ser legal com você que nem a gente.

Talvez ela esteja tentando salvar Lief, mudando de assunto para falar de uma coisa que todo mundo gosta de falar aqui. Mas Lief dá uma tragada no cigarro.

— Ouvi dizer que tem um lugar no Maine que é o primeiro do país que vê o sol nascer. Quero ver que lugar é esse. É para lá que eu iria. O primeiro lugar dos Estados Unidos que vê o sol.

Less toma uns goles de cerveja. Aqui, neste bar do Alabama, Freddy Pelu apareceu. Se estivesse aqui com seu cabelo cacheado e seus óculos vermelhos, ele certamente não beberia Bud Light. Less fica em silêncio; sabe que não pode dizer que o homem que ele ama está no Maine. De qualquer forma, Less não sabe exatamente onde ele está. Então Lief bate as cinzas do cigarro e o surpreende.

— Meu amigo, queria fazer uma pergunta.

— Manda bala — diz Less, bebendo sua Bud Light.

— Eu nunca tinha visto um cara gay — diz ele, pensativo. — Como é ser gay?

Less quase engasga com a cerveja. E ele não tem chance de pensar numa resposta porque ouve um barulho vindo da porta do bar. É mais uma mulher de cabelo cor-de-rosa, cujo nome parece que é Lil' Bit, e um homem baixinho de tapa-olho chamado Rooster. O ambiente fica tenso e mais ameaçador, como se um cessar-fogo tivesse chegado ao fim, e Rooster berra:

— Atenção!

Lil' Bit pede que ele se acalme. Quando Less volta a falar com Lief, ele está envolvido numa conversa com um jovem que trabalha como soldador, um homem magro de bigode amador (Less tem o bigode profissional) que reclama de como faz calor no verão e frio no inverno. Lief diz para ele se tornar eletricista; assim você trabalha sempre em ambientes fechados. O jovem parece se ofender com o conselho e Lief diz para ele:

— Você ainda tem tempo de mudar de vida.

Rooster começa a berrar de novo — "Atenção! Atenção!" — e se levanta com uma coisa preta e pesada na mão. Lil' Bit tenta impedi-lo, mas é tarde demais; Rooster ergue a coisa até a altura do queixo. Less sente algo frio percorrer suas veias e tenta se proteger atrás de Lief. A música da jukebox para de tocar; todo mundo no bar fica imóvel. É quando ele vê que Rooster está segurando um microfone. Ele está prestes a começar um karaokê. A música começa: "Hey Jude." Hora de ir embora.

Para surpresa de Less, ao sair do bar, T. corre até ele para lhe dar um abraço apertado.

— Vê se aparece aqui quando passar por essas bandas, tá? Esse bar aqui é para todo mundo, ouviu? — Ele olha para ela, e a expressão de Less é uma interrogação.

E quanto a como é ser gay — não pergunte isso para um péssimo gay.

Hoje à noite, no Alabama, dentro da sua van convertida em motor-home, Less dá um jeito de participar de mais uma reunião do comitê do prêmio. Desta vez, o júri se reúne em novos aposentos. Finley Dwyer organizou uma reunião por vídeo na qual os participantes aparecem cada um dentro de um quadrado, como no nono círculo do inferno em que Mordred, Caim e outras figuras amaldiçoadas estão congeladas só com a cabeça para fora do gelo. É agradável mas curioso ver seus colegas jurados desta forma: Freebie com uma inesperada cabeleira cacheada igual à de Shirley Chisholm; Vivian com o semblante sério e o queixo pontudo no que parece ser uma mansão gótica; e Finley Dwyer com uma barba preta e sedosa, com um paletó marrom de veludo e sentado num sofá verde de veludo, fumando. Ele parece que vai ronronar a qualquer momento. Só falta o rosto de Edgar, substituído por um quadrado cinza (Less desconfia de que mais por obstinação do que por razões técnicas) que emite alguns resmungos e o barulho de coisas quebrando. E é claro que Less consegue se ver, aquele fantasma velho com jeito de coelho, de pele rosada e sarapintada. Com um bigode guidão.

Finley:

— Arthur, você fez alguma coisa com o cabelo?

Less percebe que está usando seu disfarce sulista:

— Não, eu deixei crescer um...

— E sentimos muito a sua falta nas últimas reuniões. Talvez você se sinta mais à vontade concorrendo ao prêmio. Gostaria de sair do júri?

— Não, eu só...

— Vamos deixar os outros falarem também, Arthur — diz Finley. — Edgar?

Do quadrado cinza vem um acesso de tosse e, em seguida:

— Gostei do Overman.

Less suspira um pouco. Ler um romance de Overman é como ficar sob os cuidados de um tio negligente; qualquer personagem pode morrer, uma memória violenta pode surgir do nada, qualquer tipo de droga pode ser injetada na veia de qualquer um. Além disso: Overman é gay.

— *Overman?* — questiona Finley. — Mais alguém já leu o livro?

Less arrisca:

— Ainda não, mas eu...

— Um minutinho, Arthur. Freebie?

Freebie franze a testa e diz:

— Não sei se foi por causa do Overman ou do Underberg, mas eu não gostei.

— Também não — diz Finley. — Edgar, do que você gostou?

— Da linguagem, da estrutura experimental. Da história de amor gay. Chorei no final.

— Também chorei — diz Vivian.

Finley acena com a mão.

— Tá bom, todo mundo chorou no final. Tá bom, entendo a estrutura experimental. Mas não concordo com a história de amor gay.

Less diz:

— É sério?

— Arthur, você está bem tagarela hoje. Ã-hã, é sério. Tenho certeza de que vai concordar comigo. Porque a gente sabe como era quando não se viam histórias sobre homossexuais em prêmios como esse, quando nossos agentes diziam que era melhor não escrever sobre homossexuais, não contar para ninguém que éramos gays e não se envolver com o meio literário gay. Sei que você aceitou esses conselhos. E fico felicíssimo de ver que o mundo está mudando. Quando me convidaram para ser o presidente desse júri, aceitei a tarefa com a promessa de que trabalharia para promover a literatura *queer* e as histórias sobre pessoas LGBT. Li o romance do Overman com imparcialidade. A questão aqui não é se o livro é bom. E tenho convicção da minha opinião.

Todas as cabeças aguardam ansiosamente.

— Não é assim... — começa a dizer — ...que se... — ele continua — ...escreve sobre gays.

Não há mais nada a dizer; esse juízo silencia todos os jurados. O conjunto de cabecinhas anui solenemente. Mas é visível que Arthur Less está se contorcendo em seu quadradinho na tela, como um estudante que sabe a resposta durante a aula de gramática — ele sabe a resposta! —, mas não tem permissão para falar.

— Você, você... — começa Less.

— Pois não, Arthur?

— Você...

— O quê?

— Está dizendo que ele é um *péssimo gay*? — desabafa ele quando uma espécie de gongo digital surge na reunião: uma luz piscante.

— Desculpem — diz Finley —, mas temos que encerrar agora. Tenho uma conta gratuita e eles limitam o tempo a quarenta e cinco minutos. Nada de perder reuniões, Arthur. Até mais!

Um por um, os quadrados cinza desaparecem da tela, bem quando Less estava pegando o ritmo. Quem sabe da próxima vez.

Na manhã seguinte, Less acorda com um estrondo lá fora. O interior da van está completamente escuro, e Less tropeça em alguma coisa (seus sapatos) antes de conseguir abrir a porta. É cedo; uma neblina rosada paira sobre os rios. Ele percebe que um dos galos de cerâmica está despedaçado no chão. Dois adolescentes apavorados segurando toalhas estão ao lado dos cacos; na mesma hora, o host velho de barba sai do próprio trailer com um taco de beisebol. Ele vai a passos largos na direção dos adolescentes e com uma tacada destrói o outro galo. É difícil acreditar. Ele volta para o trailer, mas nota de relance a presença de Less e para.

— Ia ser triste demais ver o que restou sozinho — diz ele, depois entra no trailer e fecha a porta.

Less olha mais uma vez para os dois galos despedaçados. Dolly geme de maneira incisiva pedindo seu café da manhã. O telefone dele começa a tocar.

— Estou-com-Peter-Hunt-na-linha-aguarde-um-instante-por-favor.

Arthur Less está sentado na cama de armar de Rosina, piscando para o sol que nasce, enquanto Céline Dion canta inteira "Enter Sandman", do Metallica, depois um interlúdio de silêncio, depois a voz de Peter Hunt:

— Arthur, vou direto ao ponto...

— Peter!

— Como vai o show business?

— Você sabe, o show não pode pa...

— Boas notícias! Você tem uma série de palestras na Costa Leste. Parece que já estava em contato com eles, não?

— Não, como assim? Não, eu...

— É da Agência Balanquin, mas deixa comigo. A primeira palestra é em Dover, Delaware...

— Eu cresci em Dover!

— É mesmo? Depois de Dover, Baltimore, e assim por diante, com honorários...

— ...que pagam quase toda a dívida! Freddy, agora falta pouco.

— Calma, quanto tempo isso vai durar?

— Acho que uma semana, mais ou menos, preciso confirmar. No máximo três. Mas veio na hora certa.

— Olha, você não precisa fazer isso. Vem para o Maine. Eu pego dinheiro emprestado do Carlos...

— Nunca que vou pegar dinheiro emprestado do Carlos! De qualquer forma, vou ver a minha irmã e acho que isso pode ser divertido!

— Parece que o bichinho do teatro mordeu você.

— Confesso que é bom ser homenageado.

— Less, fui a uma festa ontem à noite.

— É mesmo? Que divertido.

— É possível que eu fique um tempo sem sinal de telefone.

— Por causa de uma festa?

Eu digo:

— Encontrei uma pousada na ilha.

— Ilha? Festa? Como assim?

— Eu falei da ilha. A ilha habitada no extremo leste dos Estados Unidos. Tenho um projeto novo.

Less pergunta:

— Mas vou conseguir ligar para você?

— A mulher que é dona da pousada diz que o único telefone que funciona é o antigo telefone da Bell. Ela é uma figura. Falou que é a Viúva de Baleeiro Mais Velha do Mundo. Sei lá o que ela quer dizer com isso.

— Quando você viaja?

— Amanhã — digo. — O lugar se chama Pousada da Viúva de Baleeiro Mais Velha do Mundo. O pessoal de lá é bem literal.

Less:

— Entendi que a gente não vai se falar mais a partir de amanhã então.

— Pode viver a sua aventura aí. A gente se fala quando eu voltar da ilha. Quem sabe a gente não faz aquela viagem de trem que eu sempre quis.

Ele pergunta:

— Você está terminando comigo?

Começo a rir.

— Não, Less. Claro que não.

— Então me conta o que está acontecendo.

— Less — digo —, algumas coisas precisam mudar entre nós.

Uma pausa; a autoconfiança dele está despedaçada feito um galo de cerâmica.

— Freddy, me desculpa por não estar aí com você. Me desculpa. Essa história de dinheiro, o meu pai e...

— Você parece assustado.

— Freddy, é porque eu estou assustado! Não consigo lidar com tudo isso sozinho — diz ele, então acrescenta: — Não consigo lidar com tudo isso sem você. Não me deixa, Freddy!

— Eu te amo, Less — digo.

— Não me deixa, Freddy.

O choque causado por essa afirmação me faz parar por um instante.

— Do que você está falando? — digo para o meu amor. — Eu não vou te deixar!

E quanto ao relacionamento a distância... Certa vez, uma grande filósofa disse, referindo-se a um bumerangue:

Acho que funciona pela metade.

Ao entrar na Geórgia, a paisagem também é tomada por plantações de algodão, mas a única coisa em que Less consegue pensar é na conversa que tivemos por telefone.

— Não tenho escolha! — ele se pega dizendo para Dolly. — Tenho que ver o meu pai. Tenho que ver a minha irmã. A gente precisa do dinheiro. Não tenho escolha!

Dolly inclina a cabeça como se não conseguisse identificar o sotaque de Less. À medida que se aproximam de Atlanta, ele começa a passar por cidades que não são só lanchonetes e lojinhas de um dólar, são cidades com bares de vinho, confeitarias e aquelas "galerias de arte" que vendem estátuas de bundas de mulheres para enfeitar jardins. Num momento emocionante, ele passa por uma cidadezinha que anuncia uma parada do "Orgulho Lavanda" com barracas do beijo, apresentações musicais e uma porta de guarda-roupa para todo mundo que quiser "sair do armário". O evento é patrocinado por um fabricante local de armários. Infelizmente, é no próximo fim de semana. Less dá entrada numa área de camping estadual perto de um lago e está quase saindo para ir ao teatro quando, pela primeira vez, ele se preocupa com sua segurança.

— Que beleza essa van. — Sorrindo ali perto, um homem branco baixinho com um cavanhaque branco, talvez uns seis ou oito anos mais velho que Less (difícil dizer quando se está na altitude dos cinquenta e poucos). Está de camisa florida, suspensórios e uma combinação curiosa e redundante de óculos com lentes coloridas e viseira verde de crupiê de vinte e um. Nosso herói é forçado a explicar o funcionamento do seu veículo incomum (como se estende e se recolhe o teto retrátil) e o homem faz que sim com a cabeça e responde: — A instalação da minha também é organizada. Minha esposa e eu temos televisão por satélite, micro-ondas e tudo mais. Vem dar uma olhada. — Less atravessa um trecho coberto de palha até um motor-home que jamais teria pertencido a um oftalmologista: sujo, com faróis manchados de água e um toldo coberto de folhas de carvalho. — Pode entrar — diz o homem. Dentro, é ainda pior: um santuário sépia com um sofá coberto de revistas velhas e cuja mesinha de jantar é o mostruário de uma vasta e fantástica variedade de condimentos para se comer com hambúrguer. Um armário aberto revela uma coleção impressionante de DVDs. Mais além, sob uma empoeirada faixa de sol, há uma cama desarrumada. O homenzinho (seu nome improvável é Toco) faz um gesto exibindo esse paraíso. Bloqueando a luz do sol e a porta da van, Toco pega a mão delicada de Less. — Sabe — diz ele —, minha esposa vai demorar duas ou três horas para voltar. A gente podia se divertir um pouco, eu e você...

Como Less escapou desse solecismo, não sabemos. Mas reencontramos nosso herói trancado dentro de Rosina, onde Dolly embaça uma janela fria. São e salvo — de que perigo exatamente, Arthur Less? De ser visto num Walmart? Do desespero da meia-idade? Da extinção do DVD? De um pobre coitado em busca de algo tão comum que se encontra em qualquer paragem? Ou foi do vislumbre de uma vida sem seu Freddy, apresentado a você na forma simples de um Toco?

Less dirige até o teatro e ajuda a descarregar o cenário. Ele olha para o público; de novo, nada de Lawrence Less. Nosso herói começa a entender. Assim como um cão volta ao seu vômito, um insensato repete sua insensatez — seu pai não vai aparecer. Ele jamais iria aparecer. É a mesma mentira sendo contada há mais de cinquenta anos. Uma visão de Toco batendo à porta da sua van. As luzes se apagam na Geórgia. E Thomas começa a cantar.

Less tem que seguir viagem, mas, talvez para evitar outro encontro com Toco, atrasa sua volta para a área de camping e decide parar num bar — o neon rosa em letra cursiva diz GIBSON'S, o sobrenome de solteira da sua mãe, e ele acha que é um bom sinal —, a parte externa é bem parecida com a do STAGGER LEE, o interior também, a não ser pelo fato de ele ser a única pessoa branca aqui. Less está bastante acostumado a ser o único gay em qualquer lugar; é como ser a única pessoa de fantasia numa festa. Mas veja Arthur Less numa situação desconfortável com a qual ele *não* está acostumado, observe como ele desbrava seu caminho com um sorriso tenso, iluminado pela luz da jukebox, até encontrar um lugar ao balcão do bar.

A atendente, uma mulher miúda que usa brincos de gatinho e tem a postura tímida e inteligente de uma bibliotecária que sabe exatamente o livro que você quer, se aproxima de Less e diz:

— Boa noite, o senhor vai beber alguma coisa. — Não é uma pergunta. Less dá uma olhada no velho de óculos de lentes bifocais ao lado dele, que acena com a cabeça. No que diz respeito a bebidas, não devemos dizer *não*? Less faz um sinal com a cabeça. Ela diz: — Um Jack and Coke. — Ele concorda de novo. Quando traz o drinque (uma garrafa de refrigerante, uma garrafa de uísque, uma tigela com gelo), ela se inclina sobre o balcão e diz: — Espero que o senhor se sinta seguro aqui.

Less fica tão surpreso que derruba um cubo de gelo. O homem das lentes bifocais concorda mexendo a cabeça e se vira para o outro lado.

— Ã-hã, dona — diz Less. — Obrigado, dona.

Ela sorri e ajeita os brincos de gatinho. Ele se lembra de dizer a mesma coisa sempre que levava um amigo hétero para um bar gay, as mesmas palavras que se diz para alguém que carrega uma arma à vista de todo mundo — que espera que ele se sinta seguro, porque é claro que ele mesmo é o perigo...

Uma música começa a tocar, um blues numa voz rouca. Less leva um tanto de uísque para se dar conta de que é o homem das lentes bifocais que canta; ele mantém a cabeça inclinada sobre o microfone. Depois, o microfone é passado para outra pessoa no bar. Quando chega a vez de Less e ele já tomou o drinque quase todo, sentindo uma tonturinha boa, a atendente pergunta que música ele vai cantar.

— "Anything Goes" — diz ele, e sem hesitar ela mexe num laptop, e o bar fica em silêncio para ouvir Arthur Less cantar "Anything Goes". *Since the Puritans got a shock*, em sua voz clara e meio monótona de tenor, *when they landed on Plymouth Rock*... Depois que ele termina e é educadamente aplaudido, a atendente pega o microfone e começa a cantar "Hey Jude".

No banheiro da área de camping, refletido no espelho de segurança aparafusado acima da pia, Less vê de relance uma figura ameaçadora e toma um susto — não é Toco. É Arthur Less. Naquela superfície arranhada, Less vê apenas um rosto magro e queimado de sol de um homem rústico com um bigode guidão, as bochechas magras e o pomo de adão do seu avô da Geórgia; um "caipira", como dizia a mãe quando desdenhava da família. Uma camuflagem assustadora, como as mariposas que imitam seus primos venenosos para enganar predadores. "Espero que o senhor se sinta seguro aqui." De fato, primos venenosos.

Então Less corta os guidões do bigode e faz a barba. Ele joga a camiseta e o boné no lixo. De agora em diante, suas roupas serão camisas brancas e limpas e seu terno cinza, que ele sempre pendura do lado de fora para não amarrotar. Seu disfarce não enganou ninguém a não ser ele mesmo.

E assim segue viagem, mais uma vez, com seu bigode comum, rumo ao próximo destino.

— Bom dia, meu nome é Lynn. Bem-vindos à Fazenda Gillespie. Construída em 1830, ela era apenas uma casinha de madeira que se expandiu até chegar ao século XXI com oitocentos hectares. Você, Arthur Less, não deve ter o menor interesse em saber que a máquina a vapor de descaroçar algodão foi inventada em 1879 por Robert Sylvester Munger e sua esposa, Mary Collett Munger, assim como não deve ter o menor interesse no ciclo de vida do algodão com suas flores que ficam rosadas antes de secar. Não, você olha para mim, Lynn, uma mulher branca com seus 60 anos e a boca branca de açúcar da rosquinha que comi antes de começar esse passeio, e para os outros visitantes de hoje, também brancos: o casal francês de óculos escuros e agasalho unissex azul-escuro, as três mulheres mais velhas de moletom com colar de strass e o casal de jovens héteros com roupas dos anos cinquenta que vem de alguma cidade bacana tipo Asheville ou Nashville. Você está julgando todos eles, assim como está me julgando também, uma professora do ensino médio aposentada que veio de Athens e faz o possível para não ser engolida por esse mundo que não se importa com ninguém. Mas você já julgou Arthur Less? Ou acha que nada disso tem a ver com você e seu mundinho na Califórnia? Você disse que é de Delaware, um estado que continuou escravista mesmo com o fim da Guerra Civil, e sei que os seus antepassados estão lá há bastante tempo. Tempo suficiente. Você faz parte disso, meu caro. Agora, vem ver como funciona a máquina de descaroçar a vapor, que substituiu uma máquina feita na Índia quinhentos anos antes da morte do Nosso Senhor Jesus Cristo. Você já pegou numa cápsula de algodão? Já pegou numa panícula de arroz? E num caule de cana-de-açúcar? Em qualquer coisa do mundo real? Então vem aqui e experimenta. Mas cuidado, Arthur Less. Não vai se machucar com o algodão.

Os devaneios de Arthur Less são interrompidos pelo movimento do grupo, que deixa o moinho de algodão para experimentar a chuva hesitante da Geórgia. A srta. Dorothy sugeriu que ele visitasse a Fazenda Gillespie, e Thomas endossou a sugestão; por isso, ele acordou cedo e ficou circulando pelos campos de plantação até encontrar uma placa: FAZENDA GILLESPIE, PASSEIOS CONTÍNUOS. Fitas de isolamento da polícia bloqueiam o limite oeste da propriedade, mas Less estacionou, entrou e descobriu que *contínuos* significa que ele tem que fazer um passeio que já começou, como se fazia em salas de cinema que exibiam romances prolépticos em que os amantes se casam antes mesmo de se conhecer.

E agora Lynn conduz o grupo até um casebre atarracado de madeira, com teto de vidoeiro e bancos de igreja para o grupo inteiro.

— Essa é a casa original; vocês vão ver um filmezinho. Depois dele, vamos conhecer as dependências. Até mais.

O filme é escrito e narrado por uma das novas proprietárias ("Olá, eu sou Ethel Doss, sejam bem-vindos à... Fazenda Gillespie"), uma mulher loira e bonita num vestido verde de cetim cujo volume sugere o suporte de anáguas. A qualidade do filme é baixa, sobretudo da música — "Greensleeves" toca toda vez que alguém menciona a Inglaterra e, no caso do Egito, a canção é "Hoochie Coochie" —, mas, apesar desse defeito, a história que ela narra é correta e sem embelezamentos: "A proibição do tráfico de pessoas escravizadas teve como consequência o aumento da brutalidade do trabalho em fazendas como esta." A narrativa do filme chega ao fim de maneira repentina, pouco antes da Guerra Civil; a srta. Ethel aparece de novo, vestida de Mamãe Noel: "Voltem em dezembro para passar o Natal na Fazenda Gillespie!"

"Greensleeves" toca mais uma vez antes de as luzes se acenderem.

— O que acharam do filme? — diz uma voz nos fundos da sala.

— *C'était bizarre* — sussurra a francesa.

Uma das mulheres mais velhas se vira e comenta:

— Você não é a Lynn!

— Não, dona. Não sou. — Atrás dos bancos está uma mulher negra excepcionalmente alta, com uma beleza pura e simples e o cabelo preso num coque. Ela atravessa o corredor central com a cabeça inclinada para não bater nas vigas mais baixas; está com um vestido azul-escuro largo e um colar de contas prateadas, que segura com uma das mãos. — Meu nome é Gwen. Fui criada numa cabana de meeiros que ficava dentro dessa propriedade. E vou mostrar para vocês onde as pessoas viviam.

Ela abre uma porta lateral e eles voltam para a chuva; o chão de terra começou a ficar lamacento. Quando dão a volta na casa e chegam a um jardim sem cercas, à esquerda, as fitas de isolamento da polícia lhes dão um alerta.

— Por que essa área está isolada? — pergunta Less.

— Ah, essa era a antiga casa do agricultor e da família dele — diz Gwen, sorrindo. — Pegou fogo no ano passado. A gente nunca soube como.

Uma das senhoras pergunta, numa voz aterrorizada:

— Mas e o Natal na Fazenda Gillespie?

— Então, aqui é o fumeiro — informa Gwen ao grupo, erguendo as mãos para atrair a atenção. Less percebe que o casal de jovens dos anos cinquenta se desgarrou do grupo para ir à loja de lembrancinhas; talvez eles tenham começado o passeio pelo fumeiro. Gwen coloca as mãos na cintura, ajeita a postura para exibir toda a sua altura e fala com as seis pessoas do grupo: — Vocês davam para a gente dois quilos de porco por semana e por família, e era com isso que a gente sobrevivia. Vocês davam para a gente farinha de milho e a gente fazia bolo de fubá. Cada família tinha um lote para plantar vegetais, a gente cuidava dele de noite. Porque a gente passava o dia todo trabalhando na sua plantação de algodão.

O único som que se ouve é o sussurro da francesa que traduz para o marido. Será que ela traduziu a mudança para a segunda pessoa? Será que o inglês dela é bom o suficiente para perceber? Nosso romancista, claro, percebeu. A chuva leve se acumulou na extremidade do seu guarda-chuva, formando gotas que ficam penduradas e não caem. Gwen está sem guarda-chuva e com o cabelo coberto por uma touca de gotículas de água.

Uma das mulheres com colar de strass pergunta:

— Bolo de fubá e pão de milho são a mesma coisa?

— Basicamente sim, dona. Dizem que era assado na lâmina de uma enxada aquecida no fogo.

Less pergunta:

— Você disse que foi criada aqui?

— Numa casa que fica aqui seguindo a estrada. Comecei a trabalhar depois que terminei o meu mestrado em junho. Em História — diz Gwen, estufando o peito com orgulho. E agora uma lembrança faz Gwen sorrir: — Tinha que ver a cara da minha irmã, ela morreu de inveja! Ela odeia quando faço alguma coisa que ela não consegue fazer. É isso que acontece no Natal, quando as minhas tortas ficam mais gostosas. — Ela mexe nas contas e ri.

— Torta do que você faz? — pergunta Less.

Ela olha para ele e parece recuar da conversa de repente.

— Batata-doce e noz-pecã — diz ela, largando as contas. — Agora vamos ver essa outra casa aqui.

"Essa outra casa aqui" é uma casinha apertada de madeira desgastada pelo tempo e dividida em dois ambientes por uma lareira. A viga que dá suporte ao teto de zinco tem cara de ser recente. Uma cama de ferro, pintada de branco, ocupa um dos cantos, e o estrado onde vai o colchão é feito de cordas. Sua simplicidade tem o mesmo tom monótono da fala da srta. Ethel no vídeo.

— Uma cama como essa não era comum, mas digamos que essa família era privilegiada. — Gwen encosta no ferro da cama. Ela olha para o móvel como se a irmã invejosa estivesse deitada ali, com o amor complexo que sentem uma pela outra. Por um instante, o ambiente fica em silêncio, a não ser pelo zumbido das moscas. Quando ela volta a falar, sua voz está mais calma, mais grave: — Então, lembro que essa cama era revestida de cal, para espantar os insetos. E a gente, que era criança, dormia em colchões de palha — diz Gwen, apontando para o concreto, a um mundo de distância daquele tempo. — Aqui no chão.

Less percebe que a francesa parou de traduzir. O marido da francesa sussurra alguma coisa e ela balança a cabeça.

A mulher do colar de strass está impassível:

— Você poderia falar um pouco sobre o pessoal que era dono da fazenda?

Gwen interrompe seus devaneios e sorri.

— Não tem muita coisa para contar; eram umas cinco pessoas. E nós éramos umas duzentas. Estão vendo os jornais colados nas paredes para isclamento térmico? Isso não é tão antigo; é mais da época dos meeiros. Nós éramos proibidos de ler. Coladas na parede, dá para ver também cédulas do dinheiro usado pelos confederados, que hoje não serve para nada. E vocês já devem ter ouvido falar da Ferrovia Clandestina. — O grupo anuiu prontamente. — Dizem que a gente que trabalhava nas plantações cantava de noite para avisar aqueles que buscavam liberdade. A própria Harriet Tubman disse isso. Se a gente soubesse que vocês tinham saído com os cachorros para percorrer as estradas, a gente dizia para as pessoas entrarem no rio para esconder o cheiro.

Então, surpreendendo todos, ela começa a cantar:

Wade in the water
Wade in the water, children

Arthur Less observa a si mesmo do alto, aqui nesta casa antiga que sobreviveu por muito mais tempo do que as pessoas que a construíram imaginavam ser possível; ele consegue ver sua cabeça calva e seu nariz queimado de sol enquanto ouve a guia do passeio cantando com sua voz lenta e poderosa essa música lenta e poderosa. Suas mãos segurando o guarda-chuva que pinga no assoalho. As costas pressionadas na parede. Ele consegue ver a expressão em seu rosto, mas de que adianta sua compaixão? É como o dinheiro dos confederados e não serve para mais nada?

Wade in the water
God's gonna trouble the water

Quando Gwen termina de cantar, o único barulho que se ouve é o de algum dispositivo mecânico zunindo ao longe no campo. O casal francês parece se sentir desconfortável. Mas quem não se sentiria?

A mulher do colar de strass, talvez, porque ela pergunta a Gwen:

— Quanto pesa um fardo de algodão?

Gwen se vira para a mulher; é como se ela tivesse o dobro da altura da idosa. Ela ergue a mão e segura as contas prateadas.

— Dona, Deus me abençoou de tal forma — responde ela — que eu não faço ideia.

Uma ligação nos arredores de Savannah.

— Gostaria de falar com Peter Hunt. Aqui é Arthur Less.

— Um minuto, por favor.

Céline Dion interpreta na íntegra a música "Hallowed Be Thy Name", do Iron Maiden. Depois silêncio. Depois uma voz:

— Arthur, me desculpe. Peter não está disponível no momento. Aqui é a assistente dele, Laura. Posso ajudar com alguma coisa?

— Preciso falar com a agência responsável pelas palestras — diz Less. — Devo começar uma série de palestras no domingo e...

— Está tudo certo, Arthur. Você começa numa igreja de Dover no domingo de manhã.

— Numa igreja?

— Procure a diaconisa Perkins — diz ela. — Depois disso, um motorista vai levá-lo para o evento em Baltimore, que é no dia seguinte. Vamos mandar o itinerário completo.

— Tá bom. Ótimo. Fiquei preocupado porque não tive nenhuma notícia...

— A agência se confundiu com o seu nome.

Ele ri.

— Ah, isso acontece. Com frequência.

— Você vai ficar na pousada State Street, em Dover, que parece maravilhosa!

— Esse é o outro motivo da minha ligação — diz Less. — Pode dizer a eles que cancelem o hotel. Vou ficar na casa da minha irmã...

— Queria agradecer ao público de Savannah por ter vindo e ficado para o nosso bate-papo! Sei que muitos têm outros compromissos, o que torna a presença de vocês aqui ainda mais importante. Eu sou a srta. Dorothy e hoje temos o prazer de conversar com o escritor Arthur Less, autor do texto, depois dessa que foi a nossa última apresentação.

Alguns aplausos esparsos; Less não consegue enxergar ninguém no público por causa do holofote que o ilumina, ninguém mesmo, mas inclina ligeiramente a cabeça e assume seu lugar ao lado da srta. Dorothy. Vai sentir falta dessas noites, desses tributos à sua obra! Vai sentir falta da trupe Últimas Palavras e de Dorothy. E de Thomas. Hoje à noite, Thomas interpretou "Os encantos do meu pai" com lágrimas nos olhos. E cantou o último verso da música olhando para Arthur Less.

Dorothy abre a conversa com a primeira pergunta, que fala sobre seus hábitos de escrita. Less responde automaticamente que acorda às seis da manhã e escreve três páginas até o meio-dia usando a caneta que tinha sido da sua mãe — a mentira de sempre. Então a srta. Dorothy pede a próxima pergunta e vem uma voz masculina grave do meio da plateia que ele não consegue enxergar:

— Sr. Less, qual é a sua filosofia de vida?

Less se ajeita na cadeira. Dorothy olha para o nosso autor cheia de expectativa. Quem não gostaria de saber qual é a filosofia de vida de Arthur Less? Mas o sr. Less não está pensando na sua filosofia de vida, não exatamente. Ele está com a cabeça em outro palco, em outro holofote. Uma anêmona. Uma antena parabólica.

Dorothy encosta em seu braço com delicadeza.

— Sr. Less — diz ela —, o cavalheiro quer saber qual é a sua filosofia de vida!

Será que seus olhos estão acostumados à luz do palco o suficiente para conseguir identificar traços de uma pessoa específica no meio da multidão? Um homem mais velho com uma roupa de safári, sorrindo na terceira fileira? Será que é a mesma pessoa que segura um bolo de aniversário, sorrindo para o filho?

Dorothy:

— A sua filosofia, Arthur.

Mais uma vez, ele toma consciência do ambiente, do palco, da mão em seu braço. E, como essa é a última coisa em que consegue pensar, ele saca a filosofia que estava mais à mão:

— Não diga não.

Meu tio gostava de carregar, na carteira, uma fotografia delicada da mãe na praia, que exibia sempre que alguém pedia, desdobrando o papel com um cuidado extremo (pois estava dobrado três vezes) e alisando sobre a mesa, onde podia apreciar a imagem da minha avó, presa atrás dos vincos embranquecidos que o ato de dobrar e desdobrar havia criado ao longo do tempo: uma jaula. Eu tenho uma imagem assim para apresentar a vocês agora: a última fotografia de Arthur Less com o pai.

Páscoa, fim dos anos setenta. Há uma cerejeira em flor; Lawrence Less e seus filhos abraçam o tronco lustroso e irregular da árvore que, talvez, tenha substituído a mãe (a fotógrafa). Todos usam suéteres combinando — Rebecca, pequenininha, usa um rosa clarinho, Archie usa um azul-cadete e Lawrence usa um marrom queimado —, um estojo de giz de cera incompleto com alturas diferentes, mas Lawrence é, claro, o mais alto. Sua mão esquerda está na cabeça de Rebecca. Os sorrisos estão um pouco dessincronizados, e o de Lawrence está sumindo, como se ele desconfiasse das habilidades da fotógrafa, ou tivesse esperado tempo demais posando com um braço ao redor da árvore, ou talvez tivesse visto alguma coisa que atraiu sua atenção. O cabelo comprido cor de bronze cruzando a testa. O nariz pontudo e o lábio inferior carnudo, as marcas de expressão nos olhos. Faz anos que Arthur Less não vê essa fotografia, mas, se a visse, perceberia que, com quase 50 anos, ele é a cara do pai, sem tirar nem pôr.

— Oi, pai.

Alguns quilos mais gordo, num tom de rosa mais escuro. O cabelo branco que resta está um pouco bagunçado acima das orelhas, ondas que se quebram em praias diferentes, mas fora isso ele é inequivocamente careca. Usando uma roupa de safári e apoiado numa bengala de lucite. Seu sorriso deve brilhar na luz ultravioleta. Rico, de certa forma? Nem é preciso dizer que Lawrence Less está velho. Mas não do jeito como Less está envelhecendo, quando ainda é fácil identificar o jovem que ele foi, ou como Mandern envelheceu, usando chapéu e óculos escuros para ficar parecido com a foto na orelha da capa dos seus livros. Não, ele está velho de um jeito que jamais alguém imaginaria que ele foi jovem um dia. Está irreconhecível para alguém que o viu mais jovem, como Less. É simples: o homem coxo que anda em sua direção, apoiando-se simultaneamente na bengala e numa mulher branca, magra e loira, não é o seu pai, Lawrence Less. Mais precisamente, ele deixou de ser há bastante tempo.

— Archie! — diz Lawrence Less, cambaleando para dar um abraço, como uma espécie de peixe-boi; perfume de sândalo. Instantaneamente familiar: o modo como franze o rosto quando sorri, como fecha os olhos enquanto balança a cabeça, incrédulo, exatamente como fazia nos jogos de beisebol de Less; sem dúvida é seu pai, com ondas de decepção e orgulho reverberando do passado. Ele indica a mulher ao seu lado, que carrega um porta-terno. — Me deixe apresentar a você: essa é Wanda. Wanda Young, mas a chamamos de Wanda Y.

— Por onde anda, Wanda? — diz Less, brincando.

Todo mundo ri. A mulher se vira para falar com Less de um jeito que lembra uma antena parabólica:

— Ouvi falar bastante de você.

Lawrence Less se inclina para a frente.

— E essa peça que você escreveu. Aquele pai terrível me parece familiar! — Por que o rosto dele é tão rosa? Será que Less está condenado a uma velhice corada?

— Muito linda — diz Wanda, e ela está entrando em foco agora: o cabelo armado, os traços de um rosto que teve coisas arrancadas e arrumadas, como um jardim na Renascença, e uma bobice despreocupada. Ela diz: — Você é um escritor muito talentoso, Archie. Seu pai tem muito orgulho de você.

Less procura dentro de si algum resquício de antipatia, talvez perdido na despensa do coração, mas ele nem sequer procura direito. É estranho. O momento não traz alegria nem decepção. Perceber que não se está mais apaixonado não é a sensação dolorosa que se imagina quando se *está* apaixonado — porque não há sensação nenhuma. É mais a percepção de um observador. E é isso que acontece com Arthur Less hoje: ele não sente nenhuma tristeza ao ver o pai perdido há tanto tempo.

Less troca um aperto de mãos com a mulher.

— É um prazer conhecer você, Wanda.

Lawrence Less põe a mão no ombro do filho.

— Oi, filho. Que bom que você está bem.

— Você está morando aqui?

Lawrence olha com orgulho para Wanda.

— A gente mora em Hilton Head. É uma ilha perto da costa de Savannah. Um lugar lindo! — Ele ergue a mão livre como se fosse um pedaço de moldura para um paraíso que não existe de verdade. — Casas lindas, arbustos e baías, restaurantes e lojas! Não é, querida?

Wanda embute um sorriso no rosto de bochechas rechonchudas.

— Sou suspeita para falar, porque faz trinta anos que moro lá! — Ela sorri para Less, e o sorriso é sincero. — Nós ficamos muito felizes em te apoiar. Nós trouxemos uma lembrancinha do seu pai.

— Foi ideia de Wanda.

Ela pisca orgulhosa enquanto oferece o porta-terno para Less.

— Está guardado há um tempão e nunca mais vai servir para o seu pai!

Lawrence finge que está bravo:

— Wanda Y.!

Less aceita o presente, e ela diz que o terno deve ser perfeito para ele; ele é exatamente como o pai era aos 50 anos.

Lawrence ergue as sobrancelhas.

— Archie, quanto tempo você vai ficar aqui na cidade?

— Vou embora amanhã para fazer uma série de palestras — diz Less vagamente. — Na verdade, vou viajar para fazer uma leitura em Dover.

Uma gargalhada.

— Delaware! Faz anos que não vou para Delaware.

— Nunca mais fui depois que a mamãe morreu.

A vermelhidão da pele do pai fica mais intensa, mais áspera.

— Claro. — *Acho que ele tem medo de você.* Então Lawrence ergue a mão rápido, como se estivesse jogando um dólar com uma tachinha no teto. — Tive uma ideia! Por que você não fica lá em casa hoje à noite? Vamos jantar, tomar um drinque... o que você acha, Wanda?

— Que ideia maravilhosa! — Ela bate palmas, e as palmas são sinceras. — A gente tem até um chalé para visitas e tudo mais.

Lawrence descansa a mão no ombro de Less.

— Pode ser uma espécie de retiro de escrita! Passe uns dias com a gente!

Less fala com firmeza:

— O meu evento em Dover é no domingo de manhã.

— Então fique com a gente hoje à noite — diz Lawrence.

Wanda está encantada com a ideia, encantada com Lawrence, talvez até encantada com Less.

— Isso, Archie! Eu adoraria conversar mais com você.

Less fala com firmeza:

— Eu aviso a vocês.

— *Sag ja, mein Sohn* — diz o pai com um brilho nos olhos.

[*O trecho a seguir é traduzido do alemão.*]

— Aceite, meu filho.

— Avisar vocês eu vou.

— Archie, tenho pouco tempo de vida.

— Contou-me Rebecca.

— Tenho um câncer de próstata em estágio quatro. — Ele ergue a bengala. — Já se espalhou por tudo. Perguntei para o meu médico por que eles continuam chamando de câncer de próstata quando ele já tomou conta de tudo, e ele me disse que a ascendência é a próstata. Foi essa a palavra que ele usou: *ascendência*. Não é ridículo?

— Ridículo não acho eu, pai.

— Falei para sua irmã que deve ser um câncer valão. Porque essa é a verdadeira ascendência.

O velho conseguiu arrancar uma risada do filho. "*Wallonischer Krebs*" foi o termo que o pai usou. Arthur vê que Thomas e Marjorie estão levando o são José para o estacionamento, e Thomas encara o pai de Less e depois Less com um olhar reflexivo.

— Fique mais um pouco, Archie. Não foi fácil chegar até aqui. — Ele deve estar se referindo ao lance de ser benfeitor.

— Talvez.

[*Fim da tradução do alemão.*]

Lawrence Less se vira para Wanda e abre um sorriso tão grande quanto o de um jacaré ao retomar a conversa em inglês:

— Combinado.

Wanda dá uns tapinhas nele.

— Ai, Larry!

Less fica sem fôlego, apavorado com essa sensação antiga. Mas consegue controlar a voz.

— Vão fazer uma festinha para mim no Chatham Club, então eu aviso a vocês.

— Ah, esse é o clube bom — diz Lawrence. — Eles aceitam gays e judeus. O outro clube é para idiotas.

— Ai, Larry! — diz Wanda, fingindo estar chocada. — Mas o outro clube é do meu pai!

— Como eu disse...

Outro tapinha.

— Ai, Larry!

Ai, Larry. Onde está o homem que acariciou a cabeça do menino Archie, num verão de sol escaldante, o homem com o cabelo volumoso cor de bronze que caía sobre o olho esquerdo, a barba escura, o sorriso, as linhas desenhadas no pergaminho dourado da pele. Aquele homem desapareceu para sempre. Este homem não é ele. O homem com a roupa de safári dá tchau enquanto sua nova esposa (esposa?) o ajuda a sair do teatro. Daria para fazer duas coisas ao mesmo tempo: era possível perdoar Larry, que enfrenta dificuldades com a bengala, Wanda, ancoradouros, restaurantes e lojas, com o câncer, os gays, os judeus e os idiotas, perdoar Larry e deixá-lo morrer perdoado. E ainda assim jamais perdoar o homem que o abandonou.

Less chega à "festa de encerramento" que começou faz tempo no Chatham Club, enfiado no último andar de um hotel com vista para a cidade encharcada de chuva, um ambiente com janelas em formato de rodelas de laranja, candelabros, sofás de veludo cor de musgo e um bar. É claro que ele está com o terno cinza e uma gravata azul brilhante cor de sapo venenoso, uma gravata gentilmente oferecida pelo recepcionista; o Chatham Club tem uma política de trajes recomendados bem rigorosa. Ele encontra o bar lotado (e não tem tanta gente branca como imaginava que teria) e os convidados queridos e receptivos; ouve alguém dizer com um sorriso:

— Ah, esse é o clube dos judeus e dos gays. O outro clube é para idiotas.

Com frequência, alguém encosta a mão em seu braço e diz que ele está no lugar certo. Servem holandeses aqui.

— Oi, Arthur Less — diz alguém ao seu lado. É Vlad, o Gorbaty de Dorothy Howe, esperando mal-humorado por um novo martíni. — Espero que apresentação tenha sido sucesso.

— Obrigado por ter vindo. Espero que você se divirta.

Vlad resmunga.

— Você é casado?

— Não — diz Less, meio surpreso com a pergunta. — Não sou casado.

— Você não ama a mulher?

Less fica chocado e não sabe o que responder, sobretudo porque Vlad é a primeira pessoa que não consegue ouvir seu "sotaque".

— Ah, essa decisão importante. Muito importante — diz Vlad. — Por exemplo: você vai em apresentação de mulher. E você clap-clap-clap. E não pode não ir. É crime de amor. Sentença é morte! — Ele ergue a mão e o barman chega com outro martíni. — Mas você devia casar.

Crime de amor. Less coloca a mão no lado esquerdo do peito, como se a frase estivesse bordada com fio escarlate no paletó. *Crime de amor.* Mas Freddy não está numa ilha na costa do Maine, de onde não consegue falar com ele? Não foi Less que manteve sua promessa, que está prestes a resolver os problemas deles? No tribunal do amor, quem é o criminoso?

— Decisão importante também — diz Vlad para Less —, quando comer azeitona. — Ele dá uma piscadela; Arthur já comeu a dele.

E agora a trupe Últimas Palavras cerca Less. Marjorie e as outras mulheres parecem ter se transformado, como se uma chuva mágica tivesse feito essas artistas maltrapilhas virarem *selkies,* e Thomas, com seu terno verde, Poseidon. Seu sorriso com diastema não perdeu nem um pouco do charme.

— Thomas! — diz Less, segurando a mão dele. — Obrigado por me interpretar todas essas noites.

Thomas olha para o chão.

— Ah, Archie é um grande personagem. Ele é tão... vulnerável.

Uma risada.

— É, é verdade.

O sorriso de novo.

— Obrigado pelo conselho que me deu em Breaux Bridge. Me ajudou muito.

— Conselho?

— É que Archie é um menino que sempre foi abandonado — diz Thomas, mostrando a palma das mãos. — Então, quando ele se torna homem, não conhece nenhum outro tipo de amor. E ele meio que precisa descobrir uma nova forma de amar.

Less está sem palavras. Mais uma vez, queria que Rebecca estivesse aqui para ver isso.

— Depois que te conheci, tentei fazer Archie ser como você. Sabe, um homem que é bonito de verdade, embora não se veja dessa forma. Quer dizer — diz Thomas, rindo —, não que eu seja tão bonito assim!

— Ah, mas você é! — Less consegue sentir que ficou corado.

— E agora posso dizer — diz Thomas timidamente, chegando mais perto e falando baixinho. — Eu... Eu meio que me apaixonei por Archie. — Seu olhar encontra o de Less e não se desvia.

Less ri de nervoso. *HA-ha-ha!*

Ele sente Thomas segurar seu braço com carinho, sente o calor da sua respiração quando ele chega perto e sussurra:

— Sabe de uma coisa? Você ainda não me mostrou aquela sua van.

Less fica estupefato.

— Bom...

— Arthur, achei você!

Less se vira; Thomas solta o seu braço. A srta. Dorothy sorri para ele com olhos marejados de lágrimas. No reflexo dos olhos, Less vê um jovem de terno cinza dentro de um clube particular que a convida para dançar *Carolina shag*. Talvez a chamassem de Dotty naquela época e ela usasse um vestido de segunda mão, uma garota cujo sucesso recente numa produção local de *Sortilégio de amor* acabou criando um mundo de possibilidades. Aos olhos dela, Less deve ser Jimmy Stewart.

— O que você vai fazer agora? — pergunta ela.

As joias de Marjorie piscam para ele, e Thomas pisca também.

— Viajo amanhã cedo! — diz ele, olhando para Thomas. — Tenho que fazer uma série de palestras ao norte daqui. Vou para Dover, Baltimore, Filadélfia e mais alguns lugares. — E acrescenta: — Tenho que ir.

— Isso, vá para o norte. Sabe que tem um furacão vindo na nossa direção? Melhor ir embora mesmo.

— Um furacão?

— O nome dele é Herman e dizem que parece ter saído do inferno. *Une vraie crapule*. Tenho certeza de que vai diminuir de intensidade antes de chegar à Virgínia. E obrigada por ter levado o cenário até o aterro fora da cidade! *Merci, merci!* Tenho um presente para você. Do nosso benfeitor.

Dorothy entrega a ele um envelope verde-mar. O valor do cheque (sua remuneração como artista) é ainda maior do que Estou-com--Peter-Hunt-na-linha-aguarde-um-instante-por-favor tinha dito. O coração dele se enche de alívio como um balão de gás hélio. Seu relacionamento está salvo. Ele está salvo. Precisa falar com Freddy. Mas como?

Thomas encosta no seu braço de novo e pergunta:

— Está feliz, Archie?

Less olha para Thomas, depois para o cheque, depois para a srta. Dorothy, que pergunta:

— Gostaria de conhecê-los? Eles estão aqui na festa.

— Eles? — pergunta Less.

— Um pessoal da Fundação Gantt Center. Vieram lá de Beaufort.

Ele olha para Thomas.

— Sem problemas — diz ele. Está confuso; se Lawrence Less é seu benfeitor, então quem são essas pessoas da fundação? Mas, assim que Less vislumbra as lantejoulas e as gravatas-borboleta dos membros da fundação, ele sente um tapinha no ombro. É o recepcionista, que sussurra uma mensagem urgente. Less vê a bola de espelhos no teto, a luz refletida e arregala os olhos de surpresa.

Ele diz para a srta. Dorothy:

— Desculpa, mas tenho que sair imediatamente. Já volto. — Ele se vira para Thomas, que ajeita os óculos e está prestes a falar alguma coisa. — Desculpa — diz Less. — Desculpa.

Less sai correndo do bar do Chatham Club, e os outros ficam num silêncio aturdido. Um instante depois, é claro, ele volta rápido para devolver a gravata para o recepcionista. Em seguida, nosso autor está de novo na noite molhada de Savannah. Thomas ficou lá com seu terno verde, meio atordoado, a mão no mesmo lugar onde antes estava o braço de Less.

Os representantes do Gantt Center observam a confusão perplexos e preocupados. Uma mulher, tocando seu broche (um bumerangue feito de diamantes), pergunta para a srta. Dorothy:

— Tem certeza de que aquele homem era o autor?

Uma mulher de meia-idade com duas faixas de cabelo grisalho impressionantes, segurando uma bolsinha acolchoada e um guarda-

-chuva cinza, num casaco chamativo de couro revestido com lã sintética, aguarda Less no saguão do hotel. Ela tem a aparência de uma condessa espanhola que o observa por uma luneta.

— Sr. Less — diz ela com um sorriso tão firme quanto o seu aperto de mão. — Meu nome é Xiomara. Tenho um recado urgente do sr. Mandern. — Ela abre a bolsa e pega um cartão-postal.

Meu querido Prudent,

Infelizmente, chegou a hora de eu rever minha Dolly. Xiomara vai levá-la até Palm Springs. Minha filha concordou em me encontrar lá. Será essa minha última aventura? Quanto a Rosina, deixe que ela o leve o mais longe que puder. Se ela morrer e você tiver de abandoná-la, não se arrependa! Afinal de contas, nós somos o que resta da magia antiga.

Saudações,
Parley

Rosina está estacionada ao lado de um poste de luz com lâmpada fluorescente. Less nota que a calçada está coberta de conchas de ostra. Ele abre a porta de correr de Rosina para revelar a segunda criatura mais ridícula do mundo. Dolly, dormindo, ganha consciência aos poucos, como se estivesse sob o efeito de uma velha magia, abrindo os olhos sem entender o que se passa, esticando o rabo, alongando uma pata, antes de tremer inteira de alegria com a volta de Less. Ela lambe o rosto todo de Less assim que ele a pega no colo, mas ele sabe muito bem que o verdadeiro amor dela está em outro lugar. Ele dá um beijo nela e a entrega para Xiomara, que a coloca na bolsa acolchoada. Com um sobressalto, e tarde demais, Less se dá conta de que Dolly foi sua companhia enquanto cruzavam o país, que ele se acostumou com o ronco dela assim como se acostumou com o meu, que se acostumou com a dança apache, os absurdos e os rituais assim como se acostumou com minha touca de dormir, e ele se dá conta de que os dois, muito provavelmente, não vão se ver de novo. Less faz menção de ir atrás de Xiomara, que segue seu rumo, e o guarda-chuva dela impede que Dolly olhe para trás. De todo modo, cachorros nunca se despedem.

Less se prepara para voltar à festa quando um barulho no teto da van anuncia uma chuva repentina. Ele pula para o banco do motorista e fecha a porta, mas é tarde demais; está completamente encharcado. Através do para-brisa turvo, vê a praça Orleans, administrada por um parlamento de carvalhos com suas barbas-de-velho, os braços compridos e estáticos fazem gestos sinistros de um polvo de ponta-cabeça. No meio delas, fica uma fonte que lembra um sapo, dedicada aos imigrantes alemães. A visão é escura e distorcida pela chuva.

Ele olha para as janelas-rodela-de-laranja do Chatham Club e sorri. Então coloca a chave na ignição e ressuscita Rosina mais uma vez. Os cachorros é que sabem das coisas; nada de despedidas. Ele vai escrever uma carta encantadora para a srta. Dorothy: *Obrigado, dona, pelas aulas de dança e pelo bourbon*. Ele não vai se preocupar com Thomas, que com certeza ficou maravilhado com as luzes da ribalta. Quem é que se apaixonaria por um romancista branco gay de meia-idade de quem nunca ninguém ouviu falar? Atrás dele, o são José começa a sacudir como antes. Arthur Less vai para a casa do pai. E depois para o aterro sanitário.

À noite, não há muito o que ver na área entre Savannah e a ilha; ao contrário das estradas secundárias que ele tem percorrido, a rodovia é tão genérica que Less pensa ter entrado em algum tipo de simulação estranha, até que ele sente ter entrado numa ponte e vê as placas de Sea Pines. Sem se dar conta, Less foi da terra do algodão para a terra do arroz. Quando a chuva dá uma trégua, ele faz uma parada para trocar o terno e a camisa encharcados pela única roupa que conseguiu encontrar: seu poncho sujo de lama. Vai quebrar o galho. Ele pega a saída que leva ao portão na entrada da ilha, guardado, a essa hora, por uma mulher de camisa branca com um crachá que diz STARLET. Com o cabelo loiro platinado e ondulado no estilo anos vinte e uma pinta acima do olho esquerdo, a mulher negra parece uma estrela de cinema.

— O senhor me desculpe, mas não são permitidos trailers e motor-homes na ilha.

— Como é que é? — pergunta ele.

Starlet se inclina para fora da cabine.

— Não são permitidos trailers e motor-homes na ilha.

— Mas eu vou ver o meu pai. Ele mora na ilha. A van é o meu carro.

— Entendo, mas o senhor não pode entrar na ilha com esse veículo.

— Não posso dirigir até a casa dele?

— Não, senhor.

— Posso estacionar aqui e pedir que ele venha me buscar?

— Não, senhor. De jeito nenhum.

— Por quê?

— São as normas da ilha.

— Mas por quê? A senhora mora aqui?

Starlet ri.

— Não, senhor. Não moro.

As barbas-de-velho nas árvores brilham ao redor deles como se fossem enfeites pendurados num auditório. Ele olha para a guarda e pergunta:

— Dona, se estivesse no meu lugar, o que faria?

A pinta acima do olho esquerdo se mexe quando ela ergue a sobrancelha. Starlet olha bem para Less, então fecha os olhos lentamente e depois abre de novo.

— Eu ligaria para o meu pai — diz ela calmamente.

Less concorda.

— Tá bom, vamos ligar para ele.

Ela ri.

— Eu quis dizer o *seu* pai.

— Sei que vai soar estranho, dona, mas não tenho o número dele.

— Vou pesquisar. O senhor também pode ligar para os dois estacionamentos de trailers que funcionam na ilha — acrescenta Starlet, indicando o caminho por onde ele veio. — Quem sabe eles ainda têm vagas. E aí o seu pai vem buscar o senhor.

— Ótima ideia, obrigado!

Mas no primeiro estacionamento ele recebe a informação de que, embora eles tenham vagas, só aceitam trailers "com esgoto" — o que significa veículos com banheiro.

— Por quê? Vocês não têm banheiro? — pergunta Less, perplexo; é como se a arca de Noé aceitasse tiranossauros, mas deixasse galinhas de fora. Eles explicam que são as normas da ilha. O segundo estacionamento, felizmente, não só tem vagas como aceita galinhas. No entanto, ele tem "idade mínima". Less pergunta o que isso significa.

— Bom, o senhor tem mais de 55 anos? — Less responde que não. — Então me desculpe, mas o senhor vai ter que procurar outro lugar. O resort é apenas para pessoas maduras.

É outra norma da ilha. Num lugar, ele tem o encanamento errado; no outro, a data de nascimento errada. Ele se pergunta como foi parar nesse labirinto de discriminações e como faz para encontrar uma passagem secreta. Então vê seu reflexo no espelho retrovisor: um poncho sujo de lama e um bigode loiro impecável. Mais ao fundo, ele vê Starlet. Não existe passagem secreta; ele e ela são precisamente as pessoas que sofrem discriminação.

— Senhor? — diz Starlet para Less. — Não encontrei nenhum proprietário com o nome Lawrence Less.

— Ele não mora aqui?

— Será que ele mora na casa de alguém?

— Wanda — diz Less. — Wanda alguma coisa.

Ela ri mais uma vez — uma risada calma e cristalina.

— Ah, meu amigo. Todo mundo nessa porcaria de ilha se chama Wanda!

Ele sente que há um monstro à espreita na escuridão, um Herman só dele, e sua respiração faz balançar os fios das barbas-de-velho.

A imagem de um cabelo armado faz Less lembrar:

— Y.! Wanda Y.!

Um minuto depois, ela diz que o pai dele está a caminho.

Da escuridão onde balançam as barbas-de-velho, um automóvel com os faróis acesos se aproxima; Lawrence Less desce do carro, desvencilhando-se lentamente do veículo, e anda de bengala na direção de Less. Por causa dos faróis, do posto de guarda, das palmeiras, da roupa de safári, da bengala, a cena toda lembra um romance de espião. Deveria haver uma valise de diamantes, um microchip, uma obra-prima falsificada. Será que o sr. Yes se tornou um vilão?

Seu pai está iluminado de todos os lados; seu nariz faz três sombras à la Picasso no rosto.

— Me desculpe, Archie, eles são muito exigentes aqui.

— Bom, eu provavelmente não estou usando as roupas certas também.

Um sorriso de Picasso.

— Na verdade, não mesmo.

— Vou procurar um Walmart para estacionar a van. Acho melhor não enrolar. Se você chega tarde, é obrigado a estacionar debaixo dos holofotes. Bom te ver de novo, pai.

Less se aproxima de braços abertos para dar um último abraço.

O pai não sai do lugar.

— Um mês atrás, um jacaré saiu da água e tentou comer o chihuahua de uma mulher. Pois ela lutou com o jacaré e ele comeu o braço dela. Uma tragédia terrível. — Ele balança a cabeça. — Pelo menos o jornal disse que o anel de diamantes que ela usava foi devolvido para a família. — O pai corre os olhos pela escuridão da noite no pântano. — Se o câncer piorar, acho que vou me entregar para os jacarés.

Less abaixa os braços; no fim das contas, ele não vai escapar dessa conversa.

— Todas as opções são terríveis.

— Quero que saiba que só abandonei você, sua mãe e sua irmã porque queria proteger vocês. A coisa ficou complicada. Fui parar na cadeia.

— Ouvi a história da antena parabólica — diz Less.

— Ah, essa história! — O sorriso antigo está de volta. — Archie, eu trabalhava para o governo. A questão aqui é que eu não queria abandonar vocês. Só fiz isso para proteger vocês. Você entende?

Less repete a frase que memorizou especialmente para esta ocasião:

— Eu entendi as palavras que você disse.

Lawrence inclina a cabeça para a luz.

— Archie, a gente não vai se ver de novo.

Se é o câncer ou se são os jacarés que vão separá-los, Less não faz ideia, assim como não faz ideia do que é verdade nessa história toda — a única testemunha, sua mãe, já morreu, e é possível que tudo isso seja mentira assim como as mentiras que ele passou anos ouvindo. Porém, Arthur Less sabe que esta afirmação é verdade: eles não vão se ver de novo.

Ele diz:

— Obrigado por ter tido todo esse trabalho.

Lawrence balança a cabeça.

— Não foi nada.

— Quer dizer, por ter tido esse trabalho com a turnê — explica Less. — O Gantt Center. Tudo isso. Você fez um monte de coisas só para me trazer aqui e poder se despedir. Obrigado.

Less percebe Starlet em sua cabine, bisbilhotando a conversa. Ela dá uma piscadinha para ele.

Mas Lawrence inclina a cabeça igual a Dolly.

— Archie, eu não sei do que você está falando.

— As apresentações — diz Less. — A trupe Últimas Palavras.

— Ah, isso! — Um sorriso largo. — Você pode agradecer a Wanda. Foi ela que viu o anúncio no jornal. Wanda vive pesquisando o seu nome desde que ficou famoso. Parece que você tem um duplo! Foi ela que me incentivou a ver você. Então eu vim.

Less fica parado na noite molhada, os braços inertes. É claro que Lawrence Less não organizou essa turnê, essa peça, esses honorários. Less não tinha acabado de ver os verdadeiros patrocinadores no Chatham Club? Por que Lawrence Less teria qualquer coisa a ver com o Gantt Center? Errou de novo, Arthur Less.

— Eu não entendo mais nada — diz ele.

O vento bate e, ao redor deles, as barbas-de-velho balançam como sinos. O Picasso (nossa obra-prima falsificada) se inclina um pouco para a frente, e as sombras desaparecem. Ele está todo iluminado em luz branca agora.

— Sobre o pai terrível que aparece na sua peça — diz Lawrence Less. — Filho, acho que chegou a hora do perdão, não?

Less suspira; talvez ele achasse que a conversa não chegaria a esse ponto. Talvez achasse que toda essa confusão com a van e o portão serviria para evitar complicações desnecessárias com o passado, assim como nós queremos ser poupados da dor, da vergonha e da humilhação que nos esforçamos tanto para evitar. Mas as coisas não dão certo. E talvez diante dele esteja um homem que se tornou incapaz de fazer o mal. Um mágico sem mais nenhum truque na manga.

— Pai, eu tenho mais de 50 anos. Vivi a minha vida inteira sem você. Você nem sabe por que eu vim aqui.

— Você está pronto para o perdão?

— Estou, pai — diz Less num gesto de submissão. — Estou pronto para o perdão.

— Tudo bem então, Archie — diz o pai, dando um abraço no filho com os braços robustos e o perfume amadeirado do tabaco que ele usa no cachimbo. Less não consegue evitar que uma lágrima se forme no olho direito enquanto ele abraça o pai. Então Lawrence Less, com o corpo todo apoiado na bengala, acena com a cabeça de maneira eclesiástica e diz:

[*O trecho a seguir é traduzido do alemão.*]

— Eu perdoo você, filho.

[*Fim da tradução do alemão.*]

O que se espera do passado, no fim das contas? Que ele deixe de brincar com nossos sentimentos? Que pare de fazer surpresas, de comover, de incomodar, que seja consertado de uma vez por todas — que morra? Mas o passado é como uma água-viva que, quando é ferida, vira uma bolha disforme e, a partir dessa bolha, ela dá início a uma nova vida e se torna, de certa forma, imortal. A única coisa que a gente pode fazer é ignorar esses milagres dolorosos.

— Tchau, pai — diz o sr. Yes. Ele ajuda o pai a voltar para o carro e dá um último abraço. *Você está diante do sofrimento*, diz

Less para si mesmo. *Você está vendo alguém sofrer.* Less espera os faróis do carro desaparecem no túnel escuro de árvores, volta para Rosina e ressuscita a van. No espelho retrovisor, Starlet olha para o vazio como quem teve alguma memória despertada. Tomara que ela sobreviva aos jacarés.

Quanto ao que Less queria dizer depois de fazer toda essa viagem, não há nenhuma necessidade de dizer isso em voz alta.

O vento faz as gotas de chuva nas barbas-de-velho caírem na estrada como uma valise de diamantes.

Como mágica, mesmo a essa hora da noite, Less encontra um lugar para ficar na ilha Hunting, ao norte de Savannah, e executa o que se tornou um ritual: tirar o cenário e o são José de dentro da van e colocar tudo ao lado de Rosina (o aterro vai ter que esperar). Pendura o terno cinza no espelho retrovisor por enquanto. Abre o teto de Rosina, encaixa as telas opacas nas janelas e fecha as cortinas, arruma a cama e, sentado nela, olha para o leste. Que sorte! O lugar tem até vista para o mar — palmeiras jogam seus cabelos desgrenhados de um lado para o outro diante de um céu pouco iluminado e de um oceano ainda mais escuro —, mas, como num conto popular, o encanto termina à meia-noite.

Uma batida forte à janela. Um grito (silencioso) lessiano seguido de uma batida de palmas lessiana. Ele remove a tela opaca da janela; é o responsável pelo estacionamento (uma versão negra do seu tio Chuck, com barba), que avisa:

— O furacão Herman está chegando. Achei que você soubesse. É por isso que todo mundo foi embora. Melhor manobrar e deixar a van virada para o sudeste. Assim você encara o vento de frente. Boa sorte.

Então o vento começa. Primeiro um assobio, depois um uivo; ele sente Rosina balançar um pouquinho para o noroeste e percebe que está prestes a ser arrastado para uma hostil terra de Oz. Ele faz como o homem sugeriu; liga o motor, vê para que lado as palmeiras estão se mexendo, mira na direção da tempestade e aguarda no seu caixão. Less tenta enxergar alguma coisa na escuridão, mas não há quase nada para ver, nenhum celeiro passa voando por ele, só a luz fraca dos faróis do trailer do responsável pelo estacionamento resistindo ao mesmo furacão. Arthur Less olha para o nada e ouve a chuva, martelando feito uma banda de heavy metal que não para de tocar nunca, e toca cada vez mais alto, e ele entende que não vai morrer de tristeza, nem de mágoa causada por um péssimo pai ou por resenhas negativas, como sempre havia imaginado; ele não vai morrer de aids, parada cardíaca, câncer ou acidente de carro (como dizem os avaliadores de riscos); nem de vergonha, humilhação ou arrogância; nem de cocaína, metanfetamina ou cogumelos; nem de bolinhos industrializados, apresuntado ou cigarros; nem de nenhum outro excesso insolente da vida de um homossexual nos Estados Unidos — ele vai morrer agora. Com o furacão Herman. Simples assim.

— Freddy? — chama ele ao telefone, mas está sem conexão com o mundo lá fora. No entanto, ele continua falando com o vazio: — Escada abaixo! Freddy? Freddy?

Diante dele, ondas enormes e cheias de espuma quebram sobre si mesmas na água, páginas gigantes de um romance viradas por um leitor titânico entediado que pula para o fim do livro porque quer descobrir o assassino, mas Arthur Less sabe muito bem quem é o assassino: Herman. O que Arthur Less fez, exatamente, para despertar essa antiga maldição? Riu no velório de um amor? Inundou uma comuna? Levantou os olhos para a casa da Avó Aranha? Entrou no terreno sagrado de um cemitério de cachorros? Entregou um pai doente aos jacarés? Ou será que este é o preço por subestimar o amor? Sem dúvida, um preço shakespeariano. As rajadas de vento ficam mais fortes, batendo feito um coração em toda parte, e a única coisa que pode fazer é ficar apavorado.

Crime de amor. Sentença é morte!

Ele olha pela janela e se dá conta do que esqueceu...

Primeiro, é o terno que sai voando, arrancado do espelho retrovisor e levado para uma lavanderia celestial capaz de remover lama e humilhação.

Em seguida, é sua infância. Da janela que aponta para o leste, um relâmpago ilumina o cenário e o são José. Essa luz repentina e brusca faz com esses objetos inanimados algo que o teatro não foi capaz: cobre todos com a luz mágica da realidade. Pois é apenas nesse instante (e não, como ele esperava, durante as adoradas apresentações) que eles ganham vida — as árvores, os arbustos e o próprio santo que ficava perto da casa onde morou quando criança, o são José, que seus vizinhos, os Reed, instalaram no jardim da casa deles e decoraram com ovos de Páscoa num fim de semana ensolarado —, e é claro que esse momento de renascimento, que deixa Less boquiaberto, traz consigo seu paralelo: o momento de destruição. Pois ele vê, um por um, Herman arrancar do chão os artefatos da sua infância e os lançar para dentro do seu estômago, devorando tudo, e Arthur Less só pode testemunhar como a árvore que ficava na frente da sua casa sai voando, em seguida os arbustos que decoravam a entrada da garagem e então, por fim, depois de uma pausa para Herman decidir se vai comer o prato principal ou não, o são José gira de lado na lama e, com uma última olhada do nosso herói, é enfim arrebatado pelo vento e levado embora.

O ar fica parado; é o olho do furacão que chega, anunciando que estamos num intervalo e que o pior ainda está por vir. No que talvez seja seu último ato sobre a Terra, Less se inclina para olhar pelo para-brisa e vê, no olho do furacão, como que através de uma portinhola, uma constelação...

E é aqui que devemos deixá-lo, por enquanto.

★ ★ ★ ★ ★ ★
★ ★ ★ ★ ★
★ ★ ★ ★ ★ ★

AMANHECER

Um poeta querido observou certa vez que o livro quatro da *Odisseia* tem uma das participações especiais mais discretas da literatura quando, "de seu quarto perfumado", surge em cena Helena de Troia. Não há nenhuma descrição dela, que é a mulher mais linda de todos os tempos. Talvez a beleza dela seja irrelevante e talvez sempre tenha sido; nunca saberemos.

Mas eu jamais faria uma coisa dessas com vocês. Leitores, gostaria de me apresentar:

Eu sou Freddy Pelu.

Mais ou menos quando Arthur Less estava no STAGGER LEE respondendo como era ser gay, eu estava numa festa na faculdade Down East. Minha anfitriã era uma gigante do Departamento de Alemão — gigante no sentido literal, uma mulher branca mais alta que todo mundo na festa, usando uma peruca elaborada e óculos com lentes grossas. Ela me fez uma pergunta em alemão assim que cheguei; na hora, me lembrei vividamente de Arthur Less. Fiquei sem palavras. Desapontada, ela indicou o quarto onde eu poderia deixar meu casaco e foi dar atenção a outros convidados. Entrei no quarto, vi dois jovens se beijando e saí do quarto. Abri caminho entre os acadêmicos em busca de vinho.

Encontrei vinho e, com a taça na mão, fui experimentar o frio da varanda, onde estudantes de graduação flertavam e bebiam ao redor de uma lanterna. Eles caíram na gargalhada e eu me aqueci naquele fogo; por um instante, fui tomado por uma memória com aroma de lavanda e o barulho de um bonde, eu limpando meus óculos na camisa. *Pi-pi-pu*. Quando fiz menção de sair da varanda, vi mais uma chama brilhando ao meu lado: um cigarro. Conectada a ele estava uma pessoa, um homem de gravata-borboleta; seu cabelo longo e escuro emoldurava a expressão de alguém que estava se divertindo. Algumas pessoas de sorte têm uma característica estranha que, como a impressão digital do ceramista, confere a elas uma beleza incomum; nesse homem asiático de rosto marcante, eram as orelhas que davam uma cara de menino ao seu rosto de traços fortes.

— Você não me viu aqui, viu? — perguntou o homem. Reconheci, em seu sotaque hambúrguer-hambúrguer, um companheiro californiano.

— Não vi, desculpa — falei. — Você é professor?

— De sociologia. Jason Fidelino.

Ele tinha a mesma altura que eu; achei que também devia ter a mesma idade.

— Dou inglês para o ensino médio. Freddy Pelu, de São Francisco. — Estendi a mão, mas o homem não quis me cumprimentar; ele fez que não com a cabeça.

— Me desculpe, não posso.

— Ah. — Eu me perguntei se aquilo era parte de alguma etiqueta acadêmica que não conhecia.

— O problema não é você — explicou Jason, largando a bebida. Ele apagou o cigarro numa caixinha de metal e colocou a caixinha no bolso do blazer. — Estou participando de um experimento. Foi por isso que tive que sair aqui na varanda. Bebi mais do que deveria e é arriscado ficar perto de outras pessoas.

Que alívio.

— Bom, essa é a coisa mais interessante que ouvi na semana inteira.

— Na verdade, é mais uma competição com os meus alunos de graduação. — O dr. Jason Fidelino pegou outra caixinha de metal e a ofereceu para mim: balinhas de menta. Peguei uma, assim como o sociólogo, que depois guardou a caixinha em outro bolso. Fiquei me perguntando como ele conseguia não misturar as duas caixinhas de metal. — Meu grupo tem uma teoria sobre o contato humano, o contato físico. Para testar a teoria, nós aceitamos ficar um tempo sem encostar em ninguém. Sem abraços, sem beijos, sem pegar crianças no colo. E sem cumprimentar também. Então me desculpe.

Ele fez uma reverência formal com a cabeça. Mais uma vez, as orelhas me chamaram atenção, como as asas de uma ânfora.

— Quanto tempo vai durar o experimento? — Minha língua se atrapalhou com a balinha.

— O máximo possível. A maioria desistiu na primeira semana. Eles são jovens, afinal de contas. Alguns deles estão aqui, bebendo e flertando. — Como se ele tivesse apertado um botão, todos os estudantes riram juntos. Jason continuou falando: — Não conseguem viver sem toque. Agora, só sobramos eu e um aluno chamado Hari. — Ele olhou para mim. — Faz seis meses.

— Seis meses — repeti de maneira automática, assim como tinha aceitado a balinha de menta. — Nossa, você não encosta em ninguém tem seis meses! E o que aprendeu com isso?

Jason me analisou por um instante com um sorriso.

— Vou te contar uma coisa. Cinco anos atrás, eu tive um ataque cardíaco.

— Meu Deus!

— É, eu sei. Eu tinha só 25 anos. — Fiquei chocado ao perceber que ele era muito mais novo que eu. Jason continuou: — Meu médico disse que o meu coração não aguentava nenhuma pressão; então, tive que tomar uma decisão e escolher amor ou queijo.

— Você teve que fazer essa escolha? Entre amor e queijo?

— Eu tive que fazer essa escolha. E, Freddy — disse Jason, dando um sorriso pesaroso —, eu escolhi queijo. — Eles ouviram o som das castanhas que caíam no telhado da casa. — Acho que sou uma dessas pessoas que conseguem viver sem. Talvez Hari seja assim também.

Eu disse:

— Mas você deve enfrentar todo tipo de tentação.

— Eu faço natação em águas geladas — disse Jason. — Isso me ajuda com as tentações. E o fato de ser asiático e gay na Nova Inglaterra... bom, isso me mantém solteiro.

— E Hari?

— Ele é surdo e bengali. Somos intocáveis.

Ele passou a mão pelo cabelo comprido e olhou para os estudantes.

Mas, como um detetive amador, me vi analisando as experiências daquela noite e identificando uma pista crucial que não tinha percebido antes.

— Hari está aqui na festa?

— Deve estar em algum lugar, se já não foi embora. Como eu disse, é um ambiente arriscado. Ainda mais com as bebidas! — Ele pegou o palito dentro do seu drinque e comeu a azeitona espetada nele.

— Acho que vi Hari beijando uma garota.

— Hari? — disse Jason, chocado.

— Alto, cabelo cacheado, óculos de armação transparente? Ele estava beijando uma garota no quarto dos casacos. Achei que não fosse nada de mais.

— É ele! — disse Jason e ficou olhando para o chão. — Meu Deus.

— Qual é o problema? — perguntei. — Você ganhou.

Ele olhou de novo para os estudantes. A lanterna iluminava cada movimento do seu rosto: a curva das bochechas, a cavidade sob o lábio. Parecia haver vários jovens bonitos ao meu redor. Fiquei pensando em quanto tempo fazia desde que eu tinha sido tocado pela última vez.

— Para falar a verdade, é um pouco estranho — disse ele. — Desenvolvi uma espécie de... determinação. Nadando em águas geladas.

Perguntei a ele qual era o prêmio.

— Uma peça de queijo.

Jason deu um sorrisinho. Os estudantes riram de novo e tomei um gole de vinho. Jason parecia perdido em pensamentos e prazeres, talvez imaginando seu troféu.

Perguntei:

— Quer tentar?

— Tentar o quê?

Sorri e estendi a mão. Jason a analisou com atenção, como se fosse uma quantia enorme de dinheiro, mas não pegou nela. Em vez disso, colocou a palma da mão no meu peito, por baixo da minha jaqueta. O homem olhava apenas para sua mão e parecia estar respirando fundo. Estávamos ouvindo o falatório dos estudantes e o tilintar de taças e copos. Então, desabotoei uma parte da camisa e Jason, que ainda olhava só para sua mão, afastou o tecido e colocou a palma na minha pele. Senti seus dedos gelados se aquecerem com o calor do meu corpo, vi sua expressão de espanto e vergonha, senti a batida do meu coração migrando para o outro homem. Talvez tenha sido o vento derrubando as castanhas, com um barulho que parecia o de uma carroça de funileiro em movimento, que fez o momento ser demais para seu narrador, que irrompeu em lágrimas inexplicáveis.

Jason recolheu a mão e, por fim, olhou para mim. Ele também estava chorando. Abotoei minha camisa envergonhado e tentei, sutilmente, secar as lágrimas. Jason desviou o olhar e respirou fundo.

— Obrigado, Freddy — disse ele de um jeito calmo e formal. — Agora, posso voltar para a festa.

— E receber o seu queijo.

— E receber o meu queijo — disse ele. O rosto de Jason era todo luz e sombra com ele ali, parado. Então meu nome veio dos seus lábios: — Freddy! — A expressão em seu rosto era de pânico. Devagar, ele se aproximou de mim e abriu a boca como se fosse dizer alguma coisa. Fechou a boca e engoliu as palavras. Perguntei o que era, mas ele balançou a cabeça e disse: — Nada.

Acho que ele quase disse mais alguma coisa. Mas, depois daquelas palavras, desapareceu dentro da casa da mulher gigante e eu fiquei lá, sentindo uma espécie de medo em suspenso. O que ele queria dizer? E, se tivesse dito, o que eu teria feito? Como descrever a sensação que experimentei?

Incerta.

Na manhã seguinte, enquanto Arthur Less estava ouvindo Gwen na Fazenda Gillespie, eu já não estava mais na conferência de professores para discutir a quebra da estrutura narrativa; em vez disso, quebrei minha própria estrutura narrativa. Abandonei a história por completo. E peguei um ônibus rumo a Down East (como eles chamam no Maine). Passei quase um mês no centro de convenções, e a única coisa que vi foi uma gaivota com uma pinta no rosto em busca de um porto inexistente, mas, assim que o ônibus partiu, enfim comecei a ver a paisagem do Nordeste: as pirâmides de balas de canhão que pareciam doces expostos numa loja de guloseimas, as mansões imitando templos gregos que se alternavam com os escombros de fábricas abandonadas, os faróis de mentira (sem litoral) que vendem artesanato feito com bolachas-do-mar e estrelas-do-mar e aqueles brechós nos quintais, milhares deles, com artigos que acabam sendo destruídos pelo tempo — pianos, sofás, panelas de ferro fundido, pinturas, cartazes, animais empalhados —, como se não fossem itens à venda, mas oferendas aos deuses. Quando o ônibus fez uma curva, tive um vislumbre do oceano Atlântico! Finalmente. Era impressão minha ou aquele era o torso nu de um homem nadando nas águas frias da baía? Era um nadador de águas geladas ou um monstro mítico, um ictiocentauro com metade do corpo escondida pela maré? Mas o ônibus seguiu viagem e ele ficou para trás, dando lugar a um poço dos desejos. E depois a um cemitério. E depois a um mercado em que o sol batia nos peixes e eles pareciam feitos de lantejoulas, o que me fez lembrar de uma história que Less contou sobre um menino no Arizona.

Ao abandonar a minha conferência, acho que senti a mesma bravura que Less sentiu atravessando o deserto de Mojave com um velho e uma pug, um quixotismo, lutando contra parques eólicos e usando uma lata de lixo como capacete. Fui levado de um ônibus a outro — como um refém que precisa ter o paradeiro despistado — e, finalmente, cheguei ao meu destino à beira-mar: o Terminal de Balsas Rockland. O país é tão rico e prodigioso que a ideia de a balsa não funcionar no fim do outono jamais passou pela cabeça de um californiano como eu. Sorri para a placa numa barraca de lagostas ali perto (fechada com tábuas), entretido com as palavras que eu um tanto obstinadamente me recusava a conectar com meu próprio destino:

FECHADO ATÉ A PRIMAVERA.
POR QUÊ?
TÁ FRIO!

— Não tem valsa hoje.

A voz veio de trás de mim.

Eu disse:

— Como é que é?

Uma mulher de meia-idade com roupas amarelo vivo equipada para enfrentar o mau tempo me encarou do outro lado da marina. Óculos de leitura aninhados no cabelo branco-dente-de-leão. Ela agia como se estivesse me esperando havia dias.

— Não tem valsa hoje — disse ela. — Mas eu te levo.

Ela usava um colar de contas com o pingente de uma baleia-azul.

— Não tem *balsa* — repeti assim que a minha mente corrigiu a primeira frase, então reagi à segunda: — Mas você não sabe para onde eu vou.

A mulher me olhou de cima a baixo.

— Você está indo para Valonica, né?

— É.

— Eu te levo. — Ao ser perguntada sobre o preço, a mulher mencionou um valor com que a maioria dos professores de ensino médio não está acostumada a lidar. Ela me disse que seu nome era capitã Eliot Morison, de Gay Head (nação wampanoag). E não, ela frisou, Elliott Morrison, ou Elliot Morisson, ou qualquer outra variação: — Um L, um T, um R, um S. Pagamentos em dinheiro ou cheque.

— Ah.

O mar e o céu eram de um cinza profundo. Na minha frente, as bandeiras no alto do galpão tremulavam com o vento: a bandeira do estado do Maine tem um escudo de prata com um pinheiro e um alce, ladeado por dois homossexuais que flertam um com o outro. Acima dela, a bandeira dos Estados Unidos parece bem menos extravagante: quatro dúzias de ovos com bacon. Olhei de novo para a mulher de capote.

— Dinheiro ou cheque — disse ela. — Um L, um T, um R, um S.

Depois que fiz o pagamento, a capitã Morison sorriu pela última vez naquele dia e nos lançamos ao mar, como que aceitando o nosso destino, rumo ao isolado condado de Penobscot, onde fica a ilha de Valonica, que (de acordo com o panfleto da balsa) é "o primeiro lugar dos Estados Unidos que vê o sol nascer".

Na minúscula Valonica, encontrei uma casa *saltbox* com a placa POUSADA DA VIÚVA DE BALEEIRO MAIS VELHA DO MUNDO e bati à porta. Quem me atendeu foi uma mulher branca de idade com os olhos incrustados nas profundezas do cânion rosa e ameaçador do seu rosto.

— Sra. Nicholson? — perguntei.

— Meu jovem, você está falando com a Viúva de Baleeiro Mais Velha do Mundo! — gritou ela, tremendo de indignação enquanto uma das mãos segurava um xale xadrez cobrindo os ombros.

— Me desculpe — falei com uma pequena reverência. É claro que eu não fazia ideia do que isso significava, a não ser pelo fato de que talvez tivesse que procurar outro lugar para dormir. Infelizmente, a ilha se resumia a um tanque de lagostas, algumas praias de pedras com a presença chapliniana de papagaios-do-mar e a POUSADA DA VIÚVA DE BALEEIRO MAIS VELHA DO MUNDO.

— Meu falecido marido, capitão Nicholson — informou ela com uma expressão severa, os olhos eram de um cinza de caneca de estanho derretida para fazer munição —, estava na tripulação do *John R. Manta*. Que viajou para New Bedford em 1927 e era o último navio baleeiro da Nova Inglaterra. — Ela balançou a cabeça, o cabelo grisalho habilmente penteado e amarrado num coque. — O último! Já não existia mais nenhum.

Gaivotas pousavam no telhado, ouvindo a mulher falar. Ao longe, um sino bateu no ancoradouro. Sorri, coloquei a mochila no chão e gentilmente puxei um assunto específico:

— É que eu reservei um quarto...

— Nem me fale do *Andarilho*! — disse a sra. Nicholson de repente, fazendo um dedo emergir do xale, apontando para cima. — O *Andarilho* nunca mais voltou! A gente voltou. — Ela baixou o dedo. — Eu estava com ela.

As gaivotas e eu ficamos perdidos com a mudança de gênero.

— Com quem?

— Com a tripulação do *John R. Manta* — disse ela com um aceno de cabeça. — Eles me pegaram nos Açores e, um ano depois, a gente se casou. — A sra. Nicholson deu um sorriso acanhado. — Fui uma noiva muito jovem.

Como era ser esposa e viúva de um baleeiro? Após anos no mar, os maridos voltam — quando voltam — depois de ter testemunhado coisas inimagináveis, lutado contra o desconhecido e, de alguma forma, vencido? Tudo isso para ganhar um trocado que mal dava para cobrir os gastos acumulados? Imagino que era como ser casado com um romancista. Gostei dela imediatamente.

Ela sorriu.

— Sabe, meu jovem, você me faz lembrar do meu grande amor.

— O capitão Nicholson?

Tive a impressão de que ela não me ouviu direito e ficou contemplando as folhas de outono (como a natureza deve ter intimidado os puritanos!). Então ela falou comigo.

— Não, não — disse ela às pressas. — Vem, entra, está chegando uma friagem...

Todo dia de manhã, eu acordava com o nascer do sol e os sinos do ancoradouro. Quando foi que eu e as manhãs nos demos bem?

Na minha juventude, era muito difícil acordar — a cama bagunçada, o dia bagunçado —, mas, aqui em Valonica, a sensação era de que alguma coisa tinha sido consertada à noite, como que por duendes. Alguma coisa estava mudando — eu estava mudando. Já tinha acontecido antes, quando acordei numa manhã e vi o céu azul da cor dos olhos de Less, quando cruzei o mundo só para ver esse azul todo dia, quando esperei na frente da casa de Arthur Less, descartando todos os planos que o mundo tinha para mim. E na manhã seguinte: a luz do sol atravessando a planta na janela para iluminar a cama branca e o corpo dormindo nela. Um emaranhado de cabelos loiros e finos, as bochechas vermelhas. E eu, olhando para Less enquanto ele dormia. Cheio da energia do amor. O que aconteceu com ela? Para onde foi a linda experiência de viver juntos, a experiência que ele e Robert tiveram? Será que perdi esse momento? Ou ainda vai acontecer?

Em Valonica, nada era azul. A paisagem era invertida; agora, o oceano estava no céu, com suas ondas e espumas, a superfície abaixo parecia meramente refletir as ideias turbulentas do clima. Há quanto tempo as coisas são assim? Desde sempre? Ou tudo estava mudando como eu?

Durante a minha estada com a sra. Nicholson, acabei fazendo caminhadas ao redor da ilhazinha; uma volta completa levava quarenta minutos. E meu ponto favorito era um marco de pedra com o nome de um pescador morto, um número de identificação, a longitude e a latitude da sua morte no mar e as palavras IRMÃO, MARINHEIRO, MARIDO, AMIGO. Era do capitão Nicholson. Falei sobre isso com a viúva dele, que pigarreou do mesmo jeito que pigarreou quando eu quis saber seu nome e quando disse que queria ver uma baleia.

— Não tem como nessa época do ano — informou ela enquanto mexia o seu caldo de bacalhau e o fogo tiquetaqueava igual a um relógio. Ainda mais improvável: ver um alce. Mas continuei visitando o marco do marido dela, prestando atenção nas oscilações da água que, para mim, pareciam formar uma sucessão de rios e lagos numa paisagem cinza sob um céu de nuvens cinza. Um causo: quando eu era criança, meu filme favorito era *O mágico de Oz*, e eu sabia que ele começava com um céu de nuvens cinzentas igualzinho a esse. Toda vez que aparecia na televisão em preto e branco uma cena com nuvens cinzentas, eu batia palmas bem feliz. Eu me decepcionava com frequência, mas nada podia me dissuadir; sempre achava que era o começo de *O mágico de Oz*. E a vida tem tantos encantos que, numa dessas vezes, era mesmo.

Outro causo: numa tarde em Valonica, eu estava no marco de pedra e notei um tom diferente de cinza na água, um corpo rugoso que se movia sob uma espuma cremosa até que um esguicho voou alto, como uma fonte.

— Lá está ela! — gritei para absolutamente ninguém. — Lá está ela! — E a baleia emitiu um som, voltando para o fundo.

Não quero saber de contos populares. E não quero saber de histórias cheias de esperança.

Então fiquei lá com a sra. Nicholson, ouvindo histórias e comendo mingau e ensopado de lagosta, e enfim descobri que seu nome era Adele. Numa noite em Valonica, andando pela ilha, embriagado com um senso de liberdade (e talvez também com as bebidas da despensa de Adele), arremessei meu telefone no mar para que se juntasse ao marido de Adele em seu túmulo. Ele não fez barulho nenhum ao cair na água. Agora, eu estava perdido. Fiquei lá, na companhia dos papagaios-do-mar, trabalhandó num livro que estava na minha cabeça havia bastante tempo, mas que eu nunca tinha tido confiança para escrever, um livro sobre uma viagem ao redor do mundo baseada nas histórias que ele me contou e na minha imaginação: uma história de amor.

Vamos voltar para Arthur Less.

Chegamos à parte da história que pode ser chamada de "Dolly desaparecida". Depois de sobreviver ao furacão, e com menos carga que antes (agora é só Less com seus parcos pertences, que incluem a camiseta e o short do corpo), Rosina deixa Savannah rumo ao norte, e uma tristeza combalida toma conta da viagem. Os quilômetros são rodados e as rádios locais se alternam como numa corrida de revezamento. Dolly deixou um vazio. Less o preenche com comida — do bar com candelabro de cristal da Childress House, onde um barman branco de olhos arregalados fica encarando Less enquanto serve a torta de camarão, ao precário Rhoda's Famous, um barracão onde Less ocupa a mesma mesa da velha Rhoda (turbante preto e contas), que serve torta de batata-doce e fala da época em que o lugar era uma *juke joint*, enquanto sua neta (tranças vermelhas, dois dentes de ouro) parece exausta enquanto prepara um cozido com frutos do mar e avisa "Assim não, mamãe!" quando Rhoda tenta chamar sua atenção usando um mata-moscas. Não existe mais uma pug inquieta esperando por Arthur Less quando ele volta para a van, ou latindo sem parar nos estacionamentos de trailers, que não são mais administrados por hosts com cones de trânsito, mas por funcionários eficientes que trabalham protegidos por telas de acrílico. Esses funcionários não tentam adivinhar de onde Less é. Nenhum doido tenta dormir com ele à noite. Ninguém bate no vidro da van. Por enquanto, Arthur Less está sozinho de verdade.

Essa é a noite da Superlua do Castor. É o que o rádio diz bem alto na livraria/loja de donuts em Rocky Mount, na Carolina do Norte, onde Arthur Less ocupa uma mesa enfeitada com o rosto de H. H. H. Mandern. Será que ele já está com a filha e com Dolly? Less tem diante de si quatro donuts: bacon, bacon, bacon e bala de gelatina; está considerando as suas opções quando ouve as palavras *Superlua do Castor* serem anunciadas bem alto no salão. Ele se vira para a atendente atrás do balcão.

— Com licença, o que foi que ele disse?

A balconista é uma jovem cujos cílios postiços pairam no rosto feito periquitos num caramanchão.

— Ele disse Superlua do Castor.

— Achei... que tinha ouvido errado.

Ele dá uma risadinha idiota.

— Uma superlua é quando a lua fica cheia no ponto mais próximo da Terra — explica a jovem, bem séria. — Eu faço astronomia.

— E o que o castor tem a ver com a história?

— É como chamam a lua cheia de novembro. A lua cheia de janeiro é a Lua do Lobo. A minha favorita é a de agosto — diz ela, então se debruça sobre o balcão. — Lua do Esturjão. — Ela dá de ombros com uma expressão de *você não faz ideia*. — Lua do Esturjão! Enfim, vai ser a maior lua que já se viu. Por volta das nove da noite, saia na varanda. O tempo até que está agradável para novembro.

— Eu poderia trocar esse donut de bala de gelatina? Não me dei conta...

— O senhor me desculpe, mas não fazemos trocas nem aceitamos devoluções.

— Ah.

— E vê se não perde a Superlua do Castor.

Ao cruzar o estacionamento na direção de Rosina, ele se lembra de uma senhora navajo. Lá, na encosta pedregosa: a água vertendo das rochas.

Ele verifica as mensagens e descobre que (jurado distraído) perdeu a votação final do prêmio, que foi no dia anterior. Fica sabendo disso não por Finley Dwyer, que parece impossível de ser encontrado, mas por Freebie.

— Ainda posso dar o meu voto mesmo assim? — diz Less, apavorado enquanto tenta administrar a conversa telefônica, a navegação e o câmbio manual. — É que ontem eu tive um imprevisto. Mandei uma mensagem.

— A gente chegou a falar disso! Eu defendi você. Mas Finley disse que, se a gente começasse a ser flexível com as regras agora, a coisa não ia acabar bem.

— Mas *acabou* ontem. Vocês estariam sendo flexíveis com as regras no *fim* de tudo.

— Sinto muito, mas ontem a gente votou para tirar você do júri.

— Quê?

— Sei que não ajuda, mas eu me abstive.

— Obrigado, Freebie.

Less esfrega os olhos com a mão. Lá se vai o dinheiro. Bom, o último cheque que ele recebeu vai ajudar a cobrir eventuais insuficiências financeiras.

O conselho decidiu expulsá-lo permanentemente de Ambrogio.

— Na verdade, isso resolveu vários problemas — diz Freebie. — Finley queria dar o prêmio para Natasha Ashatan, mas ela é poeta, claro. Vivian queria Michael Saint John, mas esqueceu que ele tinha vencido no ano passado. Edgar votou em Overman, complicando ainda mais a situação.

— Achei que não era assim que se escrevia sobre gays.

— Complicou ainda mais a situação.

Um caminhão buzina, e ele percebe que está no meio das faixas.

— Freebie, para ser sincero, eu tenho que...

— Descartamos todos os votos e começamos de novo. Finley escolheu quem ele queria desde o começo. Enfim, foi o único jeito que encontramos de chegar a um acordo. Mas não posso te contar quem é o vencedor, Arthur.

— É sério, Freebie...

— O anúncio vai ser feito na segunda!

— Ótimo, tenho que desligar...

— Vejo você em Nova York! — diz Freebie antes de encerrar a ligação, parecendo ignorar o fato de que Less não fazia mais parte do júri.

Less respira fundo e tenta não pensar em mais essa vergonha. Afinal de contas, amanhã começa sua turnê de palestras pela Costa Leste! Ele vai ganhar sua pequena pilha de dinheiro para somar com as outras pilhas de dinheiro e algum milagre vai dar conta do resto. Pois homens como Arthur Less sempre se salvam no fim, não?

Assim que ele cruza das Carolinas para a Virgínia — e é estranho como ele sente a mudança —, a paisagem se transforma, como se fosse uma maldição que chega ao fim para revelar aspectos familiares: a linha irregular de árvores se resume a bordos vermelhos, cornisos floridos e tulipeiros; os insetos (que atormentam quem faz paradas na estrada desde Palm Springs) sofrem uma metamorfose e deixam de ser bichos exóticos que rastejam em urinóis para virar os bons e velhos pernilongos; a grama da estrada assume um tom verde banal, o céu é de um cinza prosaico; até o ar perde o perfume à medida que as partículas exóticas dessas últimas semanas desaparecem, dando lugar a asfalto e folhas queimadas, e agora, ao passar por uma ponte, ele sente o cheiro de lama e pedra molhada: o rio Potomac. O encanto se desfaz e o mundo ao redor de Arthur Less perde um pouco da emoção e da glória, tornando-se rotineiro e seguro — a sensação de voltar para casa.

Ele passa pela vila colonial com iluminação a gás de Alexandria, onde, de um lado da estrada, comensais brancos são servidos com réplicas das refeições de George Washington (carneiro com batata-doce) e, do outro lado, famílias negras se sentam nos degraus das casas, conversam e dividem um bolo simples de massa colorida.

Mais para o norte, na modesta Rockville, ficam os túmulos de F. Scott e Zelda Fitzgerald, destinados a passar a eternidade ao lado de um shopping. Less cruza o rio Potomac e aqui está: Washington, D.C., a austera cidade cinza da lei! Ele conhece bem essa rota e, depois de alguns arranhões, a agulha percorre fácil as ranhuras no vinil da memória.

Nas janelas à sua direita, vocês podem ver o local exato em que o adolescente Arthur Less trabalhou como garçom por três verões infelizes: o Thee Wayside Inn, supostamente fundado em 1784 e supostamente visitado pelo presidente George Washington. Less era forçado a usar culotes e tricórnio em ambientes à luz de velas, cumprimentar visitantes com "Saudações!" e se referir a eles como "Meu caro" e "Minha cara". Seus sapatos de fivela ficaram surrados de tanto percorrer as mesas, e seu vocabulário retrocedeu ao patoá do século XVIII. "Saudações, minha cara!", dizia ele para a irmã, Rebecca, que respondia com um: "Vai se foder." O sofrimento do nosso herói terminou quando ele chegou ao trabalho um dia e encontrou uma equipe de bombeiros examinando uma pilha de madeira molhada e escurecida onde antes ficava o Thee Wayside Inn. Esses homens dos tempos modernos olharam para Less de culotes e tricórnio e talvez tenham visto nele um jovem Rip van Winkle.

Nessa época, no entanto, ele vivia a apoteose da sua humilhação. Vamos rememorar uma noite particularmente terrível, quando um *quarterback* da escola DelMarVa High comemorou seu aniversário lá. O *quarterback* que, com seus amigos, sempre tirava sarro do desajeitado Less enquanto recitava o juramento à bandeira:

— Juro *veadagem* à bandeira dos Estados Unidos da América... — E que, naquela noite, sentiu uma satisfação cruel em ver Less de meias antigas, culotes e tricórnio e servindo um doce flamejante enquanto entoava: — Hurra! Hurra! Hurra!

O calor da sobremesa, da estalagem em chamas e da vergonha adolescente começa a diminuir assim que Less cruza a grande Bay Bridge sobre a baía de Chesapeake. A luz do sol é refletida nas águas escuras que desembocam no Atlântico. Os veleiros estão navegando hoje, e em algum lugar lá embaixo fica um estabelecimento ao qual a mãe o levou um dia, um restaurantezinho à beira-mar com mesas cobertas de papel pardo onde baldes de caranguejos-azuis eram servidos e o Arthur Less adolescente recebeu um martelo e uma instrução: fazer o que o seu coração mandasse. Ele atravessa os pântanos a leste de Maryland e quilômetros de pequenas propriedades agrícolas descuidadas, e, a certa altura, encontra obras na estrada, incluindo uma mulher grávida com cabelo loiro e comprido, um capacete laranja de construção e uma placa dizendo PARE que obriga Less a parar por dez longos minutos, tempo em que ela não desvia os olhos dele, até virar a placa e exibir um DEVAGAR — e a isso ele agradece com um aceno de mão. Por um breve instante, imagina como deve ser a vida dela. O pensamento se dilui ao longo de mais alguns quilômetros de propriedades até que ele cruza a Linha Mason-Dixon.

E agora está em Delaware.

Cruze a parte baixa do estado e você vai chegar, é claro, ao Atlântico, e a cidade a que vai chegar se chama Rehoboth. Ela se parece com várias cidadezinhas litorâneas do Médio Atlântico, com suas balas de caramelo salgado, seus parques de diversões com carrinhos de bate-bate e algodão-doce, suas praias sujas e depois limpas pela maré, enfeitadas duas vezes por dia com algas marinhas. Existe uma centena de cidadezinhas assim. A diferença é que esta é LGBT. Ela nem sempre foi LGBT; antes, era um retiro cristão à beira-mar. Mas as coisas tomaram outro rumo. Vai saber por quê! Vai saber por que as coisas acontecem do jeito que acontecem nos Estados Unidos!

A casa é uma daquelas casas de praia sobre palafitas, e Less sobe a escada e bate à porta. Quem abre é uma mulher com uma nuvem de cabelo grisalho, lábios finos, nariz pontudo e um queixo proeminente que lembra os invasores vikings da Tapeçaria de Bayeux.

— Saudações, meu caro Less! — diz a irmã. — Você deixou o bigode crescer!

— Como ele estava?

Os dois estão na cozinha da casinha dela, tábuas paramentadas com redes de pesca e estrelas-do-mar; tudo é rústico e simples a não ser por uma parede com vista para o mar que, como o único luxo de um santo eremita, é magnificamente feita de vidro. Less está sentado num banco usando um moletom emprestado; Rebecca está cortando cebolas. O Atlântico que marcou suas infâncias brilha no ar do outono.

— Inofensivo — responde Less.

Ela sorri com uma cerveja Dewey na mão.

— Viu só?

Rebecca está de suéter, mas um que não tem nada a ver com o daquela fatídica Páscoa; é preto com uma listra branca nas laterais. Ela conta para Less que usa esse suéter quase todo dia; a vida ficou mais simples.

— Quase inofensivo — alerta Less. — Rosa, careca, velho.

— Você não está feliz de ter ido lá?

— Ele disse que me perdoa. *Ele me* perdoa! — Less estremece com o desaforo final: — Em *alemão*!

Rebecca joga as cebolas numa panela.

— Archie, é isso que as pessoas que estão morrendo dizem. Elas dizem que te amam e te perdoam. Acho que o próprio hospital fornece esse roteiro.

— Ficou faltando a parte do *amor*. E ele ficou bravo com alguma coisa que eu escrevi. Foi muito estranho. Daí ele me convidou para ir na casa dele... Quer dizer, a casa não é *dele*...

— "A peça da nutrição".

— Quê?

— Ele ficou bravo porque você o colocou em "A peça da nutrição".

— O pai é fictício; é um personagem que eu inventei com várias inspirações, ninguém entende isso... — Less suspira.

Rebecca não diz nada. Less olha para o mar e para a confusão de algas marinhas e lixo que a maré arrasta até a praia.

— Ele foi atencioso e... a casa nem é dele. Ele está dando o golpe numa ricaça chamada Wanda. É sempre assim. E eu... — Ele fecha os olhos de vergonha. — E eu, idiota, achei que ele tinha bancado a minha viagem.

— Ai, Archie.

— Não é culpa dele — diz Less para ela, largando sua cerveja Dewey (uma centelha de memória). — Eu estava convencido de que ele estava por trás de tudo. De que ele era rico e estava me ajudando com dinheiro... mas é claro que não. Ele ficou sabendo da peça pelo jornal. Não, Wanda ficou sabendo pelo jornal. Ele é do tipo que se junta com uma mulher para ter estabilidade e vive contando mentiras... — Ele vai baixando a voz enquanto olha para o mar.

— Archie?

Less diz:

— Fiz essa viagem toda porque queria dizer uma coisa para ele, mas me dei conta de que não precisava dizer.

Rebecca fica em silêncio.

— É simples. Eu queria dizer: "Não quero ser que nem você."

— Ai, Archie.

— Mas eu sou.

— Não é, não.

— A arrogância. O jeito Robert de ser. Talvez eu seja assim mesmo. Freddy acha que eu sou.

— Isso é besteira sua, Archie. Besteira sua.

Um passarinho faz: *Pi-pi-pu. Pi-pi-pu.*

Less seca os olhos, dá uma risadinha e pergunta:

— E você? Ainda toca o sininho para chamar a empregada?

Ela sorri.

— Ah! Que bom que perguntou. Foi demitida.

— Está difícil mesmo encontrar uma boa empregada.

— Em vez disso, eu tenho meio que uns... tremores. É bem refinado. Como se eu fosse uma viúva endinheirada e você dissesse que eu tinha que andar de ônibus, e eu meio que... — Aqui Rebecca fecha os olhos, ergue as mãos e treme fazendo uma careta de desgosto. — Faço igual a Maggie Smith.

— Isso significa que a sua ansiedade diminuiu?

Ela diz:

— O meu médico não sabe. Ninguém sabe. Sou uma aberração. Acho que a minha ansiedade está ficando velha. Que nem eu.

— Mas continue refinada.

Um gesto de impaciência.

— Ah, sim! Acho que isso é simplesmente quem eu sou agora. Sua amiga Zohra me disse que é o preço que tenho que pagar por ser divorciada e feliz num país puritano. Acho que, numa versão para o cinema, tipo aquelas comédias dos anos oitenta, Steve Martin seria um peregrino que sofre a maldição de uma bruxa e viaja no tempo e ele fica bem pequenininho e acaba vivendo dentro da minha cabeça. E a bruxa é Lily Tomlin e ela é imortal, e hoje ela é dona de uma empresa de petróleo, e eu trabalho para ela, ou algo assim.

Less ergue as sobrancelhas.

— Você tem algo especial aí nas mãos, hein.

— Boa! — Ela ergue as mãos de novo e treme, e os dois riem da coisa horrível que aconteceu com ela. — Ah! Chegaram umas cartas para você. — Ele lembra que pediu para a correspondência ser encaminhada da cabana para a casa da irmã e descobre, em meio à pilha de contas, um cartão com a mensagem *Querido Arthur, visitei Robert hoje e posso dizer que fantasmas não existem. Hoje terminei meu último tapete. Espero que esteja bem. Com amor, Marian.*

— O que é isso? — pergunta Rebecca.

Ele começa a dar uma explicação sobre uma dívida, uma tecelã e um poeta...

— Não, Archie, na outra mão. — Ela está apontando para a mão direita de Less, que segura uma caneta que ele tirou do bolso da camisa, talvez como um reflexo ao ver as contas. — É a caneta da mamãe?

— É.

Ela franze a testa.

— Espera aí, você roubou a caneta depois do velório?

— Acho que você não lembra, mas a gente falou sobre isso — explica ele, calmamente. — Ela estava entalada. A tampa; acho que a tinta vazou e secou, sei lá; você disse que eu podia ficar com ela.

— Não me lembro de ter dito isso.

— Bom — diz ele —, acabei ficando com ela. E a tampa estava entalada para sempre, ninguém conseguia abrir a caneta. Nenhum dos meus amigos, ninguém, e isso acabou virando piada lá em casa. Robert dizia que quem conseguisse separar a tampa da caneta "seria então, por direito, rei da Inglaterra"! Queria ter esse direito. — Less ri.

Rebecca pergunta quem conseguiu abrir a caneta.

Ele conta como, numa manhã, estava numa ligação e pediu uma caneta, então recebeu a caneta que tinha sido da mãe milagrosamente destampada. Sem mais nem menos, a caneta da mãe. Como se não fosse nada.

— E, de todas as pessoas que tentaram tirar a tampa da caneta — diz ele —, foi justamente Freddy que conseguiu.

É isso aí; fui eu.

— A espada na pedra — diz ela, simplesmente.

Uma pausa.

— É, acho que sim — diz ele. — A espada na pedra. O que a gente vai jantar?

Bolinho de siri, claro. Típico de Delaware. Bolinho de siri e salada de manga com molho de curry, um prato que a mãe deles costumava fazer quando se dava ao luxo de comprar carne de siri — quando fazia aniversário ou recebia visita dos filhos —, e, como sempre, foi desfrutado com reverência. Porque, apesar de terem crescido numa cidade à beira-mar, era raro comerem esse tipo de prato; a mãe deles era de uma cidade no interior da Geórgia e não tinha dinheiro. Comer um peixe inteiro, mariscos ou mexilhões era tão bizarro para ela quanto sushi para os pais dela. Como diria Cookie, a avó de Thomas, cada um vive uma experiência diferente. Depois do jantar, eles fazem uma coisa que a mãe deles jamais faria: dar uma volta na praia numa noite de outono.

Less usa o poncho. Rebecca pegou um cobertor e trouxe todas as garrafinhas do frigobar. Ela pede desculpa por não ir ao evento dele amanhã.

— Eu vi um cartaz e... — Ela ri.

— Ai, não.

— Não é você na foto, Archie!

— Eles sempre fazem isso!

Eles riem, então vão até as pedras e voltam. A vista agora é das casas de praia, quase todas vazias e lacradas por causa das tempestades de inverno, mas algumas têm luzes acesas mesmo na baixa temporada. Dá para ouvir uma festa numa delas; Rebecca diz que são suas amigas lésbicas. Eles poderiam dar uma passada lá, se ele quiser fazer uma reuniãozinha, mas Less recusa. Diz que precisa estar bem para a palestra do dia seguinte — falta só mais essa etapa para quitar o débito! Sua Turnê de Palestras. Quase dá para ouvir as letras maiúsculas no seu tom de voz. Mas Rebecca não quer saber da turnê de palestras.

— Como estão as coisas com Freddy?

Less respira fundo e fecha os olhos.

— Bee, ele fugiu para uma ilha na costa do Maine. Por causa de um projeto que eu não sei o que é. Disse que alguma coisa tem que mudar na gente.

— Na gente?

— Entre a gente. — *Romeu e Julieta e Robert.* — Mas ele não falou o quê!

— Esse é o cara que cruzou o mundo...

— Pois é. E ele não atende o telefone.

— Você ainda ama o Freddy?

— Claro que amo, Bee! Mas ele mudou.

— E você não mudou, Archie? — pergunta ela.

— Eu não quero mudar, Bee! Estou com 50 anos — diz ele categoricamente. — Já mudei o suficiente.

A lua ainda não apareceu, mas as estrelas sim, e o mundo que esse pessoal de Delaware considera normal e até feio — as pilhas de algas e lixo trazidas pela maré, a areia dura cheia de pedrinhas, as rochas salpicadas de cocô de passarinho que parecem cera de vela, o cheiro de podre e de vida, as ondas quebrando com o som de aplausos, e em todo lugar, em todo lugar, a vida incontrolável que se esconde, rasteja e nada — é, para qualquer outra pessoa (para mim), extraordinário, bonito, exótico, estranho. Em algum lugar na água, os peixes estão ouvindo, parados como adagas mágicas na escuridão.

— Eu e Zohra ficamos muito unidas depois do divórcio — diz a irmã de Less, pegando o celular. — Ela passou por coisa parecida, sabe? E quero ler para você o que ela me escreveu. Marquei a mensagem. Eu falei uma coisa parecida com o que você está dizendo, que não queria que as coisas mudassem, eu queria que só *uma coisa* mudasse. O meu casamento. E Zohra disse... — Então Rebecca se prepara para fazer o sotaque britânico de Zohra. — "Nem fodendo." — Assim que ela começa a ler o texto no celular, Less vê a irmã se transformar em sua velha amiga que não tem papas na língua. — "Nem fodendo. Rebecca, você não está entendendo. Você acha que é só redecorar a casa, mas a casa pegou fogo. Essa é a merda. É papo de só salvar o que for mais importante. E deixar o resto para lá. É sofrido, dói, é uma tristeza do tipo que acontece uma vez na vida, e talvez seja sua única chance de descobrir o que você quer de verdade. Não me venha com essa de *não quero que as coisas mudem*. Para com isso: você mudou. Já era. O que mais falta acontecer? Tudo muda e, porra, é a única vez na vida que você pode controlar o que está mudando! Por isso, pelo amor de Deus, escolhe! Se você fizer a escolha errada, tudo bem! Tudo bem! Mas escolhe."

Rebecca olha para Less com um sorriso. As ondas ovacionam enquanto ela ri.

Eles ouvem um som lésbico, e Rebecca se vira para ver do que se trata. As pessoas estão todas reunidas nas varandas e nas sacadas ao longo da costa. A irmã dele dá um grito e, em seguida, tira as garrafinhas do bolso. Arthur pergunta o que está acontecendo; talvez a polícia apareça a qualquer momento, como talvez acontecesse décadas atrás, quando os irmãos Arthur e Rebecca Less, menores de idade, vinham aqui para a praia. Mas a irmã olha para ele e ri.

— Archie! — diz ela, alegre. — É a Superlua do Castor!

Aqui, hoje à noite, andando na praia, ele vê os americanos. Em suas varandas ou na praia, sentados em cadeiras de plástico, envolvidos em cobertores ou colchas, todos olhando para a lua. Com suas cervejas e petiscos no colo, sob postes de luz ou, um deles, com a luz de um abajur de chão que foi levado para o jardim. Em muitas varandas, e em vários jardins, a brisa faz as bandeiras dos Estados Unidos tremularem. A lua surge, enorme e luminosa, entre as estrelas que cobrem o céu como notas de um dólar. Nós já vimos a constelação chamada Interrogação. E qual é a pergunta? Poderia ser aquela que Vit fez a ele em São Francisco: *E se o próprio conceito dos Estados Unidos estiver errado?* E ocorre a Arthur Less que seus compatriotas, olhando para o céu nesta Plataforma de Admiração do Universo que é seu país, esperam pela resposta.

Assim como, talvez, eu espere.

Estados Unidos, como vai o casamento? E a promessa feita duzentos e cinquenta anos atrás de continuarem juntos na saúde e na doença? Primeiro foram treze estados, depois o número foi aumentando, até cinquenta terem feito a mesma promessa. A exemplo de outros casamentos, sei que esse não foi por amor; sei que foi por questões fiscais, mas logo vocês se tornaram financeiramente entrelaçados, com dívidas compartilhadas, compras de terras e visões grandiosas de futuro, mas desde o início, de alguma forma, em discordância. Ressentimentos antigos. Aquela separação que vocês enfrentaram — ainda dói, não dói? Quem traiu quem, no fim das contas? Ouvi dizer que vocês tentaram parar de beber. Não durou muito, não é? E hoje, Estados Unidos, como estão as coisas? Ainda sonham em ter uma vida independente? Nunca mais ter que lidar com brigas das famílias dos outros? Nunca mais ter que dividir cada centavo? Nunca mais ter que suportar que outra pessoa compre armas por hobby, ou tenha uma obsessão por carros, ou faça uma dieta da moda? Sejam sinceros, porque tenho pensado em me casar e me pergunto: se não funciona para vocês, como é que vai funcionar para qualquer um de nós?

— Hurra! — Bee dá um berro ao lado de Archie, erguendo sua garrafa de rum. — Hurra!

"Levante-se, refulja! Porque chegou a sua luz." (Isaías, 60, 1)

Less acorda enquanto a irmã ainda está dormindo, toma banho e abre o porta-terno que ganhou do pai; através da bruma de naftalina, ele consegue imaginar a casa da avó, um feriado qualquer, e esse terno brilhando ao lado de uma árvore de Natal ou talvez brilhando na noite da peça escolar quando o pai se inclina para dizer que encontra todo mundo mais tarde. Thomas interpretou o pequeno Archie Less, e agora Less foi escolhido para interpretar o pai. Mas ele não tem escolha — coloca sua melhor camisa, veste o terno e descobre que o caimento é quase perfeito; a cintura está um pouco apertada e as mangas, um pouco curtas (talvez seja um problema do tecido). Less está diante do espelho no banheiro da irmã e vê uma imagem estereoscópica: ele hoje e seu pai cinquenta anos atrás.

O terno é de um azul no tom mais intenso possível.

Ele cata algumas coisas para levar, deixa um bilhete para a irmã (*Bom dia, minha cara!*) e sai para pegar Rosina. O sol da praia pela manhã remete a temporadas de verão vividas aqui numa casa alugada, à pilha do que restou de uma orgia de caranguejos, a queimaduras de sol, às algas e aos tesouros deixados pela maré alta, às pilhas de chinelos de dedo, ao seu próprio caranguejo-eremita e a histórias de uma ilha particular cheia de pôneis. Ele está de volta às estradas de terra de Delaware, que ficam melhores quando neva (não nevou), rumo a um evento em Dover, quando Rosina finalmente pifa.

Foi assim: Less se vê encurralado atrás de um carrinho vermelho em cujo teto há um placa, feito a rainha de um desfile, que proclama AUTOESCOLA. Andando tão, tão, mas tão devagar nessa estradinha banal decorada com caixas de correio dispostas em seus postes como se fossem plumas adornando chapéus. Tão, mas tão devagar e, de maneira quase imperceptível, ziguezagueando dentro da faixa. Less sabe que não está encurralado atrás do carro; é a aluna da AUTOESCOLA que está encurralada na *frente* dele, olhando apavorada para a van tosca e velha que treme nos retrovisores, presa *dentro* de um corpo de adolescente de Delaware, uma sensação de que Arthur Less se lembra muito bem. Será que é por isso que ele ignora a luzinha que pisca no painel?

Para aliviar a ansiedade da aluna da AUTOESCOLA, Less desvia; afinal de contas, ele conhece a região. Para sua alegria, o desvio leva a uma área bastante familiar. Nenhuma construção com mais de um andar, nenhuma igreja, agência do correio ou salão de beleza. E então, ao virar a esquina, ele dá de cara com eles: a árvore que ficava na frente da sua casa, a fileira de arbustos na entrada da garagem e, no mesmo lugar onde os Reed o colocaram quarenta anos atrás, o são José erguendo as mãos para o céu de Delaware.

Eles estavam aqui o tempo inteiro; foi Arthur Less que os deixou para trás. Esse reino da infância desertado em nome do estudo e de outras cidades; e, depois da morte da sua mãe, abandonado para sempre, todas as coisas doadas ou vendidas, e mais tarde Less sendo forçado a reconstruir tudo, cuidadosamente, usando as palavras. Eu me pergunto qual é o termo para um cidadão sem pátria, nascido num país que já não existe mais e que agora vive sem passaporte, sem nenhum documento.

Valão?

O nome de rua mais popular dos Estados Unidos é Dois (*Um* é substituído por *Principal* em muitos casos), e é na esquina da rua Dois com a rua do Olmo (não tem olmo) que Rosina percorre seus últimos metros. As luzes do painel piscam, o motor solta um guizo mortal que diz tudo, a carroceria inteira treme, de cabo a rabo, e ela solta uma baforada de fumaça branca pelo escapamento, igual àquela que o Vaticano emite quando escolhe um novo papa. No entanto, ela continua se movendo enquanto Less pisa nos pedais em pânico, vira a chave e busca algum incentivo (não tem Dolly também), até que Rosina para. Na traseira, seu último suspiro fica suspenso no ar, espalhando-se feito um arcanjo. Na frente deles, uma placa:

COLÉGIO DELMARVA
AVANTE, SIRIS!

Juro veadagem à bandeira... Tanto lugar no mundo para parar... *dos Estados Unidos da América...*

Mas o arcanjo trouxe o salvador:

— Epa, aquele ali não é Arthur Less?

Um carrinho vermelho encosta ao lado de Rosina, e um homem branco com sua cara branca sorri sentado no banco do carona, acenando para o nosso herói. No banco do motorista, uma adolescente ruiva claramente grávida. Arthur Less não reconhece a cabeleira e o bigode grisalhos do homem, mas há algo familiar em seu sorriso...

O que está escrito no alto do carro do salvador?

AUTOESCOLA.

Vamos aproveitar a sorte de Less, porque logo ela vai acabar: o instrutor da AUTOESCOLA é ninguém menos que Andrew Pollack, o *quarterback* que tirou sarro de Less muitos anos atrás e que parece não ter nenhuma lembrança disso.

— Você vai ficar um tempo aqui, Archie? — pergunta ele, e Less precisa se esforçar para encontrar o atleta ágil em sua memória e trazê-lo para o momento atual, para esse homem desgrenhado e debruçado para fora da janela de um carro de AUTOESCOLA. Aparentemente, ele dá aula no Colégio DelMarVa: aulas de História e de direção. Num resumo impressionante, Less narra sua vida inteira até chegar ao evento literário que está prestes a acontecer e ao qual não tem como chegar. Uma pausa; o vento de outono se esfrega na bandeira do colégio como se fosse um gatinho. — Então sobe aí! — diz Andrew, e Less pula no banco traseiro e é levado pela aluna adolescente apavorada no carro da AUTOESCOLA até Dover, ouvindo a versão integral (e fundamentalmente comum) da vida de Andrew. Less se dá conta de que a vida é tranquila para algumas pessoas, livre de problemas e de poesia; uma versão muito mais pálida da felicidade imaginada por Less. Cada um vive uma experiência diferente. Com um aceno de despedida, Andrew deixa Less na porta da Igreja Batista Unida ("Me liga, Archie! Foi bom te ver!").

— Oi, querido — diz a mulher segurando um monte de panfletos entre as colunas da entrada, uma mulher sardenta com tailleur escarlate e óculos, cujo cabelo na altura dos ombros e chapéu de aba larga lhe davam uma aparência de quacre. O sorriso da mulher negra para Arthur Less é, de certa forma, triste. — Sou a diaconisa Perkins. Em que posso ajudar?

— Me desculpa, estou muito atrasado! — diz Less, um tanto esbaforido e começando a transpirar significativamente na única camisa limpa. Ele respira fundo e explica: — A minha van pifou, tive que pegar carona!

A expressão da diaconisa Perkins é de preocupação.

— Nossa, quanta humilhação!

Ela encontrou a palavra perfeita: *humilhação* (embora a maior humilhação do dia seja outra). Less fecha o segundo botão da camisa, adota o sorriso que aprendeu a dar no Sul e diz para a diaconisa Perkins:

— Mas então a senhora acha que estou apresentável? Espero que não esteja muito atrasado.

Com a mão cheia de anéis, ela arruma o chapéu e diz:

— Infelizmente, está. O evento está terminando. Mas você está lindo, querido.

— Como assim?

— Se quiser, dá para pegar um livro autografado. — A diaconisa oferece um panfleto que ele pega, mas não lê. — Você é fã do sr. Less?

— De quem?

— De Arthur Less, querido — explica ela com um sorriso simpático. — Ele acabou de se apresentar.

Assim como dois rios num estacionamento de trailers podem agitar as águas um do outro até virarem uma coisa só, agora, duas realidades entraram em conflito.

Ele estica a cabeça para a frente, como uma tartaruga; e franze a testa.

— *Mas eu sou Arthur Less.*

Os dois se entreolham como se ambos fossem malucos.

A diaconisa Perkins fica perplexa e não sabe como agir; então, nosso herói vai procurar respostas em outro lugar e, vendo a porta aberta, simplesmente cruza a soleira e entra na igreja, cujas enormes janelas da nave, divididas em painéis horizontais de vidro âmbar e transparente, espalham uma luz amarelada no ambiente, da cor de um topázio, como quem espalha manteiga numa forma de bolo, revelando nesse brilho outonal uma fila de pessoas que esperam pacientemente diante de uma mesa, atrás da qual está um homem de traços familiares autografando livros e, mais importante, é aí que Arthur Less entende (assim que olha o panfleto) qual é o seu papel nessa loucura. O título no panfleto:

DOMINGO COM ARTHUR LESS

Paralisado no transepto da igreja, banhado por uma luz dourada, nosso Arthur Less deixa escapar uma sequência de suspiros altos.

Ahhh!

Ele estava confuso; tive que esclarecer algumas coisas.

Não era o que eu esperava.

Ahhh!

Quando vi sua foto, eu soube que tínhamos encontrado o Arthur Less certo.

Tem certeza de que aquele homem era o autor?

Não é você na foto, Archie!

Ahhh!

As enormes comportas desse mundo de maravilhas se abrem. Os vários eventos estranhos dessa viagem — as várias aventuras que ele não tinha o direito de viver, essas coisas improváveis, essas honras e horrores que confundiram nosso pobre homem até que ele deu de ombros diante do absurdo da vida e da sua sorte — se resumem a uma explicação muito simples: foi tudo planejado para o homem com quem ele compartilha o nome.

O outro escritor; o outro Arthur.

Ahhh!

É como uma pega, berrando para o próprio reflexo no espelho até se dar conta, com um brado, que o intruso era ela mesma.

— Olha se não é o tal Arthur Less!

Nosso protagonista está no banco traseiro de uma limusine preta, viajando de Dover para Wilmington, em Delaware. A luz do sol ilumina o interior do carro. Ao lado dele, no banco cinza de couro, está seu companheiro temporário de viagem: um homem com mais ou menos a mesma idade de Less, com mais ou menos a mesma massa corporal (mais baixo e mais largo), experimentando uma perda de cabelo semelhante, com um bigode de leopardo-das-

-neves, diferente do bigode de raposa lessiano, e um paletó de veludo azul-escuro. Algo brilha na luz do sol — óculos com armação de metal, aliança de casado, relógio de mergulho feito de aço —, mas *ele* não se impressiona; ele absorve o brilho, calmamente, tal qual o veludo do paletó. Ele passa a impressão de um aluno tímido que sabe a resposta, mas prefere não levantar a mão. Ele é negro e seu nome é Arthur Less.

— Obrigado mais uma vez pela carona — diz o nosso protagonista.

Mas agora o outro Arthur está rindo, quase chorando de rir, acenando com as mãos.

— Não, me desculpa, mas eu acho isso tudo muito engraçado! Admita, é engraçado. — Ele está se divertindo com a situação, é óbvio, e se ofereceu para levar (ou melhor, ofereceu a limusine da Agência Balanquin para levar) nosso herói até Rosina, que continua pifada, para que Less pegue suas coisas e depois até a estação de trem em Wilmington, Delaware. Ele olha, sorrindo, para o nosso herói. — Pois é, Arthur Less, enfim nos encontramos.

— Enfim.

— Espera aí! — O rosto do homem negro se contorce num arremedo de fúria. — Foi você que cancelou o meu hotel ontem à noite, não foi?

— Ai, meu Deus, fui — diz o homem branco, cobrindo o rosto com as mãos. — Me desculpa.

— Que cara de pau! — Uma gargalhada boba: *ha-ha-HA*. — Cancelar o meu hotel!

— Eu não fazia ideia de que a Balanquin...

— Bom, tudo indica que o seu agente estava trocando e-mails com eles enquanto *eu* estava trocando e-mails com eles...

— Então eu peguei todas aquelas ofertas que eram para você? Sinto muito. — Nosso Less baixa as mãos. — Posso perguntar uma coisa? Isso é tão constrangedor..

— Manda ver.

— Uma trupe de teatro sulista entrou em contato pedindo para adaptar a sua obra?

— Na íntegra?

— Ai, merda.

— Eles ligaram cancelando. Disseram que tinham se confundido. Não me diga que... Ai, que merda, hein! — *ha-ha-HA*.

Nosso Less também ri: *HA-ha-ha*.

A limusine faz um barulho e dá um tranco, indicando que eles entraram numa ponte sobre um canal de águas calmas e brilhantes. Os óculos do outro Arthur voam longe; sua compostura desaparece enquanto ele apalpa o chão ao redor dos pés sem enxergar nada. *Mas é claro*, nosso Less pensa com seus botões. O veludo e a voz servem de disfarce, assim como o terno cinza; no fundo, ele é um romancista sem jeito como todos os outros. Será que também é da Holanda?

O outro Arthur Less diz, em tom de confidência:

— Sei que ainda é meio cedo. Mas é uma ocasião importante, certo? Peguei algumas garrafinhas do frigobar e...

Less enfia a mão no bolso interno do paletó e pega o rum de Rebecca.

— Arthur Less! Olha só você! Tá bom, passa para cá. A gente vai fazer um jogo. — Ele coloca todas as garrafinhas no bolso do paletó e diz para Less pegar uma. Depois de inspecionar o bolso de veludo, nosso Less puxa uma garrafinha de rum com especiarias. O outro pega uma de licor Southern Comfort. Agora, Less percebe a orelha esquerda com brinco que aparece nas fotos do autor.

— Droga — diz ele. — Odeio Southern Comfort! Mas não dá para escolher. Um brinde a Arthur Less.

— E um brinde a Arthur Less.

Eles brindam e compartilham uma gargalhada — *HA-ha-ha; ha-ha-HA* — como quem compartilha a boa sorte.

A sombra da torre na ponte passa pelo chofer, por Arthur Less e por Arthur Less. Nosso Less tenta ficar imóvel no banco, mas nessa parte da conversa, a cada junção pela qual o carro passa, nosso herói quica sutilmente, como se estivesse num trampolim.

— Ah, a gente quase se conheceu uma vez! — diz o outro Arthur Less. — Eu estava de passagem por São Francisco, e Silvia Tsai organizou um jantar e disse que ia convidar você; ela queria que a gente se conhecesse! Mas você acabou não indo.

— Não me lembro disso.

— Mas eu me lembro: você estava fazendo uma viagem ao redor do mundo!

A pungência dessa afirmação surpreende nosso Less; ele é forçado a conter as lágrimas. Não faz ideia do que está acontecendo.

Nosso Less pergunta:

— Você já chegou a entrevistar H. H. H. Mandern?

— Me convidaram para isso uma vez, mas, sinceramente, não tem nada a ver comigo.

— Bom, eu entrevistei.

— Sério? Aposto que ele é uma figura.

O teatro no Sudeste. A turnê no Leste. A jornada louca pelo sudoeste, como se fosse um Sancho Pança. Golpes de sorte — tudo foi roubado desse homem?

Estamos cruzando o canal Chesapeake e Delaware, proposto por Benjamin Franklin em 1788. Como ele ligava dois estados — Maryland e Delaware —, houve um conflito típico de irmãos, com uma solução devidamente absurda que continua valendo até hoje. No lado do canal que fica em Chesapeake, um capitão de Maryland embarca no navio e o conduz até o limite do estado; lá, um capitão de Delaware embarca no navio em movimento, rende o outro e conduz a embarcação até o rio Delaware. Do leste para o oeste, acontece a operação pirata contrária. No entanto, as metades do canal são tão parecidas quanto irmãos gêmeos.

Com um tranco, eles chegam ao outro lado da ponte.

Nosso Less diz:

— Acho que fiquei com uma coisa sua. — No bolso interno do paletó do pai, ele pega uma carteira surrada e tira, de dentro dela, um envelope surrado. Nosso protagonista olha para o envelope um instante, depois entrega cerimoniosamente ao companheiro escritor, que parece confuso. — É uma longa história — diz ele enquanto o outro abre o envelope. — Mas, em Savannah, uma fundação me deu um cheque por engano.

Nosso Arthur Less mal consegue disfarçar a frustração, pensando: *Me desculpa, Freddy. Eu dei todo o dinheiro.*

O outro Arthur Less segura o papel verde da cor do mar e lê em voz alta:

— The Gantt Center. — E depois lê o valor do cheque. — Caralho!

Nosso Less baixa a cabeça resignado.

— Tenho certeza de que eles deram para o Arthur Less errado.

O outro aponta para nosso herói:

— Você quer dizer para o cara branco!

Less não diz nada e continua de cabeça baixa.

— Porque é uma fundação de negros! — explica o outro Arthur Less, rindo. — Para escritores negros!

— É mesmo?

— É, Arthur — diz ele, então ri mais uma vez, guardando o cheque no bolso e dando de ombros. — O que você vai fazer?

— Bom — diz o nosso Less —, eu sei o que não se faz, Arthur. Não se deve descontar o cheque de outra pessoa.

— Arthur Less — diz o outro, de repente animado. — Vou descontar todo cheque que puder!

Surgem as placas do aeroporto e a paisagem se torna pacata, como servos ao redor de um rei: locadoras de carros, estacionamentos, hotéis precários, borracharias — e uma sex shop com um luminoso de neon, o bobo da corte. Poderíamos estar em qualquer lugar dos Estados Unidos.

O outro Arthur Less assume uma expressão engraçada.

— O que a gente vai fazer com o nosso nome? Porque as pessoas vão continuar se confundindo para sempre. — E agora ele parece assustado. — E se os suecos anunciam que Arthur Less venceu o Prêmio Nobel de Literatura?

Ele ri, mas nosso Arthur Less não.

— Arthur — diz nosso herói, bem sério. — Posso perguntar uma coisa?

— Devo tomar mais uma garrafinha misteriosa?

— Você não foi chamado para ser jurado do... — E ele menciona o nome do prêmio.

— Você está sozinho nessa — diz o outro Arthur. — Não sou apto a participar de nenhum desses prêmios. Nem sou dos Estados Unidos. Sou canadense!

Nosso herói sugere que eles tomem mais uma garrafinha, de qualquer forma, e eles tomam. Ele pega a caneta que tinha sido da mãe.

— Você me daria um autógrafo?

E acrescenta, com uma expressão animada:

— Quer saber, talvez você tenha me dado uma ideia para o meu próximo romance...

— Nós deveríamos escrever o mesmo livro — diz o outro Arthur. — Deixar todo mundo abismado!

Ha-ha-HA; HA-ha-ha.

(Será que o mundo precisa mesmo de duas criaturas dessas?)

Na estação de trem de Wilmington, eles se separam e retomam as formalidades. Afinal de contas, devem cruzar o caminho um do outro pelos próximos vinte anos ou mais e manter a distância cordial de vizinhos cuja árvore compartilhada fica derrubando maças dos dois lados da cerca. Less pega sua mala e se despede; apenas seu reflexo responde antes de a limusine seguir viagem para Baltimore.

A dedicatória no livro: *De Arthur Less para Arthur Less: que seja domingo todo dia.*

Se essa viagem tivesse um mantra, seria: "Errou de novo."

Errou na previsão do tempo. Errou na rota. Errou no câmbio manual, nos bumerangues e nos mirtilos; nos mares interiores, nas estradas no deserto e nos cânions; errou nas cabanas indígenas, nos bares e nas balsas. Errou nos amantes. Errou nos pais. Errou nos autores famosos, nas trupes de teatro e nos prêmios. Errou nos valões.

Mas, acima de tudo, errou nas pessoas. Na verdade, isso não surpreende; é comum ver romancistas que amam a estrutura, a linguagem e a simetria nos romances se enganarem com pessoas que habitam o mundo concreto, assim como arquitetos se enganam com igrejas. O que é aceito como verdade num romance — que o garçom, que existe só para derrubar sopa no protagonista, precisa ter apenas um penteado e uma mão — é, no mundo real, um erro moral imperdoável. Pois, enquanto nosso escritor de meia-idade se consideraria talvez um Rosencrantz ou um Guildenstern, mas jamais um protagonista, a verdade sobre a existência ainda não atravessou sua alma: que, na vida real, não existe protagonista. Ou melhor, é o contrário: só existe protagonista. É protagonista que não acaba mais.

E aqui está Arthur Less na estação de Wilmington, em Delaware, depois de pegar uma carona na limusine do outro autor. Olhe para ele: de terno azul, verificando os horários do trem, encarando as emoções que cruzam o céu do outono bem onde a Nova Suécia não deu certo, o ponto exato em que Prudent Deless desembarcou em território americano. Para onde seu suposto descendente pode ir daqui? Será que existe, nos horários da estação, algum trem para a Valônia que já não existe mais? Ou para qualquer outro lugar de onde ele veio — com certeza, Less é uma mistura, assim como todo mundo. Limpando uma fungadela do nariz com um Kleenex (parece que já faz um ano desde que deu o seu lenço favorito), Less muito calmamente pega o celular.

— Freddy — diz ele para uma caixa postal nas profundezas do mar que só o capitão Nicholson é capaz de atender. — Freddy. Eu não faço ideia de onde você está.

RaaaaaAAAAAAAAR!, berra um trem que se aproxima, o som mudando de um zunido distante para um trovão (a irmã dele, usando só as mãos, conseguia imitar um trem direitinho, sem saber que estava retratando a teoria da relatividade; talvez a gente nasça sabendo tudo).

Less está de pé, totalmente parado e muito calmo, de olhos fechados, esperando pela rajada de ar ligeiramente agradável que acompanha a passagem de um trem. Ele respira fundo e sente o aroma de lavanda, o friozinho da lamacenta Delaware. E coloca a mão direita sobre o coração, o bolso interno do paletó, onde a certeza de encontrar a caneta que tinha sido da mãe costuma oferecer uma sensação tranquilizante, como a sensação da mão coberta de farinha tocando a sua numa cozinha de um passado distante. Mas hoje não há nenhuma certeza. Ele apalpa o bolso pelo lado de fora e, em seguida, contorcendo o braço, confere a parte interna do paletó. Então se lembra da limusine, do outro autor autografando um livro, talvez embolsando a caneta como se fosse um lenço oferecido num velório. Less encosta em alguma coisa e com um grande alívio diz "ah!" — mas a luz do outono ilumina o que se revela um pacote de balinhas de menta. Seus dedos procuram, então procuram de novo. E de novo. Mas não há nada lá.

RAAAAAAAAAAR!

Less arremessa as balinhas no trem que passa e desaba de encontro à parede. Ele encara o caos enquanto o trem segue. O paletó do pai abre com o sopro de ar e seu cabelo, tão cuidadosamente arrumado pela manhã, fica bagunçado, revelando a inocência rosa do seu couro cabeludo. Ele parece muito mais velho. Calvo, com medo. E agora está chorando convulsivamente. Seu corpo começa a tremer descontroladamente em meio à torrente de sons. As costas na parede, os olhos cheios de lágrimas.

— Freddy, eu... — Ele suspira com dificuldade. — Eu banquei o idiota!

Cruzei o mundo para recuperar o amor de Less e, no dia em que ele me encontrou, eu estava na frente da sua casa, sentado na minha mala, sorrindo e chorando de alegria. E alegria define bem os dias vividos na cabana, repletos da energia do amor. Dias lendo, dormindo, trabalhando e fazendo amor à sombra da bignônia. Era tão fácil viver assim, mas será que, para Less, pareceu fácil demais? Será que seria impossível sobreviver caso terminasse? Numa manhã, encontrei Less chorando no banheiro. Você está bem?, perguntei. O que aconteceu? Ele balançou a cabeça, de olhos fechados, e disse que as pessoas sempre o abandonavam. Ele secou as lágrimas, mas não conseguia olhar para mim.

— Então, Freddy, se você for me abandonar — sussurrou ele, frágil —, por favor, faz isso de uma vez.

RAAAAAaaaaaaaar!

Em seu rosto, havia anos de desespero, e eu disse para o meu amor:

— Como assim? Eu não vou te abandonar!

Enquanto o trem se afasta até desaparecer, o ar fica calmo ao redor dele, e Arthur Less dá uns passos para longe da parede. Ele olha para o ponto onde o trem desapareceu. O rosto molhado de lágrimas, ele procura por um Kleenex e sente, no bolso da calça, o cilindro agradável escondido ali. *Espada na pedra*. Com um calafrio, ergue a caneta que tinha sido da mãe.

Ao lado dos horários do trem de Wilmington, há uma antiga cabine telefônica (desprovida de telefone), e Less entra nela para escapar do vento. Ele faz algumas pesquisas e liga para alguns lugares até encontrar um hotel no Maine:

— Meu jovem, você está falando com a Viúva de Baleeiro Mais Velha do Mundo!

Reencontramos nosso narrador, já em trânsito...

Não cheguei a comentar com vocês, leitores? A história está se escrevendo sozinha desde que vocês saíram...

Infelizmente, meu valão, você não vai me encontrar na Pousada da Viúva de Baleeiro Mais Velha do Mundo. Dei adeus a Adele, ao capitão Nicholson, a todos os papagaios-do-mar de Valonica e peguei um ônibus para Boston e lá comprei uma passagem de trem para embarcar na viagem que sempre implorei a você que fizesse comigo. O que um homem apaixonado pode fazer? Enquanto você era levado pelo vento em Wilmington, eu já tinha ido até Chicago, onde o topo daqueles templos corporativos desponta acima do vapor das salsichas, e estou esperando pelo próximo trem na minha própria viagem pelo país.

Meu primeiro trem se chamava Lake Shore Limited; me dei ao luxo de comprar uma cabine com cama, chamada "quartinho", e presumi que teria que dividir o espaço com um estranho, à moda europeia. Mas não; os americanos não têm humor para compartilhar beliches. O estranho é que fiquei aliviado. Senti meu corpo produzindo um esporo de americanismo. Na sala de espera, tentei afogar esse impulso com uma dose de uísque (contra *penthos* e *kholon*) e depois dormi um sono leve enquanto o trem saía da Nova Inglaterra sacolejando com uma barulheira. A certa altura, ouvi a voz do condutor no alto-falante, anunciando:

— Erie... Erie...

Preciso admitir que não vi nada de Ohio nem de Indiana porque estava cochilando, o que deixa essas regiões tão puras quanto pa-quera na juventude, tão exóticas e encantadoras quanto na primeira vez que li seus nomes no mapa: Elkhart e Waterloo, Sandusky e Elyria. Quando acordei e olhei pela janela: a Superlua do Castor.

Meu próximo trem chegou — o Empire Builder! —, e embarco e encontro o meu novo quartinho (sem colega de quarto), o sofá--cama em sua encarnação diurna sendo só um sofá. É provável que, enquanto largo minha mala e me instalo, enquanto o Empire Builder se prepara para sair a todo vapor (por assim dizer) e seguir para o oeste, Less já esteja conversando com Adele e ela conte que fui embora dois dias atrás. Ele pergunta: Por que fui para lá? Ela não sabe dizer. Ele pergunta: Por que fui embora? Ela não sabe dizer.

Mas eu digo:

Eu não conheço os Estados Unidos. Mas preciso conhecer, talvez para entender o meu companheiro — seu amor pelo ketchup do período colonial e pelo refrigerante do período da Lei Seca, o monte Branco de gelo em todo copo de água, o pavor dele de falar sobre raça, o fascínio pela ilha da Grã-Bretanha e a indiferença em relação à África, a defesa do Partido Democrata, a defesa da escala Fahrenheit, a crença — apesar de séculos de evidências do contrário — de que somos livres para nos tornarmos versões melhores de nós mesmos, de que somos livres para amar, de que a felicidade está ao alcance de qualquer um.

Talvez. Mas também para entender a mim mesmo. Imagine se você tivesse que acordar todo dia com alguém que promete um milagre, todo dia você acredita no milagre e todo dia o milagre não acontece? Às vezes, não acontece de a gente olhar para a pessoa que ama e pensar: *Por que eu continuo aqui?* Por que continuamos ali? Existe algo de vital no ato de continuar ali.

(E agora você está olhando os horários do trem, meu amor? Vendo locadoras de carros? Está procurando voos para Erie, St. Cloud, Wishram, Redding?)

Partindo de Chicago, cruzo o enorme Centro-Oeste do país. A noite cai sobre os lagos congelados de Minnesota. Acordo uma vez para ir ao banheiro compartilhado do trem e, enquanto espero minha vez (da pessoa que sai de lá, só vejo as costas de um quimono de dragão), arrisco dar uma olhada pela janela. Na parca luz da noite, dá para ver uma faixa estreita e brilhante de água que vibra como as cordas de uma guitarra com o movimento de pássaros invisíveis, substituída de repente pelo esboço sutil de uma casa com uma janela iluminada, um diamante, através da qual consigo ver claramente um homem exausto de jardineira, sentado numa cadeira, segurando uma marreta — igual à ilustração da capa de um livro de contos populares dos Estados Unidos que o meu tio-avô me deu quando eu era criança. Os contos que alimentaram meus sonhos. O condutor murmura pelo alto-falante:

— Cloud... Cloud.

Acordo na Dakota do Norte e vejo uma criança olhando para mim pela janela; esqueci de fechar as cortinas. Estamos em Minot e parece ter nevado. A criança me analisa desconfiada e vai embora, revelando uma estação de trem agitada, cheia de pessoas e bagagens; se me dissessem que a gente viajou até Budapeste, eu teria acreditado, e uma comprida nuvem de vapor que envolve o trem sugere, ainda por cima, que viajamos no tempo. O atendente que bate à minha porta, oferecendo café, tem até sotaque. Neste momento, me sinto feliz (o vapor revela sua fonte: um carrinho de cachorro-quente).

Enquanto cruzamos a fria Dakota do Norte, penso em Arthur Less.

(Você recebeu uma ligação de Estou-com-Peter-Hunt-na-linha--aguarde-um-instante-por-favor? Você leu o jornal hoje? Sabe das notícias?)

Não preciso de aliança. Tive uma experiência com casamento antes, como muitos sabem. Quero declarar aqui que Tom Dennis era um homem bom, decente, que era gentil comigo e, quando pedi, ele me deixou ir embora. Acredito mesmo que ele me amava. Mas o meu noivo era um colega de quarto difícil, ele deixava copos em cima de mesas de madeira (de madeira, imagine você!) e largava em qualquer lugar meias e papéis de bala assim que deixavam de ser necessários; ele se tornou um daqueles veranistas que supõem que a maré vai levar o lixo embora. Por isso, eu devia ter percebido que meu relacionamento ia ter problemas. Mas eu sabia que era normal casais terem esse tipo de briga e imaginei que isso não era um desvio do amor e sim parte do seu caminho tortuoso. Então imagine, leitor, minha surpresa quando fui morar com Less na cabana (Tom Dennis num passado distante), e esse novo companheiro começou a exibir o mesmo comportamento — meias no chão, cueca atrás da porta do banheiro, louça suja —, e isso não me incomodou! Lembro-me de arrumar a cama e encontrar debaixo do travesseiro dele uma profusão de lenços brotando feito cogumelos (para sua assoação matinal de nariz) e de ser tomado por uma sensação... não de raiva, mas de carinho! Com Tom Dennis, era um fardo que eu estava disposto a carregar. Com Less, eu não me importava nem um pouco. Olhei para aqueles lenços, perplexo. Não me incomodava nem um pouco. A diferença, veja você, querido leitor, é que eu amo Less. Como posso dizer? Ele não é perfeito, Deus sabe que não.

Ele não é perfeito.

Mas ele é perfeito para mim.

Porque amar alguém ridículo é entender algo profundo e verdadeiro a respeito do mundo. Que bem de perto ele não faz sentido. Aqueles entre vocês que escolhem pessoas sensatas talvez se sintam seguros, mas acho que estão aguando o vinho; o encanto da vida está nos pequenos absurdos, que facilmente passam despercebidos. E, se você não concorda com a visão torta que alguém tem do horizonte (que é o mundo concreto), me diga, de verdade: o que você vê?

Partindo da Dakota do Norte, a gente desliza por Montana. Depois de dias nas Grandes Planícies (os Estados Unidos cuidadosamente achatados em duas dimensões), a aproximação das montanhas é algo tão assustador quanto o monstro de Frankenstein, desajeitado e pesado, indo até uma cabana no meio do nada. Cobertos de neve, imersos no banho de sangue do pôr do sol, os picos despontam das planícies com o glamour de estrelas de cinema, e é incrível perceber que conseguimos passar pela barreira dos sopés e agora somos levados à sua presença; fico chocado. Penhascos e escarpas tingidos de rosa e turquesa passam por mim, revestidos de gelo. Um tom azulado toma conta de tudo, mas, mesmo ao pôr do sol, as geleiras brilham gloriosamente.

O condutor diz:

— Wishram. Wishram.

Chegamos a Portland pela manhã, a conexão para o trecho final da viagem — o Coast Starlight — é tranquila, e entro no meu último quartinho, idêntico aos outros a não ser por pequenas diferenças nos ganchos e nos trincos. Em algum lugar ao norte: Cape Alava, o último lugar do país a ver o sol nascer. Meu destino final é São Francisco e, à medida que o trem sacoleja rumo ao sul, assisto ao pôr do sol em Chemult, Oregon, um dos muitos lugares que jamais pensei que conheceria, ou melhor, um dos muitos lugares nos quais jamais pensei. Achei que havia pouca neve. Bem na hora em que entro no vagão-restaurante, escuto a confusão de Klamath Falls.

— Alguém tentou pular no trem! — diz uma mulher ruiva de quimono na casa dos 30 anos. Ela tem o cabelo comprido no alto da cabeça e raspado nas laterais, onde está pintado de verde; o quimono também é verde e revela um monte de tatuagens (mas não por completo). Ela está beliscando uma peça de queijo. Pergunto se está indo para São Francisco e ela me diz que está voltando para o seu amor. — Tomei a decisão errada — diz ela, olhando para o queijo. — Espero que ele me perdoe. — E como ela descreve o homem? Um flebotomista taiwanês todo tatuado. — E você?

Digo que estou esperando por um sinal.

Ela franze a testa e me oferece um pedaço de queijo. Penso num sociólogo numa varanda fria no Maine e digo não, obrigado. Me pego pensando: *Será que consigo viver sem queijo?* Das montanhas nevadas, mergulhamos na escuridão e, à luz de lâmpadas, ela lê em voz alta a notícia sobre um prêmio literário. Conto que conheço o homem.

E agora preciso reconhecer um padrão interessante que, se eu não estivesse chocado com as notícias mais recentes, deveria ter percebido antes.

Um tumulto em Redding, na Califórnia: durante uma parada breve hoje de manhã, vejo um carro vermelho alugado derrapando no estacionamento. Fecho as cortinas enquanto um infrator tenta embarcar no trem sem bilhete e um atendente robusto frustra as intenções do sujeito bem debaixo da minha janela. Assisto à briga como se fosse um teatro de sombras até as silhuetas desaparecerem e o trem seguir rumo ao sul, ao longo do rio Sacramento.

À luz da manhã, surgem os contornos das montanhas, depois os pinheiros que cobrem as encostas como se fossem penas e, em Chico, quando estamos quase saindo da estação, o que parece ser o mesmo Jesse James obstinado de Redding tenta embarcar de novo, mas desta vez é tarde demais até para subornar o condutor e, por um caminho tortuoso de memória, consigo me lembrar da cena de um filme: um homem que corre atrás de um vagão de frenagem. Infelizmente para ele, trens modernos não têm vagão de frenagem. Acho que ele ficou para trás, comendo poeira.

Daqui até Sacramento, por causa do rio e das pedras, os trilhos correm ao lado da estrada; estou convencido de que o mesmo sedã vermelho está acompanhando o trem, chegando tão perto às vezes que quase consigo ver o motorista, mas a estrada se afasta dos trilhos e devo estar enganado sobre o carro. E me dou conta de que estamos nos aproximando de um ponto no rio American conhecido pela pirataria, perto também do Hotel d'Amour. Mas então, repentinamente, entramos num banco de nevoeiro; o Starlight paira sereno sobre um terreno coberto de branco. É diferente da neve, diferente de algo que cai ou que se mexe, tangível ou evidente, parece mais um tipo de cegueira. O mundo está em silêncio; deve ser isso que os mortos sentem quando assombram nosso mundo, pois agora é o Starlight que cruza o domínio dos fantasmas. Que fantasmas? Aleútes e delawarianos, espanhóis e navajos, ingleses e africanos, franceses, hopis, wampanoag, holandeses... e valões.

Espere um pouco — acabei de perceber uma coisa e, antes de eu dizer o que é, vejo, a estibordo, pairando de maneira sobrenatural nas nuvens: uma aparição. Por que, como dizia o poeta, essa sensação agradável de alegria? Pairando não muito longe, uma obra inacabada sobre tela, ela vira a cabeça e olha para mim também:

Um alce.

Através do vazio, nos encaramos. Então ele desaparece.

A velocidade do trem diminui. O sedã vermelho ultrapassa os vagões, criando sombras tridimensionais no nevoeiro, e desaparece.

Ó, nevoeiro da solidão; ó, alce místico do amor; ó, Arthur Less.

Meu quartinho treme conforme nos arrastamos até Martinez, em cujo estacionamento o sedã vermelho encontrou um lar. O rio se espalha para todos os lados e o nevoeiro se dispersa, e num banco alguém pintou SEJAM BEM-VINDOS AO VELHO E TRANQUILO OESTE. Mais uma tremida e seguimos viagem para São Francisco.

Uma batida à porta.

Nós poderíamos inventar uma máquina do tempo, meu valão, para nunca escolhermos um ao outro. E poderíamos voltar ainda mais no tempo e começar tudo de novo com o que sabemos; tentarmos ser jovens juntos e apaixonados, de um jeito que quase ninguém consegue. Jovens, bobos e felizes.

Outra batida. Alguém do outro lado da porta grita:

— Escada abaixo! Escada abaixo!

Olho para a paisagem enevoada mais uma vez, então me levanto, abro a porta, e quem é o viajante com o rosto marcado de preocupações, cortado por um sorriso esperançoso, um cravo radiante florescendo no alto de cada bochecha pálida, quem é o vencedor de prêmio que cruzou os Estados Unidos para me escolher, dando um suspiro de alívio ao me ver...

Bem, leitor, vou deixar você adivinhar.

AGRADECIMENTOS

O autor gostaria de agradecer a Lynn Nesbit, Judy Clain, Anna de la Rosa, Reagan Arthur, Nia Howard, Stacey Parshall Jensen, Shadae Mallory, Tracy Roe, Lee Boudreaux, Daniel Handler, Julie Orringer, Ayelet Waldman, os Westley, David Ross, Priscilla Gillman e Claudia Fieger; e gostaria de agradecer também a sua família, incluindo Elagene Trostle e seus sobrinhos Arlo e Mack, que vão gostar de aparecer em um livro. Agradecimentos à Fundação Guggenheim pela bolsa que permitiu pagar o aluguel de todos os trailers. Este romance começou a ser escrito na colônia MacDowell, ganhou continuidade na Fundação Santa Maddalena e foi concluído na Civitella Ranieri. Um agradecimento especial ao cachorro Quo, que era inabalável, e a Enrico Rotelli, que sempre é. Em memória do querido pug Olive (2006-2022).

Este livro foi composto na tipografia ITC Souvenir Std,
em corpo 10,5/16, e impresso em papel off-white
no Sistema Cameron da Divisão Gráfica
da Distribuidora Record.